D1662631

LOUIS L'AMOUR

DIE SACKETTS REITEN WIEDER

Westernroman

Herausgegeben
von
Thomas Jeier

WILHELM HEYNE VERLAG
MÜNCHEN

HEYNE WESTERN
05/2778

Titel der amerikanischen Originalausgabe
TREASURE MOUNTAIN
Deutsche Übersetzung von Alfred Dunkel

Neuausgabe des Heyne Western 05/2368
mit dem Titel »Der Goldschatz im Berg«

Copyright © 1972 by Bantam Books, Inc.
Copyright © dieser Ausgabe 1989
by Wilhelm Heyne Verlag GmbH & Co. KG, München
Printed in Germany 1989
Umschlaggestaltung: Atelier Ingrid Schütz, München
Satz: Schaber, Wels
Druck und Bindung: Elsnerdruck, Berlin

ISBN 3-453-03017-6

1

»Einen Mann zu töten, meine Liebe, das heißt noch lange nicht ihn erledigen.« Das sagte Andre Baston.

»Aber es sind zwanzig Jahre vergangen«, sagte die Frau. »*Zwanzig Jahre!*«

»Für dich vielleicht ein Lebensalter, Fanny, aber für einen Mann wie deinen Onkel Philip nicht mehr als gestern.«

»Aber wie kann das überhaupt jemand *wissen?* Das alles ist doch schon vor langer Zeit und so weit fort von hier passiert?«

»Trotzdem ist jetzt ein Mann hier in New Orleans und stellt Fragen. Er heißt Sackett.«

»Was?«

»Orrin Sackett. Er ist Anwalt, Rechtsanwalt. Hat den gleichen Namen wie dieser Mann, der mit Pierre in die westlichen Berge gezogen ist.«

Fanny Baston war eine kleine, schlanke, aber mit üppigen Formen ausgestattete, schöne Frau. Ihre Schultern waren weich und erstaunlich weiß; ihre Lippen waren warm und ein bißchen voll; ihre Augen waren groß.

Sie zuckte die Schultern.

»Was kann das schon für einen Unterschied machen? Laß ihn doch Fragen stellen. Wir wissen einfach nichts. Wer ist denn noch übrig, der etwas wissen könnte?«

Andre runzelte die Stirn.

»Ich weiß nicht. Wahrscheinlich niemand. Aber es gefällt mir nun mal nicht, daß er Fragen stellt. Falls Philip jemals herausfinden sollte ...«

»... wäre es das Ende«, sagte Paul. »Das Ende. Er würde uns enterben und uns gar nichts vermachen.«

»Dich vielleicht«, sagte Fanny zu Andre. »Aber ich war damals noch ein Kind. Nicht mal fünf Jahre alt. Und du, Paul, warst ja noch nicht mal vierzehn. Wir hatten nichts damit zu tun.«

»Glaubst du, das würde etwas ausmachen?« sagte Paul. »Onkel Philip braucht doch nur einen Vorwand, um uns enterben zu können. Dich auch. Du weißt ja selbst, daß du nicht gerade sein Stolz und seine Freude bist!«

»Wenn das so ist, dann ...« Sie lehnte sich etwas vor und schnippte die Asche von ihrer kleinen Zigarre in eine Untertasse. »... tötet ihn! Tötet diesen Orrin Sakkett und werft ihn in den Sumpf, bevor er mit uns irgendwie in Zusammenhang gebracht werden kann. Tötet ihn sofort!«

Andre ließ sich längst nicht mehr von dem überraschen, was seine Nichte sagte.

»Hast du schon eine Idee?«

»Tu's selbst, Andre. Er wäre ja nicht der erste.« Sie sah lächelnd zu ihm auf. »Warum nicht? Suche nach einem Vorwand. Fordere ihn heraus. Es gibt in ganz New Orleans keinen besseren Schützen als dich. Und was das Papier betrifft ... Wie viele Männer hast du eigentlich schon getötet, Andre? Im Duell, meine ich?«

»Zwölf«, antwortete er. »Wer weiß, vielleicht hast du recht.«

»Du bist zu blutrünstig«, sagte Paul. »Wenn ihr ihn töten wollt, so gibt's doch andere Mittel und Wege. Wir könnten ihn in einen dieser Konzert-Salons locken ... zum Beispiel ins Buffalo Bill House. Williams würde sich dann schon für uns um ihn kümmern.«

»Nein!« Fanny widersprach sehr scharf. »Nein, Paul. Wenn schon getötet werden muß ... je weniger davon wissen, desto besser. Und vor allem niemand außerhalb der Familie!«

»Sie hat recht«, sagte Andre. »Aber das alles ist doch so voreilig. Viel zu verfrüht. Dieser Orrin Sackett kann doch gar nichts wissen. Pierre war offensichtlich Franzose, wahrscheinlich aus Louisiana. Er hat Sackett hierhergebracht, bevor wir nach Westen aufbrachen. Aber Sackett hat das Flußufer niemals verlassen. Ich weiß nicht, was das alles wieder aufgerührt hat, aber wir brauchen doch eigentlich weiter nichts zu tun, als in aller Ruhe abzuwarten, bis alles vorbei ist. Sollte er den Dingen zu sehr auf die Spur kommen, können wir ja immer noch etwas unternehmen.« Er zuckte die Schultern und betrachtete das glühende Ende seiner Zigarre. »Und wer weiß, vielleicht kümmert sich New Orleans auch ohne unsere Hilfe um ihn. Er wäre schließlich nicht der erste.«

»Hast du ihn schon gesehen?« fragte Fanny.

»Ja. Er ist ein großer Mann, fast so groß wie ich. Ein recht gut aussehender Bursche. Gut angezogen. Scheint sich in allem auszukennen.«

Paul blickte auf.

»Andre, hat es vor ein paar Jahren unten am Fluß nicht irgendwelche Unruhen gegeben? Irgendwelchen Ärger, in den auch ein paar Sacketts verwickelt waren?«

»Ich glaube, du hast recht, Paul. Ich erinnere mich an so etwas. Einer von ihnen sollte ausgeplündert werden. Es hat einen Kampf gegeben, einen ziemlich blutigen sogar.«

»Das könnte die Antwort sein, Onkel Andrew«, schlug Fanny vor. »Ein Sackett kehrt zurück, um aus Rache zu töten.«

Natürlich hatte sie recht. Es war eine einfache, logische Methode, falls es sich als notwendig erweisen sollte. Er würde ein paar Erkundigungen einziehen. Dabei könnte er ja hier und da ein Wort fallenlassen. Und überhaupt, es ging doch um nichts. Dieser Sackett wußte gar nichts. Konnte nichts wissen.

Plötzlich kam ihm ein Gedanke. Andre hatte immer noch diese Karte. Er hatte sie aufgehoben, weil er glaubte, daß darin der Schlüssel zum Schatz zu finden sein mußte.

Niemand wußte, daß er die Karte noch hatte, denn er

hatte sie niemals erwähnt. Wenn man den Schlüssel zur Fundstelle von dreißig Millionen in Gold in Händen hält, spricht man schließlich nicht darüber. Das Zeug war dort. Er hatte sich die Zeit genommen, diese alten Meldungen und Berichte gründlich zu studieren, die damals vor vielen Jahren an die Regierung geschickt worden waren, und darin war natürlich auch erwähnt, daß die französische Armee Gold geschürft hatte … *dreißig Millionen!*

Er hatte schon daran gedacht, selbst dorthin zurückzukehren und sich einmal nach diesem Gold umzusehen, und jetzt dürfte endlich der richtige Zeitpunkt dafür gekommen sein. Er war nun vierzig Jahre alt und kräftiger und tüchtiger denn je. Er mußte an die Zukunft denken, und sein Glaube, daß Onkel Philip ihnen viel vermachen könnte, stand auf sehr schwachen Beinen. Philip konnte keinen von ihnen sonderlich gut leiden, und dazu hatte er weiß Gott auch Grund genug.

Was *wußte* dieser Sackett?

Orrin Sackett stand vor dem Spiegel seines Zimmers im Saint Charles-Hotel, kämmte sorgfältig das Haar, rückte die Krawatte zurecht und verließ den Raum. Am oberen Treppenpodest blieb er einen Moment stehen und berührte flüchtig seine linke Seite. Die Schußwaffe – eine Smith & Wesson – befand sich an Ort und Stelle. Er rechnete zwar nicht mit Ärger, aber ein Mann behält nun mal alte Gewohnheiten bei.

Bisher hatte ihm diese Reise gar nichts eingebracht. An sich hatte er ja auch von Anfang an daran gezweifelt, irgend etwas herausfinden zu können. New Orleans war eine große Stadt. Zwanzig Jahre waren vergangen, und die Hinweise waren wirklich äußerst dürftig. Aber wenn er Ma damit eine Freude machen konnte, so wollte er gern weitere Anstrengungen unternehmen.

Aber was für Informationen hatte er überhaupt?

Vor zwanzig Jahren hatte ein Mann, der stark französischen Akzent gesprochen hatte, eine Reise zu einer gewissen Stelle in den westlichen Bergen machen wollen. Entweder mußte er also früher schon einmal dort gewesen sein, oder aber er hatte sein Wissen von einem anderen Mann gehabt, der sich früher dort aufgehalten haben mußte.

Pa war gebeten worden, diesen Franzosen zu führen. Die Reise hatte nur ein paar Monate dauern sollen.

Was könnte einen Mann dazu bewogen haben, in diese einsamen Berge zu gehen und dabei zu riskieren, von Indianern getötet zu werden? Pelze? Als Fallensteller hätte er den ganzen Winter über dort bleiben müssen. Eine Mine? Vielleicht. Möglicherweise hatte er sich nur vergewissern wollen, ob die Mine eine Ausbeutung lohnen würde. Und doch, dürfte es nicht viel wahrscheinlicher sein, daß dieser Mann etwas von Gold gewußt hatte, das bereits geschürft worden war?

Oder hatte er nur geglaubt, das zu wissen?

Wenn Orrin alle Informationen, die er bis jetzt hatte, zusammenfaßte, dann suchte er also nach einem Franzosen, wahrscheinlich aus Louisiana, der irgendeine Verbindung – direkt oder indirekt – mit irgend jemandem gehabt hatte, der einmal in den westlichen Bergen gewesen war.

Ein bißchen dürftig, aber es engte doch das Feld etwas ein, denn von Louisiana aus waren nicht viele Franzosen nach dem Westen gezogen. Von Kanada aus ... ja. Natürlich hatten die Franzosen eine Zeitlang ganz Louisiana beherrscht, und während der Periode von Mississippi-Bubble und John Law waren große Anstrengungen unternommen worden, um Silber und Gold zu finden. Law hatte seinen Geldgebern Reichtum versprochen, und er hatte sich auch wirklich alle Mühe gegeben, ihn zu finden. Oder wenigstens Hinweise darauf.

Dieser Franzose hatte keine große Gruppe gewünscht. Und doch, es dürfte unwahrscheinlich sein, daß die beiden Männer ganz allein losgezogen waren.

Vielleicht war also doch irgend jemand von diesen Begleitern zurückgekommen. Vielleicht gab es auch noch Verwandte, die etwas von dieser Angelegenheit wußten.

Das Dumme war nur, daß Orrin überhaupt keinen Ansatzpunkt hatte. Aber der einfachste Weg ist meistens auch der beste. Das hieß in diesem Falle, die offensichtlichen Quellen zu überprüfen, die Aufzeichnungen der Regierung über Minen, Ansprüche, Claims und Forschungsexpeditionen ins Hinterland.

Aber es gab noch einen anderen und genauso einfachen Weg ... ein paar ältere Bürger zu finden und sie dazu zu bringen, sich an ihre Jugendzeit zu erinnern. Das würde allerhand Geduld erfordern, aber Orrin hatte nun mal ein ganz spezielles Interesse an solchen Dingen. Er konnte sich ein paar Tage Aufenthalt leisten.

Oder er könnte eine Diskussion über diese John Law-Periode auslösen ... dem wahrscheinlichen Zeitpunkt für Minen-Expeditionen und Suche nach Edelmetallen.

Bienville als Gouverneur von Louisiana hatte nicht viel Zeit damit verschwendet, nach nicht vorhandenen Mineralien suchen zu lassen. Er war mehr ein Mann der Praxis gewesen, und hätte man ihn gewähren lassen, so wäre diese Kolonie wohl schon viel früher ein Erfolg gewesen.

Beim Dinner saß Orrin allein an einem Tisch und lauschte auf die Unterhaltung an den Nebentischen. Er hatte immer sehr gern allein gespeist, denn es gab ihm Zeit zum Nachdenken, während er gleichzeitig die ihn umgebende Atmosphäre genießen konnte. Heute abend war der Speisesaal mit attraktiven, schön gekleideten Frauen und stattlichen, elegant angezogenen Männern gefüllt.

Die beiden Tische in unmittelbarer Nähe waren besetzt. An einem Tisch saß eine Gruppe jüngerer Leute, etwa in Orrins Alter, am anderen ein schon etwas älteres, aber ungemein stattliches Paar ... ein distinguiert aussehender Mann mit einer schönen Frau, deren Haar zwar bereits weiß war, deren Augen aber noch geradezu erstaunlich jugendliche Frische aufwiesen.

Als der Kellner an den Tisch kam, bestellte Orrin das Essen.

»Und der Wein, Sir?«

»Châteauneuf-du-Pape«, sagte Orrin ruhig.

Jetzt wandte der ältere Gentleman den Kopf und sah Orrin am Tisch sitzen. Die Blicke der beiden Männer begegneten einander. Orrin lächelte.

»Ein ausgezeichneter Wein, Sir«, sagte der Mann.

»Danke. Geringere Qualität würde wohl auch kaum in diese Umgebung passen.«

»Sie sind fremd hier?«

»Ich bin schon mehr als einmal hiergewesen, aber jetzt habe ich zum erstenmal seit geraumer Zeit wieder Gelegenheit zur restlosen Entspannung.«

Orrin beobachtete, wie der Kellner die Weinflasche öffnete. Nachdem er den Wein gekostet hatte, sagte er zu dem alten Mann: »Ich bin an einigen Minen-Ansprüchen in den San Juan Mountains in Colorado interessiert. Ich habe gerüchtweise gehört, daß Leute aus New Orleans in dieser Gegend auf Minen gestoßen sein sollen.«

Der alte Mann lächelte.

»Das bezweifle ich, Sir. Natürlich hat es viel Gerede über Gold gegeben, und man hat sich tolle Geschichten über Goldfunde im fernen Westen erzählt, aber nichts ist dabei jemals herausgekommen, absolut nichts.«

»Aber es sind doch Männer hingezogen, nicht wahr?«

»Ein paar. Abenteurer oder Narren. Ach ja! Ich glaube, die französische Regierung hatte mal eine Militärabteilung nach dem Westen geschickt. Aber das ist schon lange, sehr lange her.«

»Kannten Sie irgendeinen dieser Männer, die damals nach dem Westen gegangen sind?«

»Nein ... nein, ich glaube nicht. Wir haben damals mit dem Pflanzen von Zuckerrohr begonnen und waren damit viel zu beschäftigt, um auch noch an solche Dinge zu denken. Ich glaube auch, daß nur sehr wenige nach dem Westen gezogen sind.«

»Und was ist mit Pierre?« mischte sich an dieser Stelle seine Frau ein.

»Pierre ...?« wiederholte er und runzelte die Stirn. »Ach, ja! Aber das war doch erst später. Er kam niemals zurück, und deshalb wußten wir auch nie genau, was er dort eigentlich gesucht hat. War wohl ein vergebliches Unterfangen. Die Bastons waren schon immer ein recht gemischter Haufen. Nicht sehr beständig und zuverlässig, wissen Sie? Heute dies und morgen das. Immer von einer Sache zur anderen. Sind sie übrigens immer noch.«

»Charles!« rief seine Frau.

»Na, ist doch wahr! Das weißt du doch auch. Dieser Andre, zum Beispiel ... er ist doch nichts weiter als ein ...«

Plötzlich stand ein Mann am Tisch.

»Was wollten Sie eben sagen, LaCroix?« fragte er.

Orrin blickte auf.

Der Mann war groß und breitschultrig. Sehr kräftig gebaut. Sein Gesicht hätte im Moment aus Granit gehauen sein können. Die Augen waren kalt und blau. Das Gesicht wies einen gezwirbelten Schnurrbart auf, war aber ansonsten glattrasiert.

»Sie haben eben von mir gesprochen, LaCroix?«

Orrin war schockiert, als er den alten Mann ansah, denn dessen Gesicht war totenblaß geworden und wirkte ungemein verkrampft. Der Mann hatte zweifellos Angst, aber noch während Orrin hinsah, raffte der andere seinen Stolz zusammen und wollte aufstehen.

Orrin war augenblicklich auf den Beinen.

»Wir sprachen gerade von meinen alten Nachbarn Andy und Bert Masters. Kennen Sie die vielleicht?«

»Wen?« fragte Andre Baston und drehte sich scharf um.

»Wenn Sie sie kennen, werden Sie alles verstehen«, sagte Orrin lächelnd. »Andy hat heimlich Schnaps gebrannt. Kam von Tennesse und hat sich hier niedergelassen. Fing auch hier wieder damit an, Whisky zu brennen. Übrigens ... wie heißen Sie doch gleich? Ich habe Ihren Namen nicht richtig verstanden. Mein Name ist Sackett. Orrin Sackett.«

»Ich bin Andre Baston. Ich verstehe Sie nicht, Sir.« Andres Tonfall war eiskalt. »Wie ich hörte, hat dieser Mann hier doch gesagt ...«

»Sicherlich«, unterbrach ihn Orrin. »Die Masters waren wirklich ein nichtsnutziger Haufen. Ich habe nie geglaubt, daß sie überhaupt so heißen. Und auch der Schnaps, den sie fabriziert haben, hat nichts getaugt. Aber eins muß man dem alten Andy lassen ... er hatte die beiden besten Hunde, die ich je ...«

»Ich fürchte, hier liegt ein Irrtum vor«, sagte Andre kalt. Er starrte Orrin in die Augen. »Sie gefallen mir nicht, Sir!«

Orrin lachte leise.

»Na, ist das nicht ein Zufall? Ich wollte Ihnen gerade dasselbe sagen. Ich mag Sie auch nicht. Aber weil wir gerade bei diesem Thema sind ... was ist denn aus Pierre geworden?«

Andres Gesicht wurde vor Schock blaß, dann rot. Bevor er jedoch etwas sagen konnte, fuhr Orrin bereits fort: »Nicht daß es mich kümmert, aber Leute stellen nun mal Fragen, wenn ein Mann verschwindet. Besonders ein Mann wie Pierre. Er war doch nicht allein, oder? Ein Mann sollte niemals ganz allein in die Wildnis gehen. Natürlich erhebt sich dann auch die Frage, was aus denen geworden ist, die bei ihm waren, nicht wahr? Ist einer von ihnen zurückgekommen?«

Orrin streckte eine Hand aus.

»Ist nett, mit Ihnen zu reden, Mr. Baston. Aber vielleicht können wir uns irgendwann mal zu einem wirklich vertraulichen Gespräch zusammensetzen.«

Orrin setzte sich abrupt wieder hin, und Andre Baston ging davon.

Der alte Mann war auf seinen Stuhl zurückgesunken. Das Gesicht wirkte grau.

Seine Frau blickte zu Orrin herüber.

»Danke! Oh, vielen Dank! Wissen Sie, Sie haben ihm das Leben gerettet! Man hat uns ja nie leiden können, und Andre Baston ist als Duellant bekannt.«

»Ach, wirklich?« Orrin blickte zu Andre hinüber, der sich an einen benachbarten Tisch setzte. »War er bei dieser Reise nach dem Westen bei Pierre?«

Für einen Moment gab es keine Antwort, dann sagte die Frau leise: »Wir müssen jetzt gehen, Monsieur. Es ist schon spät, und mein Mann ist müde.«

LaCroix kam langsam auf die Beine.

Orrin befürchtete schon, daß der alte Mann hinfallen könnte.

Doch dann reckte sich der andere in den Schultern und blickte auf Orrin hinab.

»Ich bin zwar nicht ganz sicher, aber ich glaube, daß er dabei war.«

Orrin stand auf.

»Unsere Unterhaltung hat mich sehr gefreut. Wenn ich irgendwie behilflich sein kann ...?«

»Danke.«

Orrin setzte sich wieder hin und beobachtete, wie die beiden davongingen ... zwei prächtige, stolze Leute.

Plötzlich sagte eine Stimme: »Mr. Sackett? Ich bin Fanny Baston, und meinem Onkel tut es sehr leid, wie er sich eben benommen hat. Aber er glaubte, seinen Namen gehört zu haben.«

Orrin blickte in die Augen eines der schönsten Mädchen, das er je gesehen hatte. Rasch kam er auf die Beine.

14

»War doch nur ein Irrtum«, sagte er.

»Wir möchten das wiedergutmachen. Wir wollen nicht, daß Sie New Orleans verlassen und uns für ungastfreundlich halten.« Sie berührte seine Hand. »Mister Sackett ... würden Sie einmal zu uns nach Hause zum Dinner kommen? Vielleicht am Donnerstag abend?«

»Natürlich«, sagte Orrin. »Ich komme sehr gern.«

Als Fanny wieder an ihrem Tisch Platz genommen hatte, sah sie ihren Bruder und ihren Onkel an.

»Da!« sagte sie. »Jetzt liegt's an euch! Weswegen sind wir überhaupt hierhergekommen?«

2

Wir Sacketts tummeln uns in New Orleans, seit es diese Stadt gibt. Aber diesmal wollte ich nicht den Lichterglanz sehen oder Fandango tanzen, sondern Orrin helfen, einen Weg zu finden.

Der Weg, auf dem wir Spuren zu finden hofften, war zwanzig Jahre alt, und es war der Weg unseres eigenen Vaters.

Pa war immer viel herumgezogen; in seinen späteren Jahren war er ein Mann der Berge gewesen, der sich darauf verstanden hatte, Pelztiere in Fallen zu fangen. Er war stets recht gut mit dem Roten Mann ausgekommen.

Er war ein-, zweimal in den Bergen gewesen, aber das letztemal war er nicht mehr nach Hause gekommen. Das war zwar nicht so ungewöhnlich, um einen Mann ins Schwitzen zu bringen, denn damals gingen viele Männer nach dem Westen, und niemand bekam jemals wieder etwas von ihnen zu sehen, es sei denn einen Skalp am Gürtel eines Indianers.

Wir Jungs kannten diese Wege durchs Land, und wir rechneten damit, daß Pa irgendwo von seinem Pferd abgeworfen worden war oder kein Wasser mehr gehabt hatte. Vielleicht waren ihm auch Pulver und Kugeln knapp geworden, während er von Indianern umzingelt gewesen war. Dort draußen im Westen konnten einem Mann vielerlei Dinge zustoßen, und ganz unter uns gesagt, wir hatten auch schon mit den meisten zu tun gehabt.

Aber der Kummer lag bei Ma. Sie wurde nun schon alt, und mit jedem Jahr, das verstrich, beschäftigten sich ihre Erinnerungen mehr und mehr mit Pa. Sie grübelte fast ständig darüber nach, was wohl aus ihm geworden sein mochte. Sie hatte Angst, daß er vielleicht hilflos irgendwo dort in den Bergen sein könnte oder daß ihn Indianer als Geisel gefangenhielten. Nachts konnte Ma nur noch schlecht schlafen, und oft saß sie in ihrem Schaukelstuhl und machte sich Sorgen wegen Pa.

Nun, Pa war ein Mann, der sich zu helfen wußte. Er konnte mit verdammt wenig auskommen, und wenn er Zeit hatte, war er auch imstande, sich fast aus jeder Klemme wieder herauszuarbeiten. Deshalb sagten wir Jungs uns, daß Pa bestimmt längst wieder nach Hause gekommen wäre, wenn er noch lebte. Er hätte so oder so einen Weg gefunden.

Wir lebten jetzt in New Mexico. Tyrel versuchte, seinen Besitz in der Nähe von Mora zu verkaufen. Er hatte die Absicht, nach Westen in diese neue Stadt Shalako zu ziehen. Orrin war mit seiner Anwaltspraxis beschäftigt, aber er meinte, daß er sich ein bißchen Zeit nehmen könnte. Und ich, na ja, also ich war frei und konnte mich praktisch überall herumtreiben. Jedenfalls würde sich keine Frau außer Ma um mich Sorgen machen.

»Ich werde nach New Orleans gehen, Tell«, hatte Orrin zu mir gesagt. »Dort werde ich Aufzeichnungen überprüfen, die ich finden kann. Wenn du dann nachkommst, werde ich versuchen, schon einen Anfang zu haben.«

Wir drei setzten uns mit Ma zusammen und sprachen

über die letzten Tage, die Pa zu Hause verbracht hatte. Wir hofften, dabei auf einen Hinweis zu stoßen, wohin er damals hatte gehen wollen. Die Rockies sind große und wunderbare Berge, aber es handelte sich eben nicht nur um einen einzigen Berg, sondern es gab einen ganzen Haufen davon. Wo sollte man also mit der Suche nach einem einzelnen Mann anfangen?

Sollte man nach Spuren in den Black Hills suchen? Oder in den Big Belts? Oder in den Absarokas, Sawatch oder Sangre de Cristos? Sollte man die Greenhorns absuchen? Die Big Horns? Wind Rivers, San Juans, La Platas, Needles, Mogollons, Unintas, Crazy Mountains oder Salish? Die Abajos, Henrys, Peloncillos, Chiricahuas oder Snake Range? Sollte man die Black Rock Desert überqueren oder die Painted? Sollte man im Hell's Cañon suchen? Auf dem Green oder dem Popo Agie?

Wo sollte man nach einem einzelnen Mann suchen, wenn sich dort ganze Armeen verirren konnten?

New Orleans war ein gutes Stück von den Strömen entfernt, an denen Biber ihre Burgen bauten und Trapper ihre Fallen aufstellen konnten. Aber dort sollte der Weg eigentlich anfangen, denn dorthin wollte Pa, als er von den Cumberland Hills in Tennessee fortgeritten war.

Städte lösten bei mir immer Unbehagen aus. In einer Stadt konnte doch kein Mann irgendeine Spur verfolgen. Und die Leute dort waren meistens auch nicht das, was sie zu sein schienen. Üblicherweise zeigten sie nur das eine Gesicht, während sie das andere versteckten.

Orrin dagegen kannte sich in Städten aus. Er konnte die Zeichen in einer Stadt genausogut lesen wie ich die Spuren eines Mustangs auf flachem Felsgelände. Natürlich verstand auch Orrin genausoviel vom Fährtenlesen wie ich oder Tyrel, und auch im Schießen konnte er es beinahe mit jedem von uns beiden aufnehmen. Orrin hatte früh mit dem Jurastudium begonnen; er hatte ständig eine Ausgabe von Blackstone in den Satteltaschen und las, wann immer Zeit dazu war. Er war auch ein aufrechter, stattlicher Mann, und wenn er erst mal zu reden begann, mußten ihm sogar Bäume und Felsen zuhören.

Wie ich bereits sagte, New Orleans war für mich keineswegs neu. Wir Sacketts hatten seit alten Zeiten Baumflöße flußabwärts getrieben, aber die Orte, die ich hier kannte, dürften wohl kaum auf Orrins Besucherliste stehen. Also, wenn ich's recht überlege, so handelte es sich fast durchweg um Kneipen und Spelunken, aus denen ich meistens unsere Jungs hatte rausholen müssen, um wieder nach Hause zu reiten. Lokale wie Billy Phillip's 101 Ranch, Lulu White's Mahogany Hall, Five Dollar House und Frenchmen's. Oder vielleicht noch Murphy's Dance House in der Gallatin Street.

Man mußte schon ein ganzer Kerl sein, wenn man sich in diese Lokale wagen wollte. Ich habe mir ja nie viel daraus gemacht, aber wenn man nun mal mit einer Bootsmannschaft flußabwärts fährt, dann landet man eben manchmal an Orten, wo es ziemlich rauh zugeht. Um unsere Jungs rauszuholen, mußte ich meistens eine Prügelei anfangen, und dabei ging es bestimmt nicht gerade zart zu. Da kam es darauf an, wer die härteren Fäuste und Schädel hatte; wer sich am längsten auf den Beinen halten konnte. Sonst wurde man zertrampelt.

Das Saint Charles-Hotel war ein verdammt feiner Laden. So was hatte ich bisher kaum gesehen. In meinem staubigen schwarzen Anzug und den nicht minder verstaubten Stiefeln gehörte ich wohl nicht gerade zu den Leuten, die üblicherweise hier abstiegen.

Der Mann hinter dem Empfangstisch hatte sein Haar mit Pomade angeklebt und sah wie geleckt aus. Er blickte mich an wie etwas, das von einem Hund auf die Veranda geschleppt worden war.

»Ja?« sagte er.

»Ich suche Orrin Sackett«, sagte ich. »Soll hier abgestiegen sein.«

Der Clerk sah in einem großen Gästebuch nach.

»Ah, ja! Mister Sackett. Aber er wohnt nicht mehr bei uns. Er ist ausgezogen, und zwar am ... warten Sie, lassen Sie mich nachsehen ... ja, am zwanzigsten, Sir. Also vor zwei Tagen.«

Na, das kam mir nicht ganz geheuer vor. Orrin hatte doch ausdrücklich mit mir vereinbart, daß wir uns heute hier im Saint Charles treffen sollten. Wenn er also jetzt nicht da war, würde er wiederkommen.

»Sind Sie ganz sicher? Er wollte sich hier mit mir treffen.«

»Tut mir leid, Sir. Aber Mister Sackett ist ausgezogen und hat keine neue Adresse hinterlassen.«

»Und er hat tatsächlich alle seine Sachen mitgenommen?«

»Natürlich hat er ...« Dem Burschen schien plötzlich etwas einzufallen. »Moment mal! Ich glaube, er hat einen Sattel und ein Gewehr zurückgelassen.«

Jetzt machte ich mir ernsthaft Sorgen. Kein Sackett geht ohne Sattel oder Winchester irgendwohin. Deshalb hörte es sich für mich nicht vernünftig an, daß Orrin es getan haben könnte.

»Geben Sie mir ein Zimmer«, sagte ich. »Wenn's geht, das Zimmer, in dem er gewohnt hat.«

Er zögerte und schien wohl zu zweifeln, ob ich auch die Rechnung bezahlen könnte. Also holte ich meinen Geldbeutel heraus und legte zwei Doppeladler auf den Tisch.

»Wenn das aufgebraucht ist, brauchen Sie nur nach mir zu pfeifen«, sagte ich. »Und schicken Sie mir doch einen Schneider aufs Zimmer, ja? Ich muß ein paar Sonntagssachen bestellen.«

Dieses Zimmer war höchst elegant. Es gab eine große, geblümte Waschschüssel und einen dazu passenden Wasserkrug. Am Ende des Korridors gab es sogar ein richtiges Badezimmer. Ich legte meine Ausrüstung hin und sah mich erst mal ein bißchen um. Das Zimmer war inzwischen gereinigt worden, also würde ich wohl kaum noch etwas von Orrin finden. Aber ich kannte Orrin recht gut, und deshalb wußte ich, wo ich zu suchen hatte.

Unter einer Ecke des Teppichs, so gut wie eben möglich festgeklebt, waren zwei Goldstücke. Orrins übliche Vorsichtsmaßnahme, um noch ein bißchen Geld in Reserve zu haben, falls man ihn ausplündern sollte. Jetzt wußte ich mit Sicherheit, daß etwas nicht stimmte. Hier war etwas ganz entschieden nicht in Ordnung. Falls Orrin Grund gehabt haben sollte, einen Sattel und das Gewehr zurückzulassen, so hätte er doch bestimmt nicht auf dieses Geld verzichtet.

Ich setzte mich also hin und überlegte. Während dieser 1870er Jahre in New Orleans ausgeraubt, über den Schädel geschlagen oder gar umgebracht zu werden, war die leichteste und einfachste Sache der Welt. Aber Orrin war schließlich kein blutiger Anfänger. Also dachte ich weiter nach. Orrin verstand sich auf den Umgang mit Männern, aber von Frauen verstand er nicht viel. Tyrel oder ich, wir waren da mißtrauischer. Vielleicht auch nur deshalb, weil die Frauen uns noch nie soviel Beachtung geschenkt hatten wie Orrin. Er konnte damit rechnen, Frauen zu gefallen, und meistens war's ja auch so. Wenn Orrin Ärger hatte, dann war meistens eine Frau im Spiel. Das kann man natürlich von den meisten Männern behaupten.

Nachdem der Schneider gekommen war und mir für zwei neue Anzüge Maß genommen hatte, sprach ich mit dem Schwarzen, der ihn hergebracht hatte.

»Dieses Zimmer hier wurde bis vor zwei Tagen von einem großen, stattlichen Mann mit freundlichem Lächeln bewohnt. Erinnerst du dich an ihn?«

»Na, klar.«

»Also, ich bin sein Bruder, und mit mir kannst du ganz offen reden. Hatte er eine Frau um sich?«

»Ganz bestimmt nicht! Er hat sich ja nur sehr wenig in

seinem Zimmer aufgehalten.« Er fügte hinzu: »Ich erinnere mich gut an ihn, Sir. Er war sehr rücksichtsvoll.«

»Hast du ihn denn mit sonst jemandem zusammen gesehen? Ich muß ihn nämlich finden.« Ich drückte ihm einen Silberdollar in die Hand. »Frag doch mal 'n bißchen herum, ja? Sowie du etwas über ihn hörst, kommst du zu mir, dann kriegst du noch 'nen Dollar. Einverstanden?«

Einfach von der Bildfläche zu verschwinden, das gehört wohl mit zu den schwierigsten Dingen, jedenfalls dann, wenn ein Mann einen auffällig erkennbaren Lebenswandel führt. Wir alle entwickeln feste Gewohnheiten, und wenn wir sie einmal unterbrechen, wird es bestimmt jemand bemerken, wenngleich es durchaus jemand sein könnte, den wir gar nicht kennen.

Zudem war Orrin ein Mann, der fast überall auffiel, und an den man sich leicht erinnern konnte. Er brauchte es niemals darauf anzulegen, nett zu Leuten zu sein ... er war es ganz einfach. Es lag in seiner Natur. Er war höflich zu jedermann. Mit ihm konnte jeder leicht reden. Orrin war eben ein netter, angenehmer Mensch, der lieber Ärger vermied als ihn zu suchen. Er konnte andere mit seiner gewandten Art einwickeln und ein Gespräch, das zu Ärger zu führen drohte, mit Leichtigkeit in eine lässige Unterhaltung verwandeln. Darauf verstand er sich besser als sonst jemand, den ich jemals gekannt hatte.

Er war aber zugleich sehr stark. So stark wie ich, nehme ich an. Er war ein guter Boxer, ein mehr als durchschnittlicher Ringer und ein ausgezeichneter Scharfschütze. Er schoß mit beiden Händen gleich gut. Wer sich von seinem freundlichen Wesen täuschen ließ und mit ihm Streit anfangen wollte, erlebte eine böse Überraschung und handelte sich einen Haufen Ärger ein.

Ich trödelte also einfach ein bißchen herum, redete mit ein paar Leuten über meinen Bruder und erkundigte mich nach ihm, aber niemand konnte mir einen hilfreichen Hinweis geben. Die Leute im Saint Charles erinnerten sich zwar an ihn, desgleichen ein Junge, der an der nächsten Straßenecke Zeitungen verkaufte; ferner ein Mädchen, das ihm in einem Restaurant ein paar Blocks entfernt zweimal Kaffee serviert hatte, sowie ein Mann in einem Antiquariat etwas weiter unten an der Straße. Aber das half mir auch nicht weiter. Ein alter Neger, der eine Mietdroschke fuhr, erzählte mir, daß Orrin in dieses Restaurant gegangen war.

Es war ein kleines Lokal unter einem schmiedeeisernen Balkon. Von einem Tisch an einem Fenster konnte man die Straße gut beobachten.

Ich trinke für mein Leben gern Kaffee. Also setzte ich mich an den Fensterplatz. Ein recht hübsches Mädchen mit dunklem Haar und dunklen Augen brachte mir den Kaffee. Ich fragte sie direkt nach Orrin.

»O ja! Ich erinnere mich sehr gut an ihn. Aber er ist in letzter Zeit nicht mehr hiergewesen. Schon mindestens zwei, drei Tage nicht mehr.«

»Ist er oft hierhergekommen?«

»Gewiß. Und er hat immer dort gesessen, wo auch Sie jetzt sitzen. Er hat gesagt, daß er gern Leute auf der Straße beobachten will.«

»War er immer allein?«

»Ja, immer. Nur beim letztenmal hat er mit einer Dame gesprochen, die manchmal auch herkommt.«

»Jung?«

»O nein! Mrs. LaCroix ist ... nun ja, ... schon über sechzig, würde ich sagen.«

»Haben die beiden Kaffee getrunken?«

»O nein! Sie haben nur miteinander geredet, Sie hat sich bei ihm für irgend etwas bedankt. Ich ... also, normalerweise lausche ich natürlich nicht, Sir, aber das mußte ich ja hören. Es ging um irgendeine Sache, die im Speisesaal des Saint Charles passiert sein mußte. Ich habe allerdings keine Ahnung, was das gewesen sein könnte. Ich konnte nur entnehmen, daß Mister Sackett ihnen irgendwie Ärger erspart hatte.«

Nun, das war immerhin etwas.

Orrin hatte nie Lust, irgendwo herumzusitzen und Kaffee zu trinken. Wenn er also mehr als einmal hierhergekommen war, dann mußte er dafür auch einen triftigen Grund gehabt haben. Die Leute auf der Straße beobachten? Was für Leute? Hier gingen doch fast ständig Leute vorbei. Daran konnte er nicht interessiert gewesen sein. Er mußte gewußt haben, daß eine ganz bestimmte Person hier vorbeikommen würde. Oder vielleicht hatte es jemanden gegeben, den er von diesem Fensterplatz aus hatte beobachten können.

Ich hatte etwa eine halbe Stunde am Tisch gesessen, als die Kellnerin wiederkam. Die übrigen Gäste, die hier Kaffee getrunken hatten, waren inzwischen alle wieder gegangen.

»Setzen Sie sich doch ein Weilchen zu mir«, schlug ich vor. »Mein Vorname ist Tell, Abkürzung für William Tell, ein Mann, den mein Vater wegen des Bogenschießens und auch wegen seiner Gesinnung besonders gut leiden mochte. Ist wirklich nett, hier so dazusitzen und die Leute zu beobachten, die vorbeigehen. Während der letzten halben Stunde habe ich hier mehr Leute gesehen, als ich sonst in zwei Monaten zu Hause zu sehen bekomme. Und ich habe noch nie so viele Leute zu Fuß gesehen.«

Sie war amüsiert.

»Reiten Sie denn überallhin?«

»Ein richtiger Mann würde sich doch nicht mal tot ohne Pferd zufriedengeben, Ma'am. Also, wissen Sie, als Eb Farley bei uns begraben werden sollte, hat man ihn, wie es sich gehört, in seinem Sarg auf dem Leichenwagen zum Friedhof fahren wollen. Und was soll ich Ihnen sagen, was die Leiche da gemacht hat? Ist doch glatt aus dem Sarg geklettert, hat sich auf ein Pferd geschwungen, ist zum Friedhof geritten und dort wieder hübsch brav in ihren Sarg gekrochen, um sich in Frieden begraben zu lassen.«

In diesem Augenblick kam ein Mann aus dem Saloon auf der gegenüberliegenden Straßenseite. Ein riesiger Mann mit enorm breiten Schultern. Er hatte die größten Hände und Füße, die ich je gesehen habe. Dazu ein breites, flaches Gesicht. Er trug Stiefel und eine rote Schärpe um die Taille, dazu einen unauffälligen grauen Anzug.

»Wer ist das denn?«

Sie blickte rasch hin und sofort wieder weg.

»Lassen Sie ihn bloß nicht merken, daß Sie ihn ansehen!« flüsterte sie. »Das ist Hippo Swan, ein notorischer und berüchtigter Raufbold. War früher mal Aufseher auf der Baston-Plantage, bevor sie ihre Sklaven verloren. Jetzt treibt er sich einfach ständig in den Dance-Saloons herum.«

Als ich ins Hotel zurückkehrte, trat ich an den Empfangstisch heran.

»Hat mein Bruder denn überhaupt keine Nachricht hinterlassen?« fragte ich.

»Um genau zu sein, Mister Sackett, ich habe Ihren Bruder an jenem Tag überhaupt nicht zu Gesicht bekommen. Er hat einen Boten nach seinem Koffer geschickt.«

»Einfach so? Keine schriftliche Nachricht?«

»O doch, natürlich. Wir würden das Gepäck eines Gastes doch niemals ohne schriftliche Anweisung herausgeben. Wir haben sie noch bei unseren Unterlagen.« Er holte die Nachricht hervor. Sie war auf ganz gewöhnliches Briefpapier geschrieben, aber ganz entschieden nicht in der schmucken Handschrift meines Bruders. Ich zog das Gästebuch heran und legte den Zettel neben die entsprechende Eintragung. Die beiden Unterschriften wiesen auch nicht die mindeste Ähnlichkeit auf.

Dem Mann hinter dem Empfangstisch schoß nun das Blut ins Gesicht.

»Tut mir leid, Sir, aber ich glaube, ich rufe jetzt wohl doch lieber den Manager.«

3

Oben in meinem Zimmer setzte ich mich hin und dachte wieder angestrengt nach.

Orrin hatte zweifellos Ärger, und wie es aussah, schien es sich um schweren Ärger zu handeln. Er war kein Mann, der Schwierigkeiten suchte, und wenn er doch einmal darauf stieß, dann konnte er sich meistens sehr wortgewandt herausreden.

Was konnte also passiert sein?

Orrin war nicht in sein Zimmer zurückgekehrt. Jemand hatte sein Gepäck abholen lassen. Dafür hatte er eine gefälschte Nachricht verwendet. Wer den Koffer abgeholt hatte, hatte wohl nicht einmal im Traum daran gedacht, daß oben im Hotelzimmer auch noch ein Sattel und ein Gewehr eingeschlossen sein könnten. Leute, die zu Besuch nach New Orleans kamen, waren nur selten damit ausgerüstet.

Die einzige Spur, die ich bisher zu haben schien, dürfte diese Frau sein, mit der Orrin im Restaurant gesprochen hatte. Allerdings war ihr Name – Mrs. La-Croix – nicht gerade ungewöhnlich.

Und sie mußte auch im Speisesaal des Saint Charles gewesen sein; Orrin hatte ihr hier aus irgendeiner Schwierigkeit herausgeholfen. Nun, ja, das sah Orrin natürlich ähnlich. So war er nun mal. Kein Sackett trat beiseite, wenn eine Frau Hilfe brauchte. Der Speisesaal schien mir also der beste Ort zu sein, um mit Nachforschungen zu beginnen.

Aber es waren immerhin schon zwei Tage vergangen.

Ich hatte Angst.

Orrin könnte einer von vielen sein, die hier in New Orleans beraubt und getötet wurden. Meine einzige Spur bestand in einem Zwischenfall, der sich unten im Speisesaal ereignet haben mußte. Und das brauchte überhaupt nichts zu bedeuten haben. Natürlich hatte es damals vor ein paar Jahren, als wir mit einem Holzfäller-floß flußabwärts gekommen waren, diesen Krawall ge-geben, aber daran dürfte sich höchstwahrscheinlich kaum noch jemand erinnern. Immerhin, ein kleiner Rundgang durch die Dance-Saloons könnte sich doch noch lohnen.

Mir fiel ein, daß ich dort unten eine Freundin hatte. Sie war jetzt eine mächtig berüchtigte Frau, soweit ich gehört hatte. War schon als blutjunges Frauenzimmer verdammt hartgesotten gewesen, damals, als ich ihr zweimal aushelfen konnte. Brick-top Jackson wurde jetzt für eine verdammt rauhe, zugleich aber mächtig stattliche Frau gehalten, mit einer Figur, wie man sie nur selten zu sehen bekommt. Aber sie war auch eine Frau, die kämpfen konnte wie der schmutzigste Hafen-Row-dy. Brick-top war eine Diebin und Mörderin und noch vieles andere, aber sie pflegte auch zu wissen, was sich so in der Stadt tat. Vielleicht würde sie es mir ja erzählen.

Es wurde an die Tür geklopft. Ich langte nach meinem Colt und schob ihn hinter den Hosenbund, dann erst machte ich die Tür auf.

Es war dieser Neger.

»Mister Sackett?« Er kam herein und machte die Tür hinter sich zu. »Ich habe eine Information für Sie, Sir.«

Na, ich suchte in meinen Taschen nach einem weite-ren Dollar, aber der Neger war nicht geldgierig. Er sag-te: »Ihr Bruder hatte einen Streit, Sir ... einen Wort-wechsel mit Mister Baston.«

»Baston?« Wo hatte ich doch diesen Namen bloß schon mal gehört?

»Andre Baston, Sir.«

26

Er nannte den Namen, als müßte ich ihn kennen. Als ich ihn nur verwundert ansah, sagte er: »Andre Baston wird für einen der gefährlichsten Männer in New Orleans gehalten, Sir. Er hat bereits zwölf Männer getötet... in Duellen, Sir. Mit Pistole, Messer oder Rapier. Er ist mit allem der Beste, sagt man.«

»Was ist passiert?«

Er erklärte mir kurz, was sich im Speisesaal abgespielt hatte, aber viel kam dabei nicht heraus. Es hatte einen kurzen Wortwechsel gegeben, aber es war offensichtlich nur um eine Kleinigkeit gegangen. Wäre nicht ausgerechnet dieser Andre Baston darin verwickelt gewesen, hätte wohl niemand weiter darauf geachtet.

»Und die Leute, mit denen er geredet hat? Hießen die vielleicht zufällig LaCroix?«

»Ja, Sir. Genau! Sind prima Leute, Sir. Sehr feine Leute, Sir.«

»Und die Bastons?«

Dieser Neger war ein recht gut aussehender Mann von etwa fünfzig Jahren. Er verfügte über angeborene Würde und offensichtlich auch über gewisse Bildung. Seine Abneigung gegen Klatsch war deutlich zu erkennen. Aber hier war noch etwas mehr. Ich habe zwar nicht gerade das zweite Gesicht, aber auf mein Gefühl kann ich mich verlassen. So war mir völlig klar, daß dieser Mann die LaCroix-Leute leiden konnte, die Bastons dagegen nicht.

»Es gibt viele Bastons, Sir. Einige von ihnen sind feine Leute. Die meisten, um genau zu sein. Old Mister Philip, Sir ... vor dem Kriege war ich einer seiner Leute. Er war ein feiner Mann, Sir, ein feiner Mann.«

»Was ist mit Andre?«

Er zögerte.

»Mister Sackett ... also, mit ihm möchte ich nichts zu tun haben.«

»Du hast gesagt, daß er bereits zwölf Männer getötet hat.«

»Ich habe gesagt, daß er zwölf Männer im Duell getötet hat, Sir. Aber es hat noch andere gegeben ... nur ist es dabei nicht ganz so formell zugegangen.«

Nun, das half mir auch nicht weiter. Orrin hatte also ein paar Worte mit Andre Baston gewechselt, dann hatten sie sich wieder getrennt. Von den LaCroix-Leuten konnte ich vielleicht erfahren, was Orrin mit diesem Andre Baston gesprochen hatte, aber diese Spur sah nicht sehr vielversprechend aus.

Mir kam es eher vor, als wäre Orrin vom Erdboden verschluckt worden.

Nachdem ich zwei Tage lang Nachforschungen angestellt hatte, war ich immer noch genauso weit wie am Tage meiner Ankunft.

Jetzt wurde Orrin schon vier Tage vermißt.

Und dann konnte ich die LaCroix-Familie ausfindig machen.

Als ich in die Bibliothek geführt wurde, wo sie saßen, schienen sie sehr überrascht zu sein.

Mister LaCroix stand sofort auf, aber es wirkte ein bißchen steif, wie ich sehen konnte. Er war ein recht gut aussehender Mann, aber doch schon bei Jahren.

»Mr. Sackett? Entschuldigen Sie, aber ich ertwartete ...«

»... meinen Bruder, wie? Orrin sieht wesentlich besser aus als ich.«

»Sie sind ...?«

»William Tell Sackett, Ma'am. Ich bin hergekommen, um zu fragen, ob Sie meinen Bruder gesehen haben.«

»Ob wir ihn gesehen haben? Natürlich. Er hat eines Abends beim Dinner am Nebentisch gesessen«, antwortete Mr. LaCroix. »Und ich glaube, Mrs. LaCroix hat ihn später noch einmal in einem kleinen Restaurant getroffen.«

»Ja, das stimmt«, sagte die Frau. »Es war ein zufälliges Treffen, über das ich mich jedoch sehr gefreut hatte, weil ich mich nochmals bei Mister Sackett bedanken wollte.«

»Was ist an jenem Abend passiert, Sir? Ich meine, falls es Ihnen nichts ausmacht, mit mir darüber zu sprechen. Sehen Sie, Orrin wird seit vier Tagen vermißt.«

Nun, das Ehepaar wechselte einen Blick miteinander, und es war ein ängstlicher Blick.

»Es könnte mir vielleicht helfen, wenn Sie mir erzählen würden, was sich abgespielt hat«, sagte ich. »Was diesen Baston betrifft, so habe ich schon allerhand über ihn gehört. Aber was ist damals im Speisesaal passiert?«

Sie erzählten es mir, und es hörte sich alles auch ganz vernünftig an ... bis auf Orrins Frage nach diesem Pierre. Als ich es erwähnte, sagten sie mir, daß Orrin an einigen Minen-Ansprüchen in den San Juans interessiert gewesen sei. Das war für Orrin natürlich nur ein Vorwand gewesen, um Fragen stellen zu können. Es hätte ihm einen Hinweis auf jemanden geben können, der New Orleans in die wilde Gegend im Westen verlassen hatte, wie es augenscheinlich geschehen war. Orrin schien diese Frage nur so aufs Geratewohl gestellt zu haben. Es war einer seiner Anwalts-Tricks gewesen. Aber damit schien er Andre Baston ganz schön aus dem Gleichgewicht gebracht zu haben. Vielleicht hatte er damit aber auch sein eigenes Todesurteil unterschrieben. Mit einem Typ wie diesem Andre Baston konnte man nicht so einfach herumspielen.

»Dieser Andre Baston ... war er allein?«

»Er saß mit seiner Nichte Fanny und seinem Neffen Paul an einem Tisch ganz in der Nähe vom Tisch Ihres Bruders.«

»Und dieser Pierre, über den sie gesprochen haben?«

»Pierre Bontemps. Er war Andres Schwager. Ist nach dem Westen gegangen. So war er nun mal. Wollte immer irgendein wildes Abenteuer erleben. Man sagt, daß er dort draußen von Indianern getötet wurde. Andre kam zurück.«

Das ergab immer noch nicht viel. Orrin hatte einen kurzen Wortwechsel mit einem Mann gehabt, der als Duellant bekannt war. Offenbar hatte Orrin etwas gesagt, was diesem Mann mächtig gegen den Strich gegangen war.

Nach einigen weiteren Fragen begann es auszusehen, als wäre Pa damals mit Pierre Bontemps, Andre Baston und einigen anderen nach dem Westen gezogen. Ich hatte keine Ahnung, wer die anderen oder wie viele es gewesen sein könnten.

Wir unterhielten uns noch eine kurze Weile, dann fuhr ich mit einer Droschke zum Saint Charles zurück. Als ich aus dem Wagen stieg, stand Hippo Swan an der Bordsteinkante gegenüber dem Hotel. Und als ich ihn ansah, fiel mir wieder ein, wo ich den Namen Baston schon einmal gehört hatte. Das Mädchen im Restaurant hatte mir erzählt, daß Hippo Swan einmal für jemanden namens Baston gearbeitet hatte.

Als ich den Hoteleingang erreicht hatte, drehte ich mich noch einmal um.

Hippo Swan zündete sich gerade eine Zigarre an, aber mir wollte scheinen, als hielte er das Zündholz dabei höher als unbedingt notwendig.

Ein Signal? Und wenn ja, für wen?

Wahrscheinlich sah ich Gespenster. Aber es kostete schließlich nichts, lieber auf Nummer sicher zu gehen. Da niemand beim Empfang eine Nachricht für mich hinterlassen hatte, wollte ich nach oben auf mein Zimmer gehen. Da fiel mir ein, daß das Fenster auf die Straße hinausging. Wenn jemand am Fenster stand, konnte er leicht beobachten, wie unten auf der Straße ein Zündholz angerissen wurde. Ich machte auf der Treppe kehrt und ging noch einmal zur Rezeption zurück. Der Empfangschef war nicht mehr da. Seinen Platz hatte dieser Neger eingenommen, mit dem ich ja schon gesprochen hatte.

»Ist das Zimmer neben meinem Zimmer im Moment

bewohnt? Ich meine das Zimmer mit der Verbindungstür zu meinem Zimmer?«

Er sah im Gästebuch nach.

»Zur Zeit nicht, Sir.«

»Könntest du es mir für ein paar Minuten überlassen?« fragte ich und legte dabei einen Silberdollar auf
den Tisch.

Er sah mir direkt in die Augen.

»Was scheint's denn für Ärger zu geben, Mister Sakkett?«

»Nun ja. Ich bin ein ziemlich vorsichtiger Mann. Mir
scheint, das spurlose Verschwinden eines Sacketts ist
schon mehr als genug, und falls sich jetzt jemand in
meinem Zimmer aufhalten sollte, um auf mich zu warten, so wird er's wahrscheinlich an der Tür vom Korridor tun.«

»Wahrscheinlich, Sir.« Er schob mir den Schlüssel
und gleichzeitig den Silberdollar zu. »Möchten Sie, daß
ich den Hotel-Officer rufe, Sir?«

»Danke, nein.«

Ich drehte mich um und ging zur Treppe.

Der Neger rief mir noch leise nach: »Gute Jagd, Sir!«

Ich ging leise über den läuferbelegten Korridor und
öffnete die Tür zum Zimmer neben meinem Zimmer.
Dann schob ich ungemein vorsichtig den Schlüssel ins
Schloß der Verbindungstür und bemühte mich, keinerlei Geräusch dabei zu verursachen. Rasch ging ich zur
Tür meines eigenen Zimmers, fummelte mit dem Drük-
ker herum, fluchte leise und knurrte etwas über den
Schlüssel. Dann rannte ich zur Tür im anderen Zimmer
zurück und riß sie plötzlich auf.

Im schwachen Licht, das durchs Fenster hereinfiel,
sah ich einen Mann, der tatsächlich an der Tür wartete.
Dann bewegte sich ein Schatten. *Noch ein Mann!*

Sie fielen beide gleichzeitig über mich her. Es waren
große, kräftige Männer, und sie hielten sich selbst für
rauh. Sie drangen auf mich ein, jeder aus einer Richtung.

Ich hatte mein Messer und meinen Colt, aber der Revolver schien mir ein unfairer Vorteil zu sein. Außerdem schliefen hier oben bestimmt schon ein paar Leute, und ich wollte sie nicht mit Schüssen wecken. Also stieß ich mit der Stiefelspitze einen Stuhl dem Mann, der von rechts kam, in den Weg. Als der Bursche prompt darüber stolperte, verpaßte ich seinem Kumpan einen guten rechten Haken.

Also, dieser Kerl war ehrgeizig, wirklich. Er hatte es so eilig, daß er direkt in meine Faust hineinrannte. Es gab einen Platsch, dann ein häßlich knirschendes Geräusch, als seine Nase von meiner Faust wie eine Ziehharmonika zusammengequetscht wurde. Als er auf dem Boden landete, versetzte ich ihm rasch noch einen Tritt seitlich an den Kopf.

Der andere Mann wollte inzwischen wieder auf die Beine kommen, aber ich hatte jetzt genug von diesen Faxen. Ich drückte ihm die Spitze meines Messers unmittelbar über der Schlagader an den Hals und sagte: »Mir ist's egal, ob ich's tue oder nicht! Was meinst du?«

Eins wußte er mit Sicherheit, und mehr brauchte er auch gar nicht zu wissen. Ein kleiner Druck mit dem Messer, und man würde morgen Dreck auf ihn schaufeln. Da zog er es doch vor, sich ganz still zu verhalten.

»Um Himmels willen, Mister! Töten Sie mich nicht! Ich wollte Ihnen doch gar nichts tun!«

»Wer hat euch damit beauftragt?«

»Ich kann doch nicht ...«

Die Messerspitze grub sich eine Winzigkeit tiefer. Jetzt reichte der kleinste Druck aus, und der Kerl würde auf dem Teppich verbluten.

»Rede! Sage mir, wer euch geschickt hat und was ihr mit mir machen solltet!«

»Swan hat uns geschickt. Der Hippo. Wir sollten Sie umlegen und durch den Hinterausgang zum Sumpf hinuntertragen.«

»Los, aufstehen!« befahl ich, trat einen Schritt zurück

und ließ ihn vom Boden hochkommen. Es kümmerte mich herzlich wenig, ob er den Ball eröffnen wollte oder nicht. Aber ihm reichte es ganz offenbar. Ein dünner Blutfaden rieselte an seinem Hals hinab, und das jagte ihm Angst ein. Es handelte sich nur um einen Kratzer, aber er konnte nicht wissen, wie tief diese Verletzung wirklich war. Seine Angst war so groß, daß er wahrscheinlich am liebsten geheult hätte. »Und nimm den da mit!« Ich zeigte mit der Fußspitze auf den anderen Mann. »Und wenn ihr euch das nächstemal mit einem Sackett einlassen wollt, dann sorgt zuvor lieber dafür, daß seine Hände zusammengebunden sind!«

Er zog sich von mir zurück.

»Ich hatte nichts damit zu tun. Das war er ...« Nun zeigte er auf seinen Kumpan. »Und Hippo! Die beiden haben's getan!«

Ich starrte ihn an, warf einen kurzen, aber bezeichnenden Blick auf die Messerspitze und ging langsam auf ihn zu.

»Wohin haben sie ihn gebracht?«

Seine Stimme war nicht viel mehr als ein heiseres Flüstern.

»Zum Sumpf! Zu einem Hausboot auf dem Flußarm. Ich weiß nicht, auf welchem.«

»Raus!«

Er bückte sich, hob den anderen mit einiger Mühe vom Fußboden auf und stolperte hinaus.

Nachdem ich die Tür hinter ihm zugemacht hatte, zündete ich die Lampe an. Dann machte ich die Verbindungstür zu und schloß sie wieder ab. Die Spitze meines Messers wies einen Blutstropfen auf. Ich wischte ihn ab.

Dann hörte ich, wie leise an die Tür geklopft wurde. Es war wieder dieser Neger.

»Kann ich den Schlüssel haben, Sir?« fragte er. »Ich nehme an, daß Sie ihn jetzt nicht mehr brauchen.«

»Danke. Aber ich glaube, ich habe einen Stuhl zerbrochen.«

Er warf nur einen flüchtigen Blick darauf.

»Hoffentlich war das nicht alles«, sagte er ruhig. Dann sammelte er die Bruchstücke zusammen. »Ein Stuhl kann ja ersetzt werden.«

»Wie heißt du eigentlich?« fragte ich ihn, weil ich es plötzlich wissen wollte.

Er lächelte nicht.

»Judas, Sir. Judas Priest.«

»Danke, Judas.«

Der Neger ging zur Tür.

»Gleich zwei auf einmal, Sir? Das nenne ich gute Arbeit, Sir.«

»Hast du sie gesehen?«

»O ja, Sir! Natürlich.« Er schob eine Hand in die Tasche, und als er sie wieder herauszog, hielt er einen geradezu furchteinflößenden messingnen Totschläger in den Fingern. »Wir dürfen doch nicht zulassen, daß unseren Gästen etwas zustößt. Nicht im Saint Charles, Sir.«

»Sehr verbunden. Das nenne ich Bedienung. Na, ich werde ein gutes Wort für dich bei der Hotelleitung einlegen, Judas.«

»Wenn Sie nichts dagegen haben, Sir ... wenn ich mich hier eingemischt hätte, so wäre das ausschließlich meine Verantwortung gewesen.«

»Nochmals vielen Dank, Judas.«

Er machte die Tür von draußen zu, und ich warf mich aufs Bett.

Orrin befand sich also auf einem Hausboot auf dem Fluß. Das war eine verdammt spärliche Information. Es gab Dutzende von Flußarmen und wahrscheinlich Hunderte von Hausbooten. Orrin konnte auch schon tot sein. Oder im Sterben liegen. Vielleicht würde er im Moment jede Hilfe brauchen, die er nur irgendwie bekommen konnte.

Und ich konnte ihm nicht helfen ...

4

Ich saß auf der Bettkante und dachte über mein Problem nach. Ich mußte Orrin finden, und zwar mächtig schnell. Ich konnte mir keinen plausiblen Grund vorstellen, weshalb man ihn am Leben lassen sollte. Aber Orrin war ein sehr glattzüngiger Mann, und falls überhaupt jemand einen Grund für sie finden konnte, dann bestimmt er.

Alles erschien mir ungereimt und gab keinen rechten Sinn. Doch heutzutage wurde schon aus nichtigem Anlaß getötet. Irgendein geringfügiger Streit konnte plötzlich ungemein wichtig werden. Doch selbst wenn man dies berücksichtigte, so schien mir doch mehr dahinterzustecken.

Wenn ich es genau betrachtete, so hatte ich nur wenig, von dem ich ausgehen konnte. Niemand hatte mich je beschuldigt, heller oder klüger zu sein als der Durchschnitt. Ich kann die meisten Kampfwaffen so gut oder sogar noch besser handhaben als sonst jemand. Ich bin zäh wie Leder und bullenstark. Aber wenn es um List oder Verschlagenheit geht, so bin ich der Sache nicht gewachsen. Offen und direkt, so bin ich nun mal.

Orrin war in die Stadt gekommen, um nach irgendeinem Zeichen von diesem Franzosen zu suchen, der mit Pa in die westlichen Berge gezogen war. Die Chance, etwas zu finden, war ungemein klein. Doch offenbar war Orrin auf irgend etwas gestoßen. Dann hatte er im Speisesaal vom Saint Charles an diesem Tisch gesessen und eine Unterhaltung mit diesen LaCroix-Leuten gehabt. Dabei war ein Name gefallen. Bei dem anschließenden Wortwechsel hatte Orrin, der sich stets besonders gut darauf verstand, einen Zeugen aus dem Gleichgewicht zu bringen, rundheraus gefragt, was aus Pierre geworden war. Damit hatte er einen Nerv getroffen.

Pierre war von einem Trip nach dem Westen nicht zurückgekehrt. Andre Baston war bei diesem Trip dabeigewesen. Die Frage nach Pierre hatte Andre offenbar nicht gefallen. Was könnte man also daraus schließen? Vielleicht hatte Andre bei einem Kampf Pierre im Stich gelassen und war davongelaufen. Vielleicht hatte er etwas an sich genommen, was Pierre gehört hatte? Und vielleicht hatte er Pierre sogar getötet.

Alles dies war reine Spekulation, und ein Mann kann sich von einer vernünftigen Theorie leicht fortreißen lassen. Oft findet ein Mann eine Theorie, die gewisse Dinge erklärt. Dann baut er auf dieser Theorie auf und findet die richtigen Antworten ... nur ist die grundlegende Theorie leider falsch. Aber dies wird er dann zuallerletzt zugeben.

Pa hatte etwa in dieser Zeit New Orleans nach dem Westen verlassen. Als Orrin den Namen Sackett ausgesprochen hatte, war Andre erschrocken. Und nachdem Orrin sich selbst als ein Sackett vorgestellt und Andre Baston mit dem Namen Pierre konfrontiert hatte, war er von der Bildfläche verschwunden.

Ich mußte jetzt also unter vier-, fünfhundert Hausbooten ein ganz bestimmtes herausfinden. Am besten fing ich mit meinen Nachforschungen wohl in der Gallatin Street an. Danach müßte ich mir diesen Sumpf vornehmen. Ich sprach recht gut Spanisch auf mexikanische Art und auch ein paar Brocken Französisch, die ich in Louisiana oder oben an der kanadischen Grenze aufgeschnappt hatte. Diese Worte würde ich brauchen.

Bevor New Orleans amerikanisch geworden war, war es nahezu hundert Jahre eine französische und spanische Stadt gewesen. Viele Leute an den Bayous sprachen nur Französisch, wie zum Beispiel am Bayou Teche, wo die Cajuns lebten.

Vor allem brauchte ich jemanden, der sich in den sumpfigen Flußniederungen auskannte.

Zunächst erfuhr ich jedoch erst mal, daß Brick-top Jackson nicht mehr da war.

Brick-top war gemeiner als ein Grizzlybär mit Zahnschmerzen. Zuletzt hatte sie mit einem Mann namens Miller zusammengelebt. Er hatte anstelle einer Hand eine Eisenkugel gehabt. Eines Abends war er mit einer Peitsche nach Hause gekommen und hatte sie an Brick-top ausprobieren wollen. Sie hatte ihm die Peitsche weggenommen und ihn damit halbtot geschlagen. Da hatte er zum Messer greifen wollen. Aber auch das hatte sie ihm abgenommen und fünf-, sechsmal in den Leib gerammt. Da hatte Miller seinen Geist aufgegeben und war unter ihren Händen gestorben. Die beiden hatten sich oft geprügelt, und fast stets hatte Miller dabei den kürzeren gezogen. Aber diesmal konnte er es ihr noch im Tode heimzahlen. Brick-top mußte ins Gefängnis.

Ich hatte ihr mal ein bißchen ausgeholfen, obwohl ich damals noch gar nicht wußte, wer sie war. Ich weiß nicht, ob sie das mehr überraschte als die Tatsache, daß ich danach wieder meinen eigenen Angelegenheiten nachging. Aber sie hatte Leuten erzählt, daß ich ein Mann war, für den sie sogar in die Hölle gehen würde. Ich glaube, sie ist für viele Männer in die Hölle gegangen.

Aber an einem Fluß trifft ein Mann allerhand fremde und merkwürdige Leute, und ich hatte noch nie im Sinn, Moral zu predigen. Ich hatte mir hier und da einen Freund gemacht, und wahrscheinlich gab es den einen oder anderen unten an den schäbigen Straßen. Also ging ich dorthin.

Leute, die darüber bestimmten, was Sünde war, besuchten die Gallatin Street während ihrer wildesten Zeit niemals. Hätten sie es getan, wäre ihr Katalog des Bösen wohl noch etwas umfangreicher ausgefallen, so daß wir statt der zehn jetzt wahrscheinlich hundert Gebote hätten. In dieser Straße gab es Diebstahl, Krawalle und Mord. Da gab es den Blue Anchor, den Baltimore, den

Amsterdam und Mother Burke's Den. (Das Canton House wurde geschlossen, nachdem Canton einen Seemann zu Tode getrampelt hatte.) Niemand brauchte lange nach einer Spelunke zu suchen, um sich zu betrinken oder ausgeraubt zu werden, und wenn es nicht das eine war, so war es in neun von zehn Fällen das andere.

Tarantula Juice war das billigste Getränk. Es bestand aus zwei Gallonen Alkohol, einem Batzen Tabak und einem halben Dutzend gebrannter Pfirsiche, alles in einem Fünf-Gallonen-Wasserfaß gemixt. Wenn an einem der Bestandteile gespart wurde, dann war es meistens der Alkohol, aber in den schäbigeren Spelunken setzte man einfach alles mögliche hinzu, um auf die gewünschte Menge zu kommen.

Ich wanderte von Kaschemme zu Kaschemme und hielt ständig Ausschau nach irgendeinem bekannten Gesicht. Nichts. Dafür hatte ich in Murphy's Dance-Saloon großes Glück. Ich hatte mir gerade ein Bier bestellt und sah mich ein bißchen um, als ein großer, schlanker Mann mit einem Goldring im Ohr dicht neben mir stehen blieb. Er hatte ein langes Gesicht und gelbliche Augen. Auf dem Kopf trug er einen Pflanzerhut, dazu eine braune Jacke mit einem Tuch um den Hals.

»Sie können das Bier unbesorgt trinken, Sackett«, sagte er. »Und Murphy können Sie trauen ... bis zu einem gewissen Punkt.«

»Danke«, sagte ich. »Aber kann ich auch einem Fremden mit einem Ring im Ohr trauen?«

»Ich bin der Tinker«, sagte er, und das erklärte einem Mann aus unseren Bergen alles.

Der Tinker war ein Kesselflicker und zugleich so etwas wie ein Hausierer. Er trieb sich in den Bergen herum und handelte praktisch mit allem, was er in die Finger bekommen konnte. Er war ein Mann aus fremden Gegenden, aber er schien immer unter uns zu sein. Zwar sah er aus wie dreißig, aber er konnte genausogut auch schon neunzig sein. Er war über die einsamen Straßen durch die Cumberlands, die Smokies und Blue Ridge gewandert. Man kannte ihn auf Highland Rim und vom Sandy bis zum Choccoloco. Unter anderem machte er auch Messer von einmaliger Qualität. Diese Messer verkaufte er nur an wenige und schenkte sie niemandem.

»Dann freut's mich, Sie zu sehen«, sagte ich. »Denn ich brauche jemanden, der sich in den Bayous auskennt, also in diesen Sumpfniederungen zwischen den Flußarmen.«

»Ich kenne sie ein bißchen«, sagte er. »Und ich kenne Leute, die sie viel besser kennen. Ich habe hier Verwandte und Bekannte.«

Der Tinker war ein Zigeuner, und innerhalb dieser Gemeinschaft genoß er hohes Ansehen. Ob er unter ihnen ein König, ein Zauberer oder ganz einfach ein Mann war, der besser mit Stahl umgehen konnte, wußte ich niemals.

»Man hat Orrin geschnappt«, sagte ich. »Ein Mann namens Andre Baston steckt dahinter ... und Hippo Swan.«

»Wenn sich ein Sackett Feinde schafft, dann sieht er sich niemals unter Schwachen danach um«, sagte der Tinker. »Das ist schon ein verdammter Haufen, Tell Sackett!«

»Ach, dann kennen Sie mich also?«

»Ich war bei den Leuten, die zum Mogollon geritten sind, als die Sacketts da oben Ärger hatten. Bin mal mit Ihrem Vetter Lando geritten. Er ist mein Freund. Wo kann ich Sie finden, falls ich Ihnen was zu berichten habe?«

»Im Saint Charles. Sollte ich gerade nicht da sein, können Sie mit einem Neger namens Judas Priest sprechen.«

»Ich kenne den Mann. Wer kennt ihn nicht?«

»Ihn kennen Sie auch?«

»Es ist gut, ihn zum Freund zu haben.«

Der Tinker trat vom Tresen zurück und winkte einem Mann zu, der in der Nähe herumlungerte. Er legte eine Hand auf meinen Arm und sagte: »Das ist Tell Sakkett, ein Freund von mir.«

»Natürlich«, sagte der Mann.

Der Tinker sah mich an und sagte: »Jetzt werden Sie nicht mehr belästigt werden. In New Orleans können Sie hingehen, wohin Sie wollen, aber für die Bayous und den Sumpf kann ich diese Garantie nicht übernehmen.«

Überall um uns herum war ein schwitzender, schiebender, fluchender Haufen von Taschendieben und Halsabschneidern, aber als ich mich jetzt zum Gehen wandte, zogen sich alle vor mir zurück, so daß ich einen leichten und bequemen Weg hatte. Unter der Menge sah ich den Freund des Tinkers, der ein paar andere Männer bei sich hatte. Einer von ihnen war fortan üblicherweise in meiner Nähe.

Die Zigeuner hatten ihre eigene Art, Dinge in New Orleans zu erledigen, und es waren stets mehr von ihnen zugegen, als man glaubte.

Ich hatte genug vom Herumziehen und wollte wieder zum Hotel zurückkehren.

Plötzlich entdeckte ich Hippo Swan vor mir.

»Bring ihn lieber zum Saint Charles zurück, Hippo«, sagte ich. »Wenn ich ihn holen muß, wirst du's mit mir zu tun bekommen.«

Er lachte und sah sich nach seinen Leuten um, aber sie waren verschwunden. Zwischen uns befand sich freies Gelände. Das gefiel ihm nicht. Er fürchtete sich vor keinem Mann, aber hier mußte irgend etwas geschehen sein, was er wohl nicht begreifen konnte. Er hatte doch ein halbes Dutzend Männer bei sich gehabt, als er hergekommen war, und jetzt war er auf einmal ganz allein.

Er hatte weiße Haut, dicke Lippen und kleine, grausame Augen, die beinahe unter dickem Fleisch versteckt waren. Er war sogar noch größer, als ich zuerst geglaubt hatte. Er hatte enorm breite Schultern, dicke Arme sowie Hände wie Schaufeln.

»Ach, mit dir bekomm' ich's zu tun, eh? Na, wie mir das gefallen wird, Freundchen!«

Ich mochte diesen Mann nicht. Ich konnte brutale Schläger noch nie leiden, und das hier war einer von der übelsten Sorte, wenn mich nicht alles täuschte. Aber er durfte auf keinen Fall unterschätzt werden. Dieser Mann war grausam, weil ihm Grausamkeit Spaß machte.

»Wenn ihm auch nur das geringste zustoßen sollte, Hippo, werde ich mit dem, was dann noch von dir übrig sein wird, die Fische füttern!«

Wieder lachte er. Nein, Angst hatte er bestimmt nicht vor mir. Ich habe eine Drohung eigentlich immer für eine leere Sache gehalten, aber jetzt mußte ich daran denken, daß ich meinem Bruder helfen mußte.

»Was hat ein Sackett mehr oder weniger schon zu bedeuten?« höhnte er.

»Für dich wahrscheinlich nichts, aber für uns 'ne ganze Menge.«

»Uns? Ich sehe nur einen.«

Ich lächelte ihn an.

»Hippo ...«, sagte ich ganz ruhig. »Von uns gibt's so viele, wie nötig sind, auch wenn ich noch nie mehr als ein Dutzend auf einmal gesehen habe ... mit Ausnahme der goldenen Hochzeit von Urgroßvater und Urgroßmutter. Dabei waren mehr als hundert Männer anwesend. So genau konnte ich sie gar nicht zählen.«

Er glaubte mir nicht. Aber noch weniger gefiel es ihm, daß seine Leute so plötzlich von der Bildfläche verschwunden waren. Und auch einige dunkle, fremde Gesichter in der Menge schienen ihm ganz und gar nicht zu behagen.

»Ich werd' mir schon den richtigen Zeitpunkt aussuchen«, murmelte er. »Und dann werde ich dich zerbrechen ... einfach so!« Er deutete es mit seinen großen Pranken unmißverständlich an. Dann machte er abrupt kehrt und stapfte davon.

Ich ging ins Hotel, um mich fürs Dinner umzuziehen. Mein neuer Anzug war inzwischen geliefert worden. Er paßte ausgezeichnet. Alle Kleidung, die ich gehabt hatte, seit Ma sie mit eigenen Händen gewebt und genäht hatte, hatte ich mir entweder selbst aus Wildleder gefertigt oder in irgendeinem Laden in einer Rinderstadt gekauft.

Ich betrachtete mich ein wenig bewundernd im Spiegel und fand, daß ich recht gut aussah, aber dann wandte ich mich verlegen ab. Wie kam ich denn auf einmal auf so großspurige Ideen? Schließlich war ich doch nichts weiter als ein Junge vom Lande. Meinetwegen ein Junge aus den Bergen, wenn man so will. Nur daß ich inzwischen ein paar Jahre älter geworden war und von harter Arbeit ein paar Schwielen an den Händen und vom langen Reiten auch ein paar auf dem Hintern hatte.

Was machte ich eigentlich hier in diesem feinen Anzug? Wie oft würde ich wohl Gelegenheit haben, ihn überhaupt zu tragen? Und was hatte ich in diesem vornehmen Hotel zu suchen? Ich war doch ein Mann, der an Lagerfeuer gehörte. In Weidehütten. Oder in ein Schlafhaus. Mit einem Lasso und einem Sattel und praktisch nichts weiter. Das sollte ich lieber niemals vergessen.

Aber manchmal gibt es Dinge, die einen Mann vergessen lassen. Orrin hatte ein Recht darauf, Frauen zu vertrauen. Er war gut anzusehen, konnte ausgezeichnet tanzen, hatte ein Ohr für Musik und dazu eine Stimme, die sogar Biber aus ihren Teichen locken konnte.

Nichts davon traf auf mich zu. Ich war ein großer, gewöhnlich aussehender Bursche mit breiten Schultern, großen Händen und einem Gesicht wie ein grober Keil;

harte Wangenknochen und ein paar Narben, die ich mir an Orten geholt hatte, wo ich vielleicht lieber nicht hätte gewesen sein sollen. Ich hatte auch ein paar Narben am Herzen; sie rührten von den wenigen Gelegenheiten her, wo auch ich einmal das Herz einer Frau gewonnen hatte, aber nur um es bald darauf wieder zu verlieren.

Weiche Teppiche, weißes Leinen, der Glanz von teurem Glas und Silber ... das war nichts für Leute wie meinesgleichen. Ich war ein Mann, von Anfang an dafür geboren, den Geruch von brennendem Kiefernholz wahrzunehmen, unter Sternen oder einem Küchenwagen zu schlafen, umweht vom Gestank eines Feuers beim Bränden von Vieh oder gelegentlich von Pulverdampf.

Dennoch wienerte ich jetzt meine Stiefel blank, kämmte mein Haar, so gut es eben ging, zwirbelte meinen Schnurrbart und ging dann nach unten in den Speisesaal.

Die Fallen, die das Leben einem Mann stellt, sind nicht immer nur aus Stahl, und auch der Köder entspricht manchmal nicht den Erwartungen.

Als ich durch die Tür kam, saß sie ganz allein da, und als sie zu mir aufblickte, schien sie die Augen ein bißchen aufzureißen, und so etwas wie ein halbes Lächeln zitterte um ihre Lippen.

Sie war schön. So schön, daß ich spürte, wie mir das Herz bei ihrem Anblick weh tat. Doch plötzlich bekam ich es mit der Angst zu tun und wollte schon wieder kehrtmachen, als sie rasch, aber anmutig aufstand und zu mir sagte: »Mister Sackett? William Tell Sackett?«

»Ja, Ma'am«, brachte ich heraus und drehte verlegen den Hut in den Händen. »Ja, Ma'am. Ich wollte mich gerade zum Abendessen hinsetzen. Haben Sie schon gegessen?«

»Ich habe auf Sie gewartet«, sagte sie und senkte den Blick. »Ich fürchte, Sie werden mich jetzt für ziemlich kühn halten, aber ich ...«

»Nichts dergleichen!« sagte ich hastig und zog einen Stuhl für sie zurück. »Mir graut wirklich davor, ganz allein zu essen. Scheint so, als wäre ich die meiste Zeit der einzige, der allein sein muß.«

»Sind Sie denn schon so oft allein gewesen, Mister Sackett?«

Sie sah mich dabei aus diesen großen, sanften Augen an, so daß ich jetzt kaum schlucken konnte.

»Ja, Ma'am. Ich bin sehr viel durch die Wildnis geritten. Oder ich habe mich längere Zeit hoch oben in den Bergen aufgehalten. Da ist ein Mann sehr viel allein ... auch wenn ihm manchmal Banditen einen unerwünschten Besuch abstatten, um sein Lager auszuplündern. Und dann gibt's da natürlich auch noch die Coyoten.«

»Sie müssen schrecklich mutig sein!«

»Nein, Ma'am. Es ist nur ... ich versteh's eben nicht besser. Ich kenne nichts anderes oder Besseres. Ist ganz natürlich, wenn man damit aufgewachsen ist.«

Mein Kragen kam mir zu eng vor, aber ich hatte diese steifen Kragen ja noch nie leiden können. Sie scheuerten mir den Hals wund. Mein Revolver hatte sich über meinem Bauch verschoben und drückte mich. Ich spürte, wie mir der Schweiß auf der Stirn stand, und ich wünschte mir verzweifelt, ihn jetzt einfach mit dem Ärmel abwischen zu können.

»Ihr Gesicht sieht so ... so hart aus! Ich meine ... die Haut. Wie Mahagoni!«

»Ist nichts besonderes«, sagte ich. »Aber sie platzt nicht so leicht. Also, ich erinnere mich noch an die Zeit ...«

Nun, ich fing mich gerade noch rechtzeitig genug. Das war keine Geschichte für ein so sanftes Mädchen wie dieses hier.

Sie legte plötzlich eine Hand an mein Gesicht.

»Sie haben doch nichts dagegen? Ich mußte mich einfach einmal davon überzeugen, ob sie wirklich so hart ist, wie sie aussieht.«

Ihre Hand war sehr weich und leicht wie eine Feder.

Ich spürte, wie mein Herz pochte, und ich hatte Angst, daß sie es hören könnte. Es war schon sehr lange her, seit mich eine Frau einmal so behandelt hatte.

Plötzlich war jemand neben dem Tisch.

»Mister Sackett, Sir? Eine Nachricht für Sie, Mister Sackett, Sir.« Und dann sagte Judas Priest, denn er war es, in gänzlich verändertem Tonfall: »Und wie geht es Ihnen, Miß Baston?«

5

Der Name bewirkte genau das, was Judas wohl auch beabsichtigt hatte. Ich kehrte nämlich jäh aus den rosaroten Wolken auf die nüchterne Erde zurück. Mit einem einzigen Wort hatte er meinen Ballon zum Platzen gebracht, und das war auch gut so, weil er ja doch nur mit heißer Luft gefüllt gewesen war. Kein Mädchen wie dieses hier hätte es so auf einen Mann wie mich abgesehen ... es sei denn, daß es damit hinterhältige Zwecke verfolgte.

Sie lächelte zwar noch genauso freundlich, aber mir kam es doch vor, als funkelten ihre Augen ziemlich wütend. Am liebsten hätte sie wohl jetzt Judas Priest auf der Stelle über den Haufen geschossen.

Für einen Moment vergaß ich die Nachricht, die ich in der Hand hielt, aber Fanny Baston machte mich wieder darauf aufmerksam.

Judas war verschwunden, ohne von Fanny Baston eine Antwort erhalten zu haben, aber ich vermute, daß er auch gar keine erwartet hatte.

Miß Baston warf einen Blick auf die Nachricht in meiner Hand.

»Wenn ich mich einmal mit einem besonders gut aussehenden Mann unterhalte, kommt doch fast immer etwas dazwischen, Mister Sackett. Aber wenn Sie nichts dagegen haben, können Sie sich ja vielleicht später mit Ihrer Nachricht befassen.«

Ich lächelte sie einfach an. Jetzt war ich wieder einigermaßen zu Verstande gekommen.

»Es könnte wichtig sein«, sagte ich und faltete dabei das Blatt bereits auseinander. Ich las: *Absinthe House, heute nacht 11 Uhr.* Unterzeichnet war mit dem Profil des Tinkers ... eine schnelle, aber erstaunlich lebensähnliche Linie.

Ich faltete den Zettel wieder zusammen, steckte ihn in die Hemdtasche und knöpfte die Klappe zu. Ich hatte das Gefühl, als juckte es Fanny Baston jetzt in allen Fingern, nach diesem Stück Papier zu langen. Aber sie würde nur über meine Leiche daran kommen. Nun, ich hatte das Gefühl, daß sie möglicherweise sogar daran dachte.

»Ich hatte mich schon darauf gefreut, Sie kennenzulernen, Ma'am«, sagte ich, und dann log ich: »Orrin hat mir erzählt, daß er Sie getroffen hat ... und daß er Sie bald einmal wiedersehen möchte.«

Das Flattern ihrer Augenlider verriet, wie verärgert sie jetzt war. Das hatte sie wohl eben nicht erwartet. Aber Leute, die sich mit Verbrechen befassen, sollten stets daran denken, daß Leute gern reden und so gut wie alles erzählen werden, wenn sie Gelegenheit dazu bekommen. Und sie konnte ja nicht wissen, daß ich von Orrin weder etwas gesehen noch gehört hatte.

»Ich fürchte, Sie haben einen völlig falschen Eindruck gewonnen, Mister Sackett«, sagte sie. »Ich habe Ihren Bruder nur ganz kurz getroffen, aber ich fand ihn ungemein attraktiv. Um ganz ehrlich zu sein, das war auch der eigentliche Grund, warum ich heute abend hierhergekommen bin. Er hat nämlich eine getroffene Verabredung für einen Besuch in unserem Haus nicht eingehalten. Dann habe ich von Ihrer Anwesenheit hier im Hotel erfahren. Wo ist denn Ihr Bruder?«

»Die gleiche Frage wollte ich Ihnen gerade stellen,

Ma'am. Er hält nämlich getroffene Vereinbarungen stets ein. Also muß ihm etwas Ernsthaftes zugestoßen sein. Wir hatten hier in der Stadt etwas Geschäftliches zu erledigen.«

»Wenn wir irgendwie helfen können, Mister Sackett, brauchen Sie es nur zu sagen. Wir haben viele Freunde hier. Unsere Familie hat bereits seit kurz nach Gründung der Stadt in New Orleans gelebt.«

»Muß damals für die Mannsleute sehr schwer gewesen sein«, sagte ich. »Gab doch nicht viele Frauen. Das änderte sich erst, als man die Besserungs-Mädchen herschickte.«

Als Bienville damals hier unten Gouverneur gewesen war, hatte er Mädchen aus Frankreich herschicken lassen, um Männern zu Ehefrauen zu verhelfen. Er bekam eine Schiffsladung von acht- oder neunundachtzig Mädchen aus einem Gefängnis oder einer ›Besserungsanstalt‹ in Paris. Das war ein übler Haufen, der endlosen Ärger bereitet hatte. Danach verschiffte man dann Mädchen von besserer Klasse; jedes bekam eine kleine Truhe mit Kleidung und so weiter. Das war eine gute Mädchenschar, ernsthaft und geschickt in der Führung eines Haushalts; man nannte sie *filles à la cassette* ... die Casket-Girls.

Wie mir Leute in New Orleans erzählt hatten, wollte niemand ein solches Besserungs-Mädchen als Vorfahrin beanspruchen. Das hörte sich an, als wären alle diese Mädchen ohne Nachkommen gestorben. Jeder, der behauptete, aus jener Zeit zu stammen, erhob damit auch Anspruch auf ein Casket-Girl. Dies alles hatte ich bei Unterhaltungen erfahren, aber jetzt tat ich so, als hätte ich noch nie etwas von Casket-Girls gehört.

»Kein Grund, warum diese Besserungs-Mädchen nicht tüchtig gewesen sein sollten«, sagte ich. »Also haben auch Sie keinen Grund, sich deswegen zu schämen.«

Ihr stieg die Zornesröte ins Gesicht. Sehr scharf sagte

sie: »Wir hatten nichts mit Besserungs-Mädchen zu tun, Mister Sackett! Die Bastons stammen aus einer sehr guten Familie . . .«

»Daran zweifle ich nicht«, stimmte ich zu. »Jedenfalls dreht sich eine Mühle nicht in Wasser, das bereits vorbeigeflossen ist, und zweifellos trägt Ihre Familie jetzt einen großen Teil zum Wohlergehen von Louisiana bei. Also, ich würde sagen, daß es wahrscheinlich eine ganze Anzahl herausragender Bürger darunter gibt.«

Nach allem, was ich bisher gehört hatte, schien mit der Baston-Familie nicht mehr allzuviel los zu sein. Philip war wohl der einzige, den die Leute hier noch respektierten. Die anderen hatten nur noch Stolz, ein altes Heim und die Bereitwilligkeit, alles zu tun, solange es sich dabei nicht um Arbeit handelte. Ein Zweig der Familie war ehrenhaft gewesen; Pflanzer, Männer im öffentlichen Dienst, Soldaten, und so weiter. Der andere Familienzweig – und dazu gehörten Fanny und Andre – hatte sich mit Spielen, Geldverschwendung, Sklavenhandel und einer ganzen Menge anderer fragwürdiger Aktivitäten befaßt.

Fanny Baston konnte mich nicht leiden. Das war ihr deutlich genug anzumerken. Sicher wünschte sie sich jetzt, lieber nicht hierhergekommen zu sein, um – wie ich vermutete – Informationen zu sammeln. Aber ich mußte ihr bescheinigen, daß sie bei der Stange blieb.

»Wenn Sie hier Geschäfte zu erledigen haben, Mister Sackett, so würden wir Ihnen wirklich sehr gern dabei behilflich sein. Möchten Sie mir nicht sagen, worum es sich handelt?«

Nun, ich hatte inzwischen sehr gründlich über alles nachgedacht, und mir wollte scheinen, daß es für die Bastons nur zwei Gründe geben konnte, weshalb sie so in Hitze geraten waren. Sie hatten Angst, daß wir irgend etwas herausbekommen oder entdecken könnten. Und sie wären wohl auch kaum so sehr daran interessiert, wenn es nicht um sehr viel Geld ginge.

Pa war mit Pierre in die westlichen Berge gezogen ...
warum? Vielleicht hatte Pierre gewußt, wo es Gold gab.
Oder er hatte geglaubt, es zu wissen. Die Tatsache, daß
es sich nur um eine sehr kurze Reise hatte handeln sollen, ließ darauf schließen, daß dieses Gold bereits geborgen gewesen sein mußte. Mit anderen Worten, es
hatte sich um einen versteckten Goldschatz gehandelt.

»Orrin und ich versuchen, unseren Pa ausfindig zu
machen«, sagte ich. »Er ist vor Jahren von hier aus verschwunden.«

»Ist es nicht möglich, daß er bereits tot ist?«

»Sicher, Ma'am, das ist durchaus möglich, nur ... wir
möchten's eben ganz genau wissen. Ma kommt allmählich in die Jahre und macht sich Sorgen um ihn. Ich
nehme an, daß Pa ein paar Jäger nach dem Westen geführt hat ... vorausgesetzt natürlich, daß er nicht hier in
New Orleans getötet wurde. Jedenfalls kehren wir sofort wieder nach Hause zurück, wenn wir das herausbekommen haben.«

»Nach Tennessee?«

»Nein, Ma'am. Wir leben jetzt in New Mexico. Aber
wir beabsichtigen, bald nach Colorado überzusiedeln
und uns im La Plata-Bergland niederzulassen. Ein paar
von den Jungs sind bereits dort. Tyrel ist in Santa Fé,
falls er sich nicht schon auf dem Wege hierher befinden
sollte.«

»Hierher?« wiederholte sie, und es hörte sich ziemlich
besorgt an. Ich nehme an, daß sie bereits überlegte, mit
wie vielen von uns sie es wohl noch zu tun bekommen
würde.

»Ja, Ma'am. Tyrel könnte auch herkommen. Er ver-
steht sich nämlich am besten von uns allen darauf,
Dinge ans Licht zu holen. Er ist dort drüben schon in
mehreren Städten Marshal gewesen. Deshalb ist er an
solche Untersuchungen und Nachforschungen gewöhnt.«

Wir bestellten das Essen, dann unterhielten wir uns

eine Weile über dies und das. Es war noch früh, und ich hatte genügend Zeit bis zur Verabredung mit dem Tinker.

Da er nach mir geschickt hatte, konnte dies nur bedeuten, daß er etwas entdeckt hatte, und es mußte schon etwas ziemlich Positives sein, sonst hätte er mich bestimmt nicht gerufen.

Fanny schien es bewußt darauf anzulegen, nicht über Orrin zu sprechen. Sie plauderte munter dahin und erzählte Geschichten über das Französische Viertel, über Plantagen und die alten Heime.

»Ich würde Ihnen liebend gern einmal unseres zeigen«, sagte sie zu mir. »Es ist ein reizendes, altes Anwesen. Es gibt prächtige Eichen, die von langem, spanischem Moos überwuchert sind. Blumen, grüne Rasen ... einfach ungemein reizvoll!«

»Das kann ich mir lebhaft vorstellen«, sagte ich und meinte es auch ernst. Es gab wirklich wunderschöne Gegenden hier. Falls ich jemals in einer Stadt leben müßte, möchte ich es am liebsten in New Orleans tun, vorausgesetzt allerdings, daß ich viel freie Zeit hatte. Die Stadt war schön, und was die schäbigen und gemeinen Straßen betraf, nun, so verliehen auch sie der Stadt eine farbige und aufregende Atmosphäre.

»Sie erwähnten Colorado«, sagte Fanny. »Wo gedenken Sie denn dort zu leben?«

»Wie gesagt, einige der Jungs haben sich bereits am La Plata angesiedelt. Das ist ziemlich weit unten in der südwestlichen Ecke, direkt hinter den San Juans.«

Nun, ich bin ein zu alter Fischer, um nicht zu wissen, wann ich etwas an der Angel habe. Jetzt war es der Fall. Ich weiß zwar nicht, was ihr Gesichtsausdruck besagte, aber ich wußte, daß sie lebhaft interessiert war, als ich die San Juans erwähnt hatte.

Das ist nun nicht gerade eine kleine Hügelkette. Es gibt vierzehn Gipfel, die bis zu viertausend Meter und höher aufragen. Es ist eins der unwegsamsten Gelände der Welt. Wenn es dort zu schneien beginnt, muß man entweder schnellstens fort oder sich für den ganzen Winter eingraben.

»Wie sieht's denn dort aus? Ich habe noch nie einen Berg gesehen.«

Ich schaute sie einfach an, aber ich sah nicht sie. Ich sah den La Plata River, wo er aus dem Gebirgsland herunterkommt und kleine Nebenflüsse in sich aufnimmt. Er strömt über die Felsen, wird von Bäumen beschattet, vom Schneewasser gekühlt und nimmt die Farbe des Himmels und den Schatten der Wolken an. Da sind die stillen Biberteiche, deren Wasser vom V-förmigen Sog eines schwimmenden Bibers unterbrochen wird. Die Baumstämme der Espen und der goldene Sonnenschein spiegeln sich darin. Cañons, in denen es so still ist wie am Tag nach Erschaffung der Erde. Höhen, wo die Luft so klar ist, daß Entfernungen fast keine Rolle spielen; die fernen Berge von New Mexico schimmern durch den purpurnen Dunst.

»Ma'am«, sagte ich. »Ich weiß nicht, was Sie sich von diesem Leben wünschen, aber Sie sollten eines Nachts zu Gott beten, daß er sie über eine Bergwiese wandern läßt, wenn die Wildblumen blühen. Beten Sie, daß er Sie an einem Strom sitzen läßt, wenn das Sonnenlicht durch die Espen leuchtet. Oder daß er Sie über ein bewaldetes Plateau reiten läßt, umgeben von den hohen, kahlen Gipfeln, um die sich Gewitterwolken sammeln ... große Regenwolken, die eine Wiese innerhalb von Minuten in einen Sumpf verwandeln können. Lassen Sie sich alle diese Dinge einmal von Gott zeigen, Ma'am ... und dann werden Sie den Himmel nicht vermissen, falls Sie nicht dorthin kommen sollten. Diese Gipfel haben etwas Majestätisches, Ma'am. Großartig diese Wolken. Wunderbare Schönheit bis in weite Ferne. Haben Sie noch niemals in die Ferne geschaut, Ma'am? Haben Sie noch nie Ihr Pferd gezügelt, wenn der Weg in einen dunklen, tiefen Cañon abfällt? Haben Sie schon mal beobachtet, wie ein Reh am Rande einer Wiese anhält, den Kopf hebt und Sie anschaut? Haben Sie nicht still verharrt, während die Bäume rund um Sie herum Sie angeschaut haben? Haben Sie niemals gesehen, wie eine Forelle aus einem stillen Bergsee schnellt? Ma'am, ich habe alles dies schon erlebt ... und es ist weiß Gott ein wunderbares Land!«

Sie saß einen Moment ganz still da und sah mich an.

»Sie sind ein merkwürdiger Mann, Tell Sackett, und ich glaube nicht, daß ich Sie lange kennen sollte.«

Sie stand plötzlich auf.

»Sie würden nämlich für mich alles ruinieren, was ich mir wünsche ... und ich würde Sie ruinieren, nur weil ich das bin, was ich nun mal bin.«

»Nein, Ma'am, ich würde Ihnen nicht verderben, was Sie sich wünschen, denn alle diese Dinge, die Sie sich wünschen, haben nichts zu bedeuten. Es sind weiter nichts als Schaufensterauslagen, von denen Sie glauben, daß sie dazu beitragen könnten, Sie in den Augen von Leuten besser aussehen zu lassen. Vielleicht glauben Sie, wenn Sie ein bißchen mehr Geld haben, dann könnten Sie eine Mauer um sich herum errichten, um abzuhalten, was Sie ankriecht. Aber das wird nicht klappen. Dort draußen, wo ich herkomme, gibt's auch Leute, die sich die gleichen Dinge wünschen wie Sie. Sie werden genauso weit gehen, um sie zu bekommen, aber letzten Endes werden alle scheitern. Und was mich betrifft, Ma'am ... nun, so leicht bin ich nicht zu ruinieren, wie Sie vielleicht denken könnten. Sie könnten mir nichts als Austausch für einen Nachmittagsritt durch die Berge anbieten, und das meine ich ganz im Ernst, Ma'am. Wenn ein Mann erst mal in den Bergen gelebt hat, dann können Sie ihm kein Heim mit einem Präriehund anbieten!«

Fanny Baston verabschiedete sich schließlich und ging.

Ich stand auf und sah ihr nach. Eine schöne Frau.

Elegant gekleidet. Ich bedauerte, daß sie jung war. Im Moment hatte ich keine Frau. Ange war tot. Für eine Weile war es sehr schön zwischen uns gewesen. Und was Dorset betraf ... sie war fortgegangen, und ich wußte nicht, ob wir uns jemals wieder begegnen würden.

Als ich allein am Tisch saß, bestellte ich mir noch ein Glas Wein und dachte darüber nach, was nun geschehen sollte.

Ich kannte das Absinthe House. Es war ein beliebtes Lokal in New Orleans, das vor allem von jungen Leuten besucht wurde. Es lag an einer sehr verkehrsreichen Ecke, wo sich zwei junge Leute ziemlich unauffällig treffen konnten.

Ich bezahlte meine Rechnung und ging auf die stille, warme Straße hinaus. Es waren noch viele Leute unterwegs; sie gingen spazieren, lachten und unterhielten sich. Aus Cafés und Dance-Saloons erklang Musik. Aber ich ging die Avenue hinab, hörte nur wenig von den Unterhaltungen und blieb von Zeit zu Zeit kurz stehen, um mich nach hinten umzuschauen.

An der Ecke, an der das Absinthe House stand, schlenderten viele Leute auf und ab. Ich ging ins Café, blickte mich rasch um und konnte kein bekanntes Gesicht entdecken. Als ich wieder kehrtmachte, tauchte plötzlich ein kleiner, untersetzter Mann an meiner Seite auf.

»Hier entlang, Monsieur.«

Als wir um die Ecke bogen, sah ich den Tinker neben einer geschlossenen Kutsche stehen. Wir stiegen ein. Der untersetzte Mann kletterte auf den Kutschbock, und wir rollten davon.

»Ich glaube, wir haben ihn gefunden«, sagte der Tinker. »Und es wird Ärger geben.«

»In Ordnung«, sagte ich. »Hauptsache, daß wir noch rechtzeitig genug zu ihm kommen.«

Die Kutsche fuhr durch immer dunklere Straßen und

Gassen. Ich erkannte hier und da ein Schild. Schließlich hielt die Droschke. Ich hörte, wie jemand in einer nahegelegenen Hütte sang, ein einsames, trauriges Lied.

Wir stiegen aus und gingen durch einen dunklen Gang. Eine Katze hutschte um unsere Beine. Jemand warf eine leere Flasche aus einem Fenster. Sie schlug auf eine andere Flasche auf und zerbrach sie. Wir gingen ein paar Holzstufen hinauf zu einer kleinen Anlegestelle am Fluß.

Alles war still. Nirgendwo schimmerte Licht. Jedenfalls nicht auf diesem Dock. Vom benachbarten Dock her wurde durch ein offenes Fenster ein Lichtschimmer auf das dunkle, quirlende Wasser des Flusses geworfen.

Dort war ein Boot angebunden, das gegen den Unterbau des Docks schaukelte. Am Ufer wartete ein Mann in einem gestreiften Hemd, das den muskulösen Oberkörper straff umspannte. Offenbar ein Cajun, wie sein Französisch verriet. Er führte uns zum Boot hinab. Wir stiegen ein. Er stieß ab. Es waren noch drei Männer im Boot. Ich balancierte mein Körpergewicht gegen die schaukelnden Bootsbewegungen aus und beobachtete, wie die Männer nun ein kleines, braunes Segel hißten. Es wehte nur ein sehr schwacher Wind, aber er trieb das Boot doch voran.

Wir waren unterwegs, um Orrin zu suchen. Hoffentlich würden wir ihn noch lebend antreffen.

»Leise!« sagte der Tinker. »Es muß alles ganz ruhig geschehen. Sie haben mehr Freunde in der Nähe als wir.«

»Hast du ein Messer?« fragte der Mann im gestreiften Hemd.

»Ja«, sagte ich.

Dann wurde kein Wort mehr gesprochen. Die Nacht war still und warm. Mein Mund war wie ausgedörrt, und ich fühlte mich höchst unbehaglich in diesem Boot. Im Sattel war ich zu Hause. Aber nicht hier. Meine Hand langte unwillkürlich erneut nach dem Messer.

6

Der Wind legte sich und verlor sich zwischen den Bäumen und Büschen der Umgebung. Jetzt war nur noch das Ruder am Heck zu hören. Das Wasser schimmerte dunkel. Am schmalen Streifen des Himmels, den die Bäume noch sehen ließen, funkelten ein paar vereinzelte Sterne.

Wir kamen an mehreren Booten vorbei, die am Ufer vertäut waren. Alle waren dunkel und still. Zweimal passierten wir erhellte Kabinen. Auf einem Boot stritten sich Betrunkene. Wir glitten gespenstergleich weiter auf dem Bayou dahin.

Ich überlegte, ob Orrin wohl noch am Leben sein mochte. Die Chance schien mir nur sehr gering zu sein, obwohl der Tinker, der ja viele Informationsquellen hatte, Orrin noch am Leben glaubte.

Ich zog meine Jacke aus und wünschte mir, sie zurückgelassen zu haben, aber ich hatte ja nicht gewußt, wohin damit. Ein Mann konnte nicht ohne Jackett am Abend im Speisesaal des Saint Charles erscheinen.

»Nicht mehr sehr weit«, sagte jemand leise.

Meine Hand schloß sich wieder um den Griff meines Messers.

Orrin lag gefesselt in der Dunkelheit. Ab und zu kroch eine Spinne über sein Gesicht. Sein Hemd war schweißdurchtränkt, sogar dort, wo es blutverkrustet war. Er hatte brennenden Durst, aber die Männer, die ihn gefangenhielten, kümmerten sich überhaupt nicht um ihn.

Sie glaubten, er wüßte etwas. Sie glaubten, daß er hinter dem Gold her war. Nicht eine Minute lang hatten sie ihm seine Behauptung abgekauft, nur Informationen sammeln zu wollen. Aber irgendwie mußte er sie mit irgendeiner Bemerkung verschreckt haben. Er zweifelte nicht daran, daß sie ihn töten wollten. Zuvor aber wollten sie von ihm Informationen. Also hielt er die Männer so gut wie eben möglich hin und lauerte auf seine Chance.

Sie kannten weder seine Kraft noch seine Gewandtheit. Sie hatten auch keine Ahnung, wie geschickt er mit Waffen umgehen konnte. Er hatte nichts getan, um ihre Ansicht, daß es sich bei ihm nur um einen Anwalt, also um einen Schreibtisch-Menschen handelte, irgendwie zu ändern.

Er hatte sich von Fanny Baston nicht einwickeln lassen. Sie war zwar schön, aber sie hatte auch noch etwas anderes an sich, das ihn an ihr gestört hatte. Deshalb war er vorsichtig gewesen.

Nur seinem Drink hatte er nicht mißtraut; so früh hatte er nicht damit gerechnet. Zwar war er auf Ärger gefaßt gewesen, aber noch hatte er ihn nicht erwartet.

Man hatte ihn offensichtlich aushorchen wollen, und wenn sie hätten feststellen müssen, von ihm nichts erfahren zu können, würden sie ihm gute Nacht sagen, und das wär's ja dann wohl gewesen.

Er hatte von Anfang an gewußt, daß er sie mit der Erwähnung des Namens Pierre erschreckt hatte. Offensichtlich war also auf dieser Western-Expedition etwas geschehen, wovon sie nichts bekannt werden lassen wollten. Das allein war schon merkwürdig, denn irgendein gerichtliches Vorgehen gegen sie wäre doch so gut wie unmöglich, da bestimmt keine Zeugen mehr aufzutreiben waren.

Während des Dinners, bevor die Sache ernst geworden war, hatte er mehrmals den Namen Philip bei der müßigen Unterhaltung vernommen. Soweit Orrin es mitbekommen hatte, war Philip recht wohlhabend. Philip hatte auch Pierre sehr nahegestanden. Ob die beiden Blutsbrüder gewesen waren, hatte Orrin nicht mitbekommen, aber es war klar, daß es ein festes, freundschaftliches Band zwischen ihnen gegeben hatte.

Das Betäubungsmittel kam für Orrin völlig überraschend. Alles war so lässig, so beiläufig gewesen. Andre war am Tisch gewesen, genau wie Fanny und Paul.

Die Droge war im Kaffee gewesen. Er war stark genug gewesen, um jeden fremden Geschmack zu überdekken. Bereits wenige Minuten, nachdem er seinen Kaffee getrunken hatte, war ihm bewußt geworden, daß er Ärger bekommen würde. Aber bis dahin war sein Reaktionsvermögen schon viel zu geschwächt gewesen. Zwar hatte er aufzustehen versucht, aber Andre hatte ihn verächtlich in den Sessel zurückgestoßen. Als letztes konnte sich Orrin nur noch an ihre Gesichter erinnern. Die Bastons hatten um ihn herumgesessen und ihn beinahe desinteressiert beobachtet.

Und jetzt geschah irgend etwas. Ein Boot stieß an die Seitenwand des Hausbootes. Männer kamen an Bord. Es gab leisen Streit. Befehle. Männer rannten durcheinander. Plötzlich wurde die Luke über Orrin geöffnet. Heller Laternenschein fiel herein. Orrin hielt die Augen fest geschlossen. Die Luke wurde wieder zugemacht.

Orrin konnte nur vermuten, was sich abspielte. Entweder wollte man das Hausboot verlassen, oder aber man erwartete jemanden. Letzteres dürfte wahrscheinlicher sein.

In der Bilge gab es ein bißchen schmutziges Leckwasser. Vor ein paar Stunden hatte Orrin erst eine Planke, dann eine andere etwas gelockert. Er hatte die Lederschnur um seine Handgelenke in diesem Wasser eingeweicht. Die Schnur gab bereits nach. Die Fessel lokkerte sich. Jetzt hakte er die Schnur um einen Nagel, der an einer Stelle herausragte, wo er die Planke entfernt hatte. Er begann kräftig zu zerren und zu ziehen. Schweiß brach ihm auf der Stirn und am Körper aus. Die Lederschnur schnitt tief in die Handgelenke ein, aber er setzte seine Bemühungen unvermindert fort. Nichts geschah, aber die Lederschnur schien sich noch etwas mehr um die Handgelenke zu lockern. Dann lag er wieder ganz still da, lauschte und tauchte die Schnur ins Wasser.

Er hörte Ratten im dunklen Loch herumhuschen. Bisher war ihm keine zu nahe gekommen. Aber das würden sie bestimmt noch tun.

Oben war alles still. Wie viele Männer mochten an Bord sein? Er wußte nur von zwei Männern, aber jetzt mußten es mindestens vier sein. Und sie warteten, warteten in der Dunkelheit, bewaffnet und bereit.

Wo blieb Tell nur? Falls ihm überhaupt jemand zu Hilfe kommen sollte, konnte es sich nur um seinen Bruder Tell handeln. Tyrel war ja weit fort in New Mexico, und soweit Orrin wußte, war niemand von den anderen irgendwo in der Nähe.

Orrin begann erneut an der Handfessel zu zerren. Er rieb die Lederschnur am Nagel.

Die Minuten tickten dahin.

Orrin arbeitete, zerrte, zog und rieb. Zwischendurch weichte er die Lederschnur immer wieder einmal kurze Zeit ein. Schließlich konnte er seine Handgelenke schon ganz leicht in den Fesseln bewegen.

Etwas Pelziges huschte ganz in seiner Nähe vorbei, und er machte unwillkürlich eine heftige Bewegung des Abscheus. Die Ratte rannte davon. Wieder hakte er die Schnur über den Nagel und begann zu reiben. Plötzlich gab etwas nach. Der Druck um seine Handgelenke lockerte sich. Er schüttelte sie hin und her, drehte sie herum ... und dann fiel die Fessel ab!

Er brachte die Hände vom Rücken nach vorn auf den Bauch. Die Handgelenke waren wundgescheuert und blutig. Auch die Manschetten waren blutdurchtränkt. Er öffnete und schloß die Hände. Es funktionierte.

Nun machte er sich rasch an den Knöcheln zu schaffen und war auch dort innerhalb weniger Sekunden die Fesseln los.

Und oben war es immer noch totenstill. Das durfte er

nicht vergessen. Jedes noch so schwache Geräusch konnte ihn verraten. Er hatte keine Waffe, aber er stand langsam auf und knotete aus dieser Lederschnur eine Schlinge. Das Stück, das um seine Knöchel gewickelt gewesen war, hatte eine Länge von etwa anderthalb Metern. Er stopfte es hinter den Gürtel und hob eins der losen Bretter auf. Nicht schwer. Etwa zwei Meter lang, vier Zoll breit und ein Zoll dick. Nicht gerade das, was er jetzt gern gehabt hätte, aber doch ganz nützlich.

Er spannte seine Muskeln und bewegte sich näher an den Lukendeckel heran. Es gab eine Tür, dann vier Stufen zum Deck. Er stöhnte ... dann noch einmal.

Da bewegte sich oben etwas. Leise Schritte näherten sich der Luke. Orrin hörte, wie sich jemand an der Haspe zu schaffen machte, dann einen leisen Zuruf:

»Beeil dich, Jake! Da kommen sie!«

Der Deckel wurde geöffnet. Der Mann mit der Laterne beugte sich nach vorn, streckte die Laterne aus und spähte ins Dunkel.

Mit aller Gewalt, die Orrin aufbringen konnte, knallte er dem Mann das Ende des Brettes ins Gesicht. Er rammte das Brett mit beiden Händen wie einen Speer nach oben.

Der Mann schrie und taumelte zurück.

Die Laterne fiel in die Luke und zerbrach. Kerosin lief aus dem geborstenen Behälter über die Holzstufen. Flammen züngelten auf.

Aber Orrin sprang über sie hinweg und hetzte die Treppe hinauf.

Auf dem Wasser rief jemand: »Zurück! Zurück!«

Dann krachte ein Gewehrschuß.

Orrin riß den gestürzten Mann vom Boden hoch, schleuderte ihn gegen das Schott und riß ihm eine Waffe und ein Messer aus dem Gürtel. Dann schlug er den Mann nieder und rannte zur Reling.

Ein sehr großer Mann kam um die Ecke der Deckaufbauten.

Orrin schlug mit der Faust zu, die das Messer hielt. Es war ein wilder Stoß, aber er traf genau. Orrin hörte, wie Kleidung zerfetzt wurde. Der Mann stöhnte vor Schmerz. Doch dann bekam Orrin einen wuchtigen Schlag seitlich an den Kopf. Er geriet ins Taumeln, wirbelte herum und sprang kopfüber über die Reling. Das Messer hielt er immer noch in der Hand. Bis dahin hatte er noch mehrere Gewehrschüsse und auch einen zweiten Schuß aus einer Schrotbüchse gehört.

Orrin kam im dunklen Wasser hoch und hörte, wie eine Kugel dicht neben seinem Kopf ins Wasser klatschte. Dann tauchte er sofort wieder unter und schwamm mit kräftigen Stößen nach rechts. Aber er hatte das Boot gesehen und schwamm nun kräftig darauf zu.

Als er mit dem Kopf wieder über Wasser kam, sagte er mit leiser und doch weittragender Stimme: »Tell!«

Augenblicklich nahm das Boot Kurs auf ihn.

Wieder tauchte Orrin, schwamm unter dem Boot hinweg und kam auf der anderen Seite hoch. Er hielt sich daran fest und sah einen Mast, mehrere Männer und blitzende Gewehrläufe.

Drüben auf dem Hausboot schlugen helle Flammen aus der Luke. Männer versuchten, mit Wassereimern das Feuer zu löschen.

»Tell ...?« flüsterte Orrin noch einmal.

»Orrin! Verdammt, sei doch vorsichtig! Ich hab' ein neues Jackett zusammengefaltet dort auf den Sitz gelegt!«

Hände halfen Orrin ins Boot. Ruderschläge klangen auf. Das Boot glitt über das dunkle Wasser.

Orrins Kopf dröhnte immer noch von dem Schlag, den er bekommen hatte, und das wundgescheuerte Fleisch an seinen Handgelenken brannte vom Salzwasser.

»Hat jemand was zu trinken? Ich hatte seit heute früh keinen Schluck mehr.«

Jemand drückte ihm eine Flasche in die Hand.

Orrin trank.

»Hm ... Burgunder«, sagte er. »Aber ein schlechter Jahrgang.«

»Was war los mit dir?« fragte ich. »Du wirst seit vier Tagen vermißt.«

Orrin lachte leise, trank noch einmal und sagte: »Ja, also, weißt du, da war dieses Mädchen ...«

»Ich hab's inzwischen auch kennengelernt.«

»Kann ich mir denken. Aber hast du jemals das Haus gesehen, in dem es lebt? Alles weiß, dicke Pfeiler, große Eichen rundherum, und Rasen und ...«

»Was ist passiert?« wiederholte ich.

»Wir hatten einen netten Drink und dann Dinner. Danach wollte ich zum Hotel zurück. Wir haben noch Kaffee getrunken ... und als ich wieder zu mir kam, war ich dort drüben auf diesem Hausboot. Man hat mir allerhand Fragen gestellt ... wegen Colorado. Über das, was dort versteckt sein soll. Was konnte ich ihnen schon erzählen? Wir suchen doch nur nach Pa, aber das wollten sie mir einfach nicht glauben. Man ist dann nicht gerade sanft mit mir umgesprungen, aber es war erträglich. Jedenfalls längst nicht so schlimm, wie du's zu Hause mit mir gemacht hattest, wenn wir uns mal herumgeprügelt haben. Aber da ich damit rechnete, daß sie möglicherweise das nächstemal glühende Eisen benutzen könnten, hielt ich es doch für das beste, mich wieder zu verabschieden.«

Er nahm abermals einen kräftigen Schluck aus der Flasche.

»Von südlicher Gastfreundschaft habe ich zwar schon gehört, aber das hier geht wohl doch entschieden ein bißchen zu weit.«

Eine frische Brise wehte vom Meer her. Wir hißten das kleine Segel. Ich langte nach meinem neuen Jackett und legte es in meinen Schoß. Dann lauschte ich auf die leise Unterhaltung der Männer im Boot.

Jemand mußte die Leute auf dem Hausboot gewarnt haben, denn man hatte bereits auf uns gewartet. Nur der Schrei des Mannes, den Orrin niedergeschlagen hatte, hatte uns gewarnt. So hatten die Leute auf dem Hausboot zu früh mit dem Schießen begonnen, als wir nur ein Schatten auf dem Wasser und weiter nichts gewesen waren.

Trotz unserer Vorsichtsmaßnahmen mußte uns also doch jemand gefolgt sein. Jemand hatte uns mit dem Boot ablegen sehen und dann die Besatzung des Hausbootes verständigt, zweifellos über eine kürzere Route durch die Bayous. Hätte Orrin seinen Ausbruchsversuch nur wenige Sekunden später unternommen, wären wir mit unserem Boot in Sicht- und Schußweite gewesen. Einige von uns, vielleicht sogar alle, würden dann jetzt schon den Fischen als Futter dienen. Oder den Alligatoren.

»Tell . . .« Orrin rückte etwas näher an mich heran. »Wir haben hier mehr aufgerührt, als wir bisher wissen. Seit Pas Verschwinden schläft irgend etwas hier unten, und das haben wir wohl mit unserem Auftauchen geweckt.«

»Dann sollten wir lieber schleunigst abhauen«, schlug ich vor. »Es lohnt doch nicht, sich umbringen zu lassen, nur weil wir herausfinden wollen, was vor zwanzig Jahren passiert ist.«

»Zuvor werde ich aber Philip Baston noch einen Besuch abstatten. Ich glaube nämlich, daß er uns einiges erzählen kann.«

Nun, das konnten wir ja tun, aber ich wäre lieber sofort wieder von hier verschwunden. New Orleans war zwar bisher immer meine Lieblingsstadt gewesen, aber im Moment sah es doch ganz danach aus, als würden wir hier sehr wenig Spaß haben.

Was mochte damals vor zwanzig Jahren geschehen sein? Und was hatte es mit uns zu tun? Mit unserem Pa? Jemand wollte uns daran hindern, schlammiges Wasser aufzuwühlen, aber man verdächtigte uns auch, aus einem anderen Grund als nur wegen der Suche nach unserem Pa jetzt hier in New Orleans zu sein.

Niemand war zu sehen, als wir anlegten und aus dem Boot stiegen. Der Tinker und Thomas – der Mann mit dem gestreiften Hemd – begleiteten uns zum Saint Charles. Es war kurz vor Tagesanbruch. Ich war froh, daß uns niemand zu sehen bekam. Weder Orrin noch ich sahen aus wie Leute, die man in einem so eleganten Hotel zu sehen erwartet.

Wir hatten vielleicht eine Stunde oder so geschlafen, als leise an die Tür geklopft wurde.

Es war Judas Priest.

»Ich habe ein Bad hergerichtet«, sagte er. »Inzwischen werde ich Ihre Sachen ausbürsten und bügeln.«

»Was ist denn los?«

»Das Gesetz«, sagte er leise. »Das Gesetz wird mit Ihnen reden wollen. Ich schlage vor, daß Sie so unschuldig wie nur möglich aussehen und auch dementsprechend reden. Hier kommt man nämlich leichter ins Gefängnis rein als wieder raus. Und Andre Baston hat immer noch Freunde in der Stadt.« Er holte seine Uhr heraus. »Sehen Sie lieber zu, daß Sie spätestens in einer Stunde fertig sind.«

Eine Stunde später saßen wir im Speisesaal, frisch gebadet, rasiert und gekämmt. Unsere Kleidung war gebügelt. Wir benahmen uns ganz ruhig und normal. Jeder von uns las eine Zeitung, als der Gesetzesvertreter hereinkam.

7

Der Mann, der sich unserem Tisch näherte, war klein, untersetzt und freundlich, aber mir kam es vor, als ob bei einer Prügelei mit ihm nicht gerade gut Kirschen essen war. Er blickte auf ein Papier in seiner Hand.

»Orrin und William T. Sackett?«

»Ganz recht, Sir«, sagte Orrin und faltete seine Zeitung zusammen. »Was kann ich für Sie tun?«

»Mein Name ist Barres. Ich bin Polizeibeamter.«

Orrin lächelte.

»Es ist mir stets ein Vergnügen, einen anderen Gesetzesvertreter kennenzulernen.«

Barres war sichtlich überrascht.

»Sind Sie auch Polizeibeamter?«

»Rechtsanwalt. Mein Bruder und ich sind jedoch auch schon Marshal oder Hilfssheriff im Westen gewesen.«

»Das habe ich nicht gewußt. Sind Sie ... äh ... geschäftlich in der Stadt?«

»In Rechtsgeschäften, ja.« Orrin nahm eine Kaffeetasse vom nächsten Tisch und füllte sie aus unserer Kanne. »Wir stellen Nachforschungen über unseren Vater an. Es ist schon einige Jahre her, aber da es um die Klärung von Besitzverhältnissen geht, bemühen wir uns nach besten Kräften, einige Tatsachen festzustellen.«

»Ich verstehe.« Barres sah die Verletzungen an Orrins Gesicht. »Was ist Ihnen denn zugestoßen?«

»Drücken wir es einmal so aus, Mister Barres ... wir wollen keine Anzeige erstatten, solange man uns nicht anzeigt.«

Barres trank einen Schluck Kaffee.

»Letzte Nacht hat's auf dem Fluß so etwas wie 'ne Schießerei gegeben. Können Sie mir darüber etwas sagen?«

»Nur inoffiziell, Mister Barres«, sagte Orrin. »Ich wurde entführt und auf einem Hausboot gefangengehalten ... ein paar Tage lang draußen auf einem Bayou. Man hat mir oft gedroht, mich ein paarmal geschlagen und mißhandelt. Ich konnte entkommen, und während meiner Flucht wurden ein paar Schüsse abgefeuert.«

»Könnten Sie die Leute identifizieren?«

»Gewiß. Fast alle. Und vor Gericht könnte ich sogar mit Beweisen und Zeugen aufwarten.«

Barres war beunruhigt. Er war offensichtlich mit der Anweisung hergekommen, eine Verhaftung vorzunehmen. Gewisse Leute hier hätten die beiden Sacketts wohl am liebsten sofort hinter Gittern gesehen. Es schien Barres zwar nicht sonderlich zu gefallen, aber solche Dinge passierten im New Orleans der siebziger Jahre nun mal.

Außerdem dürfte man ihm wohl gesagt haben, daß es sich bei den Sacketts um zwei Schläger aus Tennessee handelte. Seit Jahren hatten Bootsleute aus Kentucky oder Tennessee den meisten Ärger am Fluß verursacht. Solche Leute zu verhaften, das gehörte also durchaus zum normalen Dienst eines Gesetzesvertreters.

Daß die beiden Sacketts im Saint Charles geblieben waren, dürfte die erste große Überraschung gewesen sein; die zweite war das zwanglose Auftreten; und die dritte, wohl größte Überraschung für Barres bestand darin, daß einer dieser beiden Sacketts Anwalt war. Da Barres kein Dummkopf war, hielt er es unter den gegebenen Umständen für ratsam, lieber vorsichtig vorzugehen.

»Darf ich fragen, wo Sie zu Hause sind?«

»In Santa Fé. Bis vor kurzem war ich Mitglied der Legislatur von New Mexico.«

Schlimmer und immer schlimmer. Solche Männer bluffften kaum, wenn sie behaupteten, Beweise und Zeugen zu haben.

»Hören Sie, Mister Barres«, fuhr Orrin fort. »Ich bin hierhergekommen, um – wenn möglich – herauszufinden, mit wem unser Vater damals in den Westen gegangen ist. Von Anfang an stieß ich auf Schwierigkeiten, die erkennen ließen, daß es um viel mehr gehen könnte als nur darum, die näheren Umstände zu klären, die zum Tode unseres Vaters geführt hatten. Ich meine, Zeit und Ort und, falls möglich, Grabstelle.« Nach kurzer Pause sagte er weiter: »Wenn diese Sache vor Gericht kommt, wird es einen Skandal geben. Das wird vielen Leuten höchst peinlich sein. Wir haben hier in New Orleans nur noch einen einzigen Besuch zu machen, dann verlassen wir die Stadt wieder. Um jeden Ärger zu vermeiden, schlage ich vor, uns das ungehindert tun zu lassen. Ich bin lange genug in der Politik tätig gewesen, und deshalb weiß ich, daß es keinem Politiker gefällt, in peinliche Situationen gebracht zu werden. Ich meine, wenn man dahinterkommt, daß er die falsche Seite unterstützt hat. Tritt es doch einmal ein, dann denkt man nicht allzu freundlich von dem Beamten, der die Büchse der Pandora geöffnet hat.«

»Wollen Sie damit etwa vorschlagen, daß ich die ganze Sache einfach fallenlassen soll?«

»Ja. Wir werden innerhalb von achtundvierzig Stunden wieder fort sein, und es ist höchst unwahrscheinlich, daß wir dann noch jemals nach New Orleans zurückkehren werden.«

»Ganz inoffiziell und unter uns, Mister Sackett ... möchten Sie mir nicht alles erzählen?«

»Ganz inoffiziell und unter uns, ja.« Orrin füllte seine Kaffeetasse nach, dann schilderte er in kurzen Umrissen die Geschehnisse der letzten paar Tage. Er begann mit seiner Ankunft in der Stadt. Er nannte Namen und hielt nichts zurück. »Und jetzt nehme ich an, Mister Barres, daß Sie ein klares Bild der Situation haben. Diese Leute sind Kriminelle. Und sie sind extrem gefährlich, weil sie von sich glauben, nicht belangt werden zu können. Aber sie sind zugleich auch Amateure. Wir wollten nur Informationen. Wir vermuteten nichts Kriminelles. Wir wollten auch niemanden irgendwie in die Sache verwickeln. Wir wollten nur herausbekommen, wann die Gruppe damals von New Orleans aus aufgebrochen ist und wohin sie wollte. Und ich vermute, daß wir von jedem Mitglied der Baston-Familie diese Information hätten bekommen können.«

»Angenommen, daß ich Sie verhaften soll? Auf der Stelle?«

Orrin lächelte freundlich.

»Mister Barres, ich bin ganz sicher, daß Sie diese Absicht nicht haben. Ich halte Sie für einen ehrenwerten und tüchtigen Mann. Und Sie sind gewiß auch intelligent genug, um zu wissen, daß ich selbst auf einen solchen Eventualfall vorbereitet bin. Zwei Briefe wurden zur Post gegeben. Einer vor der Ankunft meines Bruders, der andere nach den Ereignissen der letzten Nacht. Falls wir uns innerhalb der nächsten Tage nicht mit unserem Bruder Tyrel in Mora in Verbindung setzen, wird er eine Untersuchung auf höchster Ebene einleiten.«

Barres lachte leise.

»Sie vergessen wohl kaum etwas, nicht wahr, Mister Sackett? Und noch etwas, Mister Sackett, wieder ganz inoffiziell und unter uns. Andre Baston ist ein Skalpjäger. Er hat eine blutige Vergangenheit. Das Duellieren ist hier eine alte Sitte. Üblicherweise wird nur gekämpft, bis ein paar Tropfen Blut fließen, dann ist die Sache aus der Welt geschafft. Aber nicht so bei Andre Baston. Er tötet. Ich glaube, es macht ihm Spaß zu töten.«

»Ich bin diesem Typ auch schon begegnet.«

»Was ich damit sagen will, Mister Sackett ... seien Sie vorsichtig! Vielleicht wird er jetzt versuchen, einen Streit mit Ihnen vom Zaune zu brechen, um sich mit Ihnen duellieren zu können.«

Orrin lächelte.

»Mister Barres, meine Familie ist feudaler Herkunft. Wir haben schon als ganz kleine Jungen unsere Zähne in Revolverkolben vergraben. Tyrel und ich, wir haben '66 und '67 die Ebenen überquert. Wenn Andre Baston einen Kampf will, dann hat er sich den richtigen Ort und auch den richtigen Mann dafür ausgesucht.«

Barres zuckte die Schultern.

Während ich so dasaß und alles beobachtete, wußte ich, daß Barres – wie so mancher andere Mann – sich von Orrins selbstsicherem Auftreten bluffen ließ. Orrin war ein recht vernünftiger, einsichtiger Mann, nicht leicht zu ärgern oder gar zu beleidigen, aber die Hölle auf Rädern, wenn er richtig in Fahrt geriet.

»Und welchem Mann wollen Sie nun noch einen Besuch abstatten?« fragte Barres.

»Philip Baston. Sie können mitkommen, wenn Sie wollen.«

»Ich?« fragte Barres erschrocken. »Mister Sackett, Sie verstehen das einfach nicht! In Philip Bastons Haus könnte ich allenfalls durch den Dienstboteneingang gelangen! Wenn wir ihn wegen Mordes verhaften müßten, würde es durch den Chef persönlich geschehen müssen, und zwar in Begleitung des obersten Anklagevertreters! Philip Baston besitzt ein halbes Dutzend Zuckerrohrplantagen, mindestens vier Segelschiffe und einen Haufen Häuser hier in der Stadt. Er ist Millionen wert, aber er ist ein Gentleman, Sir, ein Gentleman!« Er fuhr fort: »Er verläßt nur ganz selten sein Haus. Um einen alten Freund oder zwei zu besuchen. Oder seinen Besitz zu beaufsichtigen. Er trägt viel zu öffentlicher Wohltätigkeit bei und ist jederzeit bereit, zu helfen, wenn es um die Verbesserung der Stadt geht.« Barres machte eine kurze Pause. »Wird vielleicht gar nicht so leicht werden für Sie, mit ihm zu sprechen.«

Nachdem Barres wieder gegangen war, beendeten Orrin und ich unser Frühstück. Es war nahezu Mittag, und ich konnte mich nicht erinnern, zu einer solchen Tageszeit jemals in meinem Leben noch an einem Tisch gesessen zu haben. Orrin hat auf diese Weise ja einen Teil seiner Arbeit erledigt, und üblicherweise hatte er dabei meistens ein Buch neben sich liegen. Ich dagegen war irgendwo draußen auf einem Bronco mit Sattel und Lasso.

»Um auf diese Duelle zu sprechen zu kommen«, sagte Orrin, »als Herausgeforderter würde ich die Wahl der Waffen haben. Vor ein paar Jahren gab es hier unten mal ein Mitglied der Legislatur, einen Schmied von sieben Fuß Größe. Er wurde von einem berühmten Duellanten herausgefordert, der viel kleiner war als er. Der große Mann wollte nicht kämpfen. Hielt es für nutzlos. So akzeptierte er die Herausforderung und schlug als Waffen Schmiedehammer in sechs Fuß tiefem Wasser vor.«

»Was ist passiert?«

»Das amüsierte den Duellanten derartig, daß er seine Herausforderung zurückzog. Die beiden Männer wurden Freunde.«

Mit einer Droschke fuhren wir über die geschwungene Auffahrt zur Haustür. Das Haus war anderthalb Stockwerke hoch. Auf der Vorderseite gab es sechs dorische Säulen. Die Fenster waren mit schmiedeeisernen Gittern versehen. Vor dem Haus erstreckte sich bis zum Bayou eine Rasenfläche mit riesigen alten Eichen, von denen Spanisches Moos herabhing. Es gab Azaleen und Kamelien, wohin wir auch schauten. Es war wirklich ein sehr schöner Besitz. Und sehr alt.

Orrin schickte seine Karte hinein, und wir warteten auf hochlehnigen Stühlen, wie ich sie noch nie gesehen hatte.

Philip Baston kam herein. Er war ein großer Mann, obwohl nicht ganz so groß wie Orrin oder ich. Außerdem viel schlanker. Er musterte uns beide und sagte: »Ich bin Philip Baston. Sie wollten mich sprechen?«

»Wir möchten Ihre Zeit nicht mehr als unbedingt nötig in Anspruch nehmen, Sir«, sagte Orrin auf seine gewinnende Art. »Wenngleich *ich* zugeben muß, daß dieses Haus hier solche Ruhe ausstrahlt, daß ich mir wünsche, meinen Aufenthalt darin verlängern zu können.«

Für meinen Geschmack gab es hier zu viele Möbel; ich war an Ranchhäuser in spanischem Stil gewöhnt, die sehr geräumig und kühl waren.

Orrin fuhr fort: »Mein Bruder William Tell Sackett und ich versuchen, die Grabstelle unseres Vaters ausfindig zu machen. Wie wir bisher erfuhren, ist er mit Ihrem Schwager Pierre Bontemps von New Orleans aus nach dem Westen aufgebrochen. Wir dachten, daß Sie uns vielleicht das Datum und den Bestimmungsort nennen könnten.«

Philip Baston dachte einen Moment nach, dann sagte er kurz: »Pierre kannte Ihren Vater durch einen Bekannten, der getötet wurde. Es war bekannt, daß Ihr Vater sich in den San Juan Mountains in Colorado auskannte. Pierre hat ihn gebeten, die Führung zu übernehmen. Dafür sollte er einen Anteil erhalten von allem, was man dort finden würde. Sie sind vor zwanzig Jahren aufgebrochen, fast auf den Tag genau. Mein Schwager und ich haben uns sehr nahegestanden, Gentlemen. Näher als mein Bruder und ich, wie ich hinzufügen könnte. Er hat mir von Natchez aus geschrieben, und später bekam ich noch einen Brief aus der Gegend um die Arkansas-Mündung. Ich glaube, sie sind den Arkansas bis nach Webber's Falls hinaufgezogen. Aber das ist reine Vermutung. Von dort aus sind sie über Land gegangen. An dieser Stelle waren sie jedenfalls noch zusammen.«

»Pierre Bontemps, mein Vater und ...?«

Philip Baston zögerte, dann sagte er: »Es waren damals noch vier Leute mehr dabei. Mein Bruder Andre, damals noch ein sehr junger Mann, dann ein Mann namens Pettigrew und noch einer namens Swan.«

»*Hippo* Swan?« fragte ich.

Baston warf mir einen Blick zu.

»Kennen Sie den Mann?«

»Er wurde mir gezeigt.«

Philip Baston schien noch etwas zu mir sagen zu wollen, doch dann wandte er sich wieder an Orrin.

»Und es war noch jemand bei ihnen ... ein Sklave.«

»Sein Name?«

Wieder sekundenlanges Zögern.

»Priest. August Priest.«

Orrin stand auf.

»Nur noch eins, Sir, dann werden wir sofort wieder gehen. Worauf hatten es diese Männer abgesehen?«

Baston schaute angewidert drein.

»Sie wollten nach Gold suchen, das eine französische Militärabteilung früher einmal zu Tage gefördert haben sollte, angeblich so um 1790 herum. Ich glaube, es gibt sogar ein paar Aufzeichnungen darüber. Die Meldungen weichen natürlich voneinander ab, aber man soll etwa fünf Millionen in Gold ausgegraben haben. Jeder, der die Geschichte weitererzählte, hat der Summe etwas hinzugefügt. Ich nehme an, daß Pierre und Andre an etwa dreißig Millionen Dollar glaubten. Jedenfalls wurde die Gruppe aus dem einen oder anderen Grund immer kleiner, bis schließlich nur noch fünf von ihnen einem Indianerüberfall entrinnen konnten. Pierre hatte eine Karte. Ihr Vater hatte ihm gesagt, daß er ihn dorthin führen könnte. Also sind sie schließlich aufgebrochen.«

»Vielen Dank, Sir«, sagte Orrin. Er streckte eine Hand aus, und Philip Baston nahm sie. Falls er etwas von unseren Schwierigkeiten mit seinem Bruder wußte, so sagte er jedenfalls nichts davon.

Als wir wieder in der Kutsche saßen, meinte ich nachdenklich: »Das Gold könnte dort sein.«

»Kennst du diese Gegend?«

»Hmhm ... aber kein Stadtmensch wird dort oben jemals etwas finden, Orrin. Das ist verdammt rauhes Land. Ein Mann kann sich nur ein paar Monate im Jahr dort oben aufhalten, dann muß er wieder fort, wenn er nicht im Schnee ersticken will.« Ich fügte erklärend hinzu: »In diesem Hochland halten sich Landschaftsmerkmale nicht allzu lange, Orrin. Es gibt schwere Schneefälle, Wind und Gewitterregen. Es gibt Lawinen, Erdrutsche sowie die Passage von Menschen und Tieren. Nur die Felsen sind dauerhaft, jedenfalls für eine Weile.«

»Und was denkst du von unserem Pa?«

»Ich glaube, daß er sie in diese Berge geführt hat, und dann dürfte es Blut gegeben haben, Orrin. Andre und

71

die anderen dürften es mit der Angst zu tun bekommen haben. Irgend etwas muß passiert sein, aber nur Andre scheint's genau zu wissen. Alle anderen stellen nur Vermutungen an.«

»Aber wovor könnten sie denn jetzt noch Angst haben? Vor uns?«

»Nein, vor Philip! Das ist ein prächtiger, stolzer, alter Mann! Und er hat sehr viel Geld. Die anderen spekulieren wohl darauf, ihn zu beerben, aber er scheint sie alle nicht sonderlich gut leiden zu können. Sollte er Näheres über Pierres Tod erfahren, würde er ihnen vielleicht gar nichts hinterlassen.«

»Und ich glaube, daß sie jetzt selbst daran denken, nach diesem Gold zu suchen.«

»Wahrscheinlich.«

»Und was sollen wir jetzt deiner Meinung nach tun?«

»Den nächsten Dampfer benutzen. Flußaufwärts fahren und nach Leuten suchen, die ein langes Gedächtnis haben.«

»Morgen?«

»Dürfte wohl am besten sein. Aber zuvor habe ich noch eine Kleinigkeit zu erledigen. Ich möchte mit einem Mann namens Priest reden.«

8

Am nächsten Morgen packten wir unsere Sachen zusammen und buchten eine Schiffspassage nach Norden. So sehr ich diese wundervolle, farbige Stadt auch mochte, so war ich doch bereit, mich wieder ins Hochland auf den Weg zu machen. Ich wollte die weiten Ebenen und dahinter die Berge im purpurnen Dunst sehen. Ich wollte ein gutes Pferd unter mir spüren und weit hinausreiten in diese Gegend, wo der Wind das Gras beugte.

Doch zunächst hatte ich noch mit einem Mann namens Judas Priest zu reden. Er war jedoch nirgendwo zu erblicken. Wo immer ich auch nach ihm suchte, ich konnte ihn nirgends finden. Er hatte seinen Hotel-Job aufgegeben. Man sprach jedoch sehr gut von ihm, wenngleich man mich eigenartig ansah, wenn ich nach ihm fragte. Man hielt ihn allgemein für einen merkwürdigen Mann.

»Was meinen Sie damit ... merkwürdig?« fragte Orrin.

Der Mann zuckte nur die Schultern und wollte nichts sagen.

Aber ich wollte es nicht dabei bewenden lassen. Also lauerte ich einem anderen Portier auf, den ich schon mal gesehen hatte. Ich nahm zwei Silberdollar aus der Tasche, warf die Münze in die Luft und fing sie wieder auf.

Als ich meine Frage stellte, sah der Mann erst mich, dann die beiden Silberdollar an.

»Sie haben ihm gefallen, Mister. Das hat er mir selber gesagt. Hat geglaubt, daß Sie einen Zauber an sich haben. War der Meinung, daß Sie auf gutem Fuße mit den Geistern stehen. Hat gesagt, daß Sie dem Recht folgen. Ihnen würde nie etwas Böses zustoßen.«

»Wo werde ich ihn finden?«

»Wenn er nicht gefunden werden will, wird er Sie finden. Suchen Sie lieber nicht nach ihm, Mister. Er ist voodoo, das ist er. Mächtig stark voodoo.«

Nun, mir war es egal, was er war. Ich wollte mit ihm reden. Der Sklave, der damals mit Pierre Bontemps nach Westen gezogen war, hatte August Priest geheißen. Ich hatte so eine Ahnung, als gäbe es mehr als nur einen Grund für die Hilfe, die Judas Priest geleistet hatte.

Von Andre Baston oder den anderen bekamen wir ebenfalls nichts zu sehen. Ich empfand den Drang, nach Hippo Swan zu suchen, aber ich kämpfte dieses Verlangen nieder. Wir hatten Barres versprochen, von hier fortzugehen und so seinen Gedanken Erleichterung zu verschaffen. Also taten wir es. Aber ich dachte keineswegs freundlich an Hippo Swan.

Auf dem Fluß ging es damals sehr geschäftig zu. Wir nahmen eine Staatskabine, die Texas genannt wurde, auf einem Flußboot der höchste Punkt außer dem Ruderhaus. Man erzählte sich am Fluß, daß Shreve, nach dem Shreveport benannt worden war, den Kabinen die Namen verschiedener Staaten gegeben hatte; danach wurden sie für immer als Staatskabinen bezeichnet.

Ich verstehe nicht viel von Sprache oder dergleichen. Ich kann recht gut mit Pferd und Lasso umgehen, verstehe etwas von Rindern und kann Fährten lesen. Aber Worte haben mich schon immer interessiert. Ich habe da draußen so manches Mal viele Meilen zurückgelegt, da draußen, wo es nichts weiter als Himmel und Gras gibt, nur um herauszubekommen, wie manche Worte zustande gekommen waren. Wie zum Beispiel Dixie Land. Eine Zeitlang hatte man unten in New Orleans Zehndollarscheine herausgegeben, die auf einer Seite eine ›Zehn‹ und auf der anderen *dix* hatten, das französische Wort für ›zehn‹. Die Leute begannen diese Banknoten *dixies* zu nennen, und irgendwie galt dieses Wort dann für die Gegend, wo diese Banknoten im Umlauf waren ... Dixie Land.

In letzter Minute tauchte noch der Tinker an Bord auf und wollte uns begleiten. Wir brachen also zu dritt nach dem im Norden gelegenen Arkansas River auf. Zum Dinner erschien der Tinker in einem perfekt geschneiderten schwarzen Anzug und sah darin mächtig elegant aus, beinahe wie irgendein ausländischer Prinz, was er unter seinem Volk ja wohl auch war.

Wir setzten uns an einen Tisch und hatten starken Appetit. Als wir gerade die Speisekarte studierten, sagte eine leise Stimme: »Vielleicht auch etwas von der Bar, Gentlemen?«

Es war Judas Priest!

»Ich wollte vor unserer Abreise noch mit dir sprechen«, sagte ich.

»Ach? Natürlich. Ich habe später frei.« Er machte einen Moment Pause. »Wenn die Gentlemen nichts dagegen haben und auf Ihrem Weg nach dem Westen einen guten Koch brauchen könnten, würde ich Sie sehr gern begleiten.«

»Kannst du reiten?«

Wieder lächelte er.

»Ja, Sir, ich kann reiten. Und um Ihre nächsten Fragen zuvorzukommen, Sir ...« Er blickte mich dabei an. »Ich will genau wie Sie nach einem Grab suchen ... und nach dem Grund, weshalb es überhaupt ein Grab geben muß.«

»Na, dann komm mit«, sagte Orrin. »Auf dein Angebot, für uns zu kochen, werden wir zu gegebener Zeit zurückkommen.«

Ein paar Tage später stiegen wir gegen Mitternacht auf ein kleineres Dampfboot um, das den Arkansas hinauffahren wollte

Judas Priest war auf seine geheimnisvolle Art ebenfalls umgestiegen; er hatte jeden Beistand von uns rundheraus abgelehnt.

Orrin suchte seine Kabine auf.

Ich verweilte auf dem Deck und beobachtete die Lichter des großen Dampfers, als er davonfuhr. Auf den Wellen, die von den Schaufelrädern aufgewühlt wurden, war ein kleines Boot, das von der anderen Seite des Dampfers gekommen zu sein schien. Ich beobachtete es müßig, aber nach den hellen Lichtern des Dampfers war es jetzt dunkel, so daß ich nichts erkennen konnte. Ein wenig später hörte ich das Eintauchen und Platschen von Rudern. Das Boot hielt neben einem Kielboot an, das unterhalb von uns vertäut war.

Mir kam es vor, als verließen zwei, vielleicht drei

Männer das Boot. Ich war jetzt müde und ging langsam zu unserer Kabine.

Der Tinker tauchte aus dem Schatten einiger Fässer auf.

»Haben Sie dieses Boot eben gesehen?«

»Ja.«

»Jemand hätte auf der Flußseite ausgestiegen sein können.«

»Sie sind ein mißtrauischer Mann, Tinker.«

»Ich bin ein Mann, der immer noch am Leben ist, mein Freund.«

Wir standen zusammen in der Dunkelheit und beobachteten das Wasser, während unser kleiner Dampfer sich in Bewegung setzte. Wenn wir nicht zu oft auf Grund liefen, würden wir uns bald auf dem Weg nach Colorado befinden. Doch Flußreisen sind immer eine heikle, riskante Sache. Es gab hohe oder niedrige Wasserstände, unerwartete Sandbänke, gefährliche Baumstümpfe und Treibholz jeder Art. Ein Lotse mußte da schon so etwas wie ein Zauberer sein, wenn er gut vorankommen wollte. Zweifellos war das Navigieren auf diesen Abzweigungen des Big River ungemein schwierig. Man wagte auch nicht, zu weit stromaufwärts zu fahren, denn man konnte plötzlich auf dem Trockenen sitzen, wenn der Wasserstand rapide abfiel.

»Reden wir jetzt mal von Ihrem Pa«, sagte der Tinker. »Seit New Orleans haben Sie nichts Neues gehört?«

»Soweit ich mich erinnern kann, haben wir überhaupt nichts mehr von ihm gehört. Doch mein Gedächtnis ist ziemlich vage und verschwommen. Ich mußte doch damals kurz danach meinen eigenen Weg in die Welt antreten. Dann kam der Krieg dazwischen und hat bei vielen von uns, die daran teilnahmen, viele Erinnerungen ausgelöscht.«

Danach schwiegen wir eine ganze Weile und lauschten auf das leise Rauschen des Flusses um den Bug. Auf diesem Kielboot da unten schimmerte jetzt Licht.

»Wenn jemand zu Hause ist, wird geredet, und dieses Reden weckt Erinnerungen. So behält man oft eine Sache frisch im Sinn, die sonst vielleicht verblaßt wäre. Es gibt Söhne und Töchter derselben Eltern, und alle haben gänzlich unterschiedliche Erinnerungen. Jeder denkt, daß er sich am besten erinnern kann. Wer als letzter zu Hause ist, dessen Erinnerungen werden natürlich durch Gespräche immer wieder aufgefrischt. Ich vermute, daß Orrin oder Tyrel sich besser als ich erinnern können. Vor allem Tyrel. Er vergißt nie etwas.«

»Ihr Pa könnte ermordet worden sein.«

»Vielleicht.«

»Ich hab' kein gutes Gefühl bei der Sache, Tell. Irgend etwas kommt mir hier nicht ganz geheuer vor.«

»Es könnte sein, daß Andre sich damals aus dem Staub gemacht und die anderen in einer bösen Klemme zurückgelassen hatte. Ist einfach abgehauen. Jetzt schämt er sich möglicherweise und befürchtet, daß Philip es herausbekommen und alle enterben könnte. Soweit ich feststellen konnte, haben Andre, Paul und Fanny so ziemlich alles durchgebracht, was sie hatten. Jetzt brauchen sie dringend Bargeld. Also müssen sie sich mit Philip gut stellen ... oder aber arbeiten!«

»Da steckt mehr dahinter«, sagte der Tinker, dann suchte er seine Kabine auf.

Auf dem Kielboot hinter uns gab es so etwas wie Bewegung. Ich nam es zwar zur Kenntnis, schenkte ihm aber weiter keine Beachtung.

Der Fluß rauschte um den Bug unseres Schiffes. Das Unterdeck war noch mit Fracht beladen. Ich habe schon gesehen, wie manche Flußboote derartig mit Baumwollballen beladen waren, daß die Leute in ihren Kabinen sogar zur Mittagszeit bei Kerzenlicht leben mußten. Das Wasser dort unten stammte von Schneeschmelze vor gar nicht so langer Zeit. Es war rein und kalt von diesen Gletschern heruntergeströmt, die es immer noch da oben gab, wo die Flüsse geboren wurden.

Bald würde ich wieder durch diese Gegend reiten, aus der dieses Wasser kam. Hier war es stark verschmutzt von Erdreich, abgestorbenen Pflanzen und verendeten Käfern sowie von allem, was der Mensch hinterläßt. Aber weit dort oben, wo es Schnee gab, war dieses Wasser noch rein und klar.

Es hatte keinen Zweck, sich etwas vormachen zu wollen; ich war in der Wildnis geboren und aufgewachsen. Noch nie hatte ich mir gewünscht, weit davon entfernt zu sein. Ich lege mich gern dort schlafen, wo ein Mann die Sterne am Nachthimmel beobachten kann, wo er den Wind schmecken und das Wetter testen kann, wo er das Treiben all der wilden Dinge beobachten kann.

Wenn ein Mann in der Wildnis lebt, akzeptiert er den Tod als einen Teil des Lebens. Er sieht, wie das Laub von den Bäumen fällt und verrottet, um den Boden für andere Bäume und Pflanzen fruchtbar zu machen. Das Laub erhält seine Kraft von Sonne und Wind; es sammelt das Kapital, von dem es leben muß, und wenn es stirbt, verwandelt es sich wieder in Boden. Die Blätter haben sich ihr Leben nur für eine Weile von anderen Dingen ausgeliehen ... von Erde, Sonne, Regen und einigen Chemikalien, die dem Laub zu Leben verhelfen. Aber alles wird zurückgezahlt, wenn das Laub stirbt. Alles wird wieder und immer wieder verwendet.

Auf dem Deck hinter mir raschelten Schritte. Eine schnelle Bewegung. Ich hockte mich instinktiv hin, drehte mich um und stieß meine Beine mit aller Wucht nach vorn und oben. Ich spürte Beine auf Rücken und Schulter, dann glitt die Last von mir ab und rutschte über die Reling ins Wasser.

Er war schon naß gewesen, bevor er gestürzt war. Dies bedeutete, daß er wahrscheinlich herübergeschwommen war. Dann war er auf Deck gekommen und wollte von hinten mit einem Messer oder einer Keule über mich herfallen. Er war auch schon auf mich losgesprungen, und als ich mich hingehockt hatte, war er über mich hingesegelt, wobei ich noch ein bißchen nachgeholfen hatte.

Er stürzte ziemlich tief ab, denn wir befanden uns ein gutes Stück über dem Wasser. Als er wieder hochkam, rief ich nach unten: »Na, wie ist das Wasser, Sohn?«

Er gab zwar eine Antwort, aber sie hörte sich mächtig unfreundlich an.

Da machte ich einfach kehrt und ging zu unserer Kabine.

Orrin schlief schon, desgleichen der Tinker.

Ich zog Jacke und Stiefel aus, hielt meine Waffe dicht bei der Hand und zog mich bis auf meine lange Unterhose aus. Dann streckte ich mich auf der Koje aus und schaute in die Dunkelheit hinauf. Bald würde für mich alles wieder in Ordnung sein. Ich war auf dem Wege zurück in die Berge ...

Als der kleine Dampfer bei Webber's Falls anlegte, gingen wir als erste von Bord über die Laufplanke an Land.

»Sie sind in der Stadt«, sagte ich zu Orrin und Tinker. »Haltet also die Augen offen. Besorgt uns etwas Proviant und sonstige Vorräte im Store. Ich werde auf Judas warten und dann versuchen, ein paar Pferde zu finden.«

Als Judas von Bord kam, sagte ich ihm, daß er sich später mit uns im Store treffen sollte. Ich warnte ihn zugleich, gut auf sich achtzugeben.

Unten an der Straße gab es einen Mietstall und einen Corral. Ich schlenderte hin, blieb stehen und lehnte mich an die Stangen. Ein Mann im Overall und mit Strohhut kam zu mir herüber.

»Gute Pferde«, sagte er.

Im Corral hielt sich ein Dutzend Pferde auf. Bis auf zwei würden alle anderen für uns nutzlos sein. Zwei Pferde waren ausgesprochene Farmtiere, der Rest bestand aus Indianer-Ponys. Aber auch die beiden Pferde, die ich für uns im Auge hatte, waren nicht so ganz das, was wir brauchten.

»Nicht für mich«, sagte ich und schüttelte den Kopf. »Gibt's denn hier nichts Besseres?«

»Hm ... auf der anderen Seite der Stadt gibt's einen Mann mit einer Ranch. Sein Name ist Halloran. Doc Halloran. Er kauft und verkauft Rinder, kauft Pferde und richtet sie für Rennen ab. Er hat gute Tiere, aber er ist nicht im Handelsgeschäft.«

Er mietete mir ein Fahrzeug, und ich hielt beim Store an. Als ich erklärte, was ich vorhatte, meinte der Tinker: »Doc Halloran, sagen Sie? Na, da werde ich mitkommen.«

Orrin machte immer noch Einkäufe, und so fuhren der Tinker und ich los.

Es war ein interessantes Anwesen. Ein Blockhaus mit fünf oder sechs Zimmern; ein ansehnlicher, großer Stall; Corrals, ein Brunnen, ein paar Heuwiesen und grüner Rasen vor dem Haus.

Als wir angefahren kamen, trat ein großer, schlanker Mann aus dem Haus.

Beim Corral waren zwei indianische Cowboys.

Ich wollte etwas sagen, aber der Mann schaute an mir vorbei den Tinker an. Langsam verzog sich sein Gesicht zu breitem Lächeln.

»Tinker! Also, ich will doch für immer verdammt sein!«

»Hoffentlich nicht, Doc. Tut gut, Sie mal wiederzusehen. Das hier ist Tell Sackett.«

»Wo ist Lando? Kämpft er immer noch?« Er wandte sich an mich. »Sind Sie mit Lando verwandt? Er hat mehr Geld für mich gewonnen, als ich jemals irgendwo anders gewonnen habe. Kämpfen? Das ist der beste Kämpfer, der jemals über die Erde gewandert ist!«

»Er ist mein Vetter«, sagte ich. »Bei uns Sacketts gibt's fast nur Jungen und Kämpfer.«

»Kommt rein! Kommt rein! Herrgott im Himmel, ist das großartig! Ich hab' schon oft überlegt, was aus Ihnen geworden ist, Tinker. Hab' gedacht, daß Sie wieder als Hausierer in den Bergen herumziehen. Was hat euch beide denn nach Webber's Falls gebracht?«

»Wir wollen nach Westen«, sagte ich. »Und wir hörten, daß Sie ein paar Pferde haben, die allerdings nicht verkäuflich sind. Wir hörten aber auch, daß es sich um die besten Tiere im ganzen Umkreis handelt.«

»Wie viele brauchen Sie denn?«

»Drei Packpferde, vier Reitpferde. Und wir brauchen Tiere von großer Ausdauer.«

»Ich habe, was Sie brauchen. Vor ein paar Jahren, kurz nachdem ich von Oakville hier heraufgezogen war, wo ich Lando und den Tinker kennengelernt hatte, konnte ich einen Appaloosa-Hengst eintauschen. Ein Halbblut-Injun aus Idaho kam auf ihm in die Stadt geritten. Nun, ich habe den Appaloosa als Zuchthengst bei ein paar Morgan-Stuten eingesetzt, die ich hier hatte. Na, wartet nur, bis ihr das Ergebnis seht!« Er stoppte plötzlich und sah von einem zum anderen. »Hört mal, ihr seid doch nicht etwa vor irgend etwas auf der Flucht, he?«

»Nein, wir suchen nach dem Trail meines Vaters«, erklärte ich. »Gibt's hier noch jemanden, der schon vor zwanzig Jahren hier gelebt hat? Jemand, der vielleicht eine andere Gruppe mit Pferden ausgerüstet hat?«

»Wahrscheinlich hat man sich in Fort Gibson mit Pferden versorgt. Damals hielten hier nicht viele an. Diese Ortschaft hier wurde von einem Halbblut-Creek gegründet, der vor vielen Jahren hierherkam. Hat die Salzwerke oben am Strom übernommen. Hat ganz schönen Erfolg gehabt. Aber wer sich damals für einen Trip nach Westen ausrüsten wollte, ging stets nach Fort Gibson.«

Wir tranken unseren Kaffee aus und standen auf.

»Lassen Sie uns jetzt doch mal diese Pferde anschauen«, schlug ich vor. »Wir müssen in die Stadt zurück. Orrin wird schon auf uns warten.«

Es gab drei wunderschön gebaute Pferde, alle in bester Verfassung. Eins war grau und hatte einen weißen Flecken mit schwarzen Punkten auf der rechten Schulter, dazu ein paar sommersprossenartige Flecken auf den Hüften, schwarz inmitten von grau. Die beiden anderen Pferde waren schwarz und hatten weiße Flecken auf den Hüften sowie die üblichen dunklen Stellen eines Appaloosa.

»Wir werden sie nehmen. Und was ist mit Packpferden?«

»Dort ...« Er zeigte auf einen Falben, ein Pinto und einen Schecken. »Gute Tiere. Mustang-Kreuzung.«

»Wieviel?«

Er lachte.

»Nehmen Sie sie, dann vergessen Sie's! Sehen Sie, als Lando Sackett damals Dunc Caffrey unten nach Oakville schlug, hatte ich alles eingesetzt, was ich hatte. Mit meinem Gewinn kaufte ich mir dieses Anwesen hier und mein Vieh. Ich habe alles gut aufgebaut und immer noch Geld auf der Bank. Nehmen Sie die Pferde mit. Ich gebe sie Ihnen gern. Nur noch eins. Wenn Lando wieder kämpft, dann schreiben Sie mir. Ich werde schleunigst hingehen.«

»Danke«, sagte ich. »Aber ...«

»Kein Aber!« Doc Halloran sah mich an und schüttelte den Kopf. »Vergessen Sie's.« Dann fügte er sehr ernst hinzu: »Der Grund, weshalb ich vorhin fragte, ob Sie auf der Flucht sind ... drei Hartgesottene sind vor ein paar Tagen hier aufgetaucht und treiben sich herum, als suchten sie jemanden.«

Der Tinker sah mich an und ich ihn. Dann rannten wir sofort zu unserem Wagen.

9

Als Orrin uns später davon erzählte, hörte es sich nicht besonders aufregend an. Er war in einem dieser Laden, wie man ihn meistens auf dem Lande antrifft. Es roch nach allem, was drin war ... gute, intensive wundervolle Gerüche nach neuem Leder, frisch gemahlenem Kaffee, Räucherschinken, Speck, Gewürzen und dergleichen.

Orrin wußte, wohin wir wollten und wie wir dort leben mußten. Frisches Fleisch würden wir aus unserer neuen Umgebung reichlich haben, dazu auch noch Kräuter und Wurzeln, die wir sammeln konnten, nur würde uns das erst etwas nutzen, wenn wir dort angekommen waren.

Wenn ein Mann zu einem fernen Ziel unterwegs ist, hat er nicht viel Zeit, um anzuhalten und sich nach Vorräten und dergleichen umzuschauen. Deshalb kaufte Orrin ein paar Speckseiten, Mehl, Mais, Trockenobst und sonstige Lebensmittel.

Er kaufte auch 44er Patronen für unsere Winchester-Gewehre und Revolver.

Der Mann, dem der Store gehörte, nahm einen brandneuen 44er Smith & Wesson aus dem Regal und zeigte ihn Orrin.

Orrin hatte ihn eben wieder hingelegt, als diese Hartgesottenen hereinkamen. Sie blieben in kurzen Abständen voneinander direkt an der Tür stehen und beobachteten Orrin, der sofort auf sie aufmerksam geworden war. Das waren keine Männer aus den Bergen, sondern Leute vom Fluß und dementsprechend gemein und skrupellos. Sie hatten den Auftrag, einen Rechtsanwalt zu töten, aber sie kannten Orrin Sackett nicht. Es gab eben solche und solche Anwälte.

So wie es einen Zahnarzt namens Doc Holliday gegeben hatte.

Sie kamen vorn in den Laden, während Orrin hinten

am Ladentisch stand. Er hatte sich wohl umgedreht, um hinzuschauen, aber höchstwahrscheinlich hatte er den Tinker und mich erwartet.

Kaum waren die Männer zur Tür hereingekommen, da stellten sie sich in kurzen Abständen voneinander auf. Alle sahen Orrin an. Es stand drei zu eins.

Orrin flüsterte dem Ladenbesitzer zu: »Gehen Sie lieber raus! Das hier sieht nach einer Schießerei aus!«

»Kennen Sie diese Männer?«

»Nein, aber sie scheinen auf der Jagd zu sein.«

Einer von ihnen, ein Mann mit einem großen Biberhut, sah die Waffe, die Orrin soeben betrachtet und auf den Tisch zurückgelegt hatte. Der Mann hielt den eigenen Revolver bereits in der Faust. Er grinste unter seinem struppigen Schnurrbart und ließ dabei sehr schlechte Zähne sehen.

»Da liegt 'ne Kanone, Mister Anwalt! Langen Sie lieber danach!«

Die Waffe war brandneu und nicht geladen. Orrin wußte es, aber die drei anderen Männer nicht. Aber Orrin wußte auch, daß er es mit Männern vom Fluß zu tun hatte, und wenn es am Mississippi auch allerhand Schießereien gab, so verstanden diese Männer meistens doch herzlich wenig vom schnellen Ziehen.

»Wenn ich jetzt nach dieser Waffe greife, werdet ihr mich töten«, sagte Orrin.

Der Mann mit dem Biberhut grinste wölfisch.

»Wird wohl so sein, Mister Anwalt.«

»Und wenn ich nicht danach lange, werdet ihr mich auch töten, nicht wahr?«

»Wird wohl so sein, Mister Anwalt«, wiederholte der Mann und grinste dabei noch gemeiner. Die Situation schien ihm großen Spaß zu machen.

»Dann habe ich also keine große Wahl, wie?«

»Überhaupt keine.«

Die beiden anderen Männer traten noch etwas mehr beiseite. Einer befand sich nun sehr weit links von Orrin, der andere wurde einen Moment lang von mehreren Latz-Overalls verdeckt, die von einem Balken herabhingen.

»Aber wenn ich nun nicht nach dieser Waffe greifen will, was dann?« Noch während Orrin dies sagte, zog und feuerte er bereits.

Damit hatten die Killer nicht gerechnet. Erstens hatten sie ihn ja für einen Anwalt und nicht für einen Revolverkämpfer gehalten, und zweitens hatten sie wohl damit gerechnet, daß er – wenn überhaupt – nach der Waffe auf dem Ladentisch langen würde.

Orrin war schon immer sehr schnell gewesen. Und er war ein ausgezeichneter Scharfschütze. Er feuerte und wirbelte blitzschnell herum. Bevor er jedoch den zweiten Mann aufs Korn nehmen konnte, krachte hinter ihm ein Schrotgewehr.

Der Mann ganz rechts schrie laut auf und rannte zur Tür. Er prallte gegen den Türpfosten und stürzte ins Freie. Auf seinem Rücken und auf der rechten Schulter breitete sich sehr rasch ein großer Blutfleck aus.

Der dritte Mann, der sich nach links bewegt hatte, ließ nun sein Schießeisen schleunigst fallen und streckte beide Hände in die Luft.

»Nicht schießen! Um Gottes willen, nicht schießen!«
Orrin hielt seine Waffe immer noch schußbereit.

»Also gut«, sagte er ruhig. »Geh zur Tür! Dein Freund dort draußen braucht wahrscheinlich ein bißchen Hilfe.«

Der Mann zeigte auf den anderen mit dem Biberhut. Denn der hatte ein schwarzes Loch genau zwischen den Augen.

»Nimm ihn mit«, sagte Orrin. »Begrabe ihn.. Und wenn du dann noch jemanden töten willst, dann nimm dir den Mann vor, der euch zu dieser Sache hier angestiftet hat.«

»Aber ... aber sie haben doch gesagt, daß Sie ... daß Sie ein Anwalt sind!«

»Bin ich ja auch. Aber wo ich herkomme, mein Freund, da hat jeder Fleischer und Bäcker und Kerzenmacher schon mal 'ne Kanone benutzt. Außerdem ... hast du denn noch nie was von Temple Houston gehört? Er ist Old Dam Houstons Junge und ebenfalls Anwalt, aber auch ein todsicherer Schütze. Siehst du, es zahlt sich eben nie aus, irgendeine Sache für selbstverständlich zu halten.«

Der Mann verließ den Laden.

Orrin drehte sich nach dem Inhaber um.

»Danke, mein Freund. Wirklich, vielen Dank!«

Der alte Mann war sehr brüsk.

»Mir brauchen Sie nicht zu danken, junger Mann. Ich kann doch nicht zulassen, daß hier einfach Leute reinkommen und meine Kunden erschießen. Das wäre doch schlecht fürs Geschäft.«

So standen die Dinge, als wir im Höllentempo von Doc Hallorans Anwesen die Straße heruntergefahren kamen. Wir sahen einen blutenden Mann auf dem Gehsteig liegen und einen anderen daneben knien. Als der Tinker und ich herauskamen, sah der kniende Mann auf.

»Geht lieber nicht da rein, Leute«, sagte er. »Dieser Anwalt da drin ist die Hölle auf Rädern!«

»Das geht schon in Ordnung«, sagte ich. »Ich bin nämlich sein Bruder.«

»Wer hat euch diesen Auftrag gegeben?« fragte der Tinker.

»Zwei Leute ... wir sollten jeder fünfzig Dollar für euch beide bekommen. Das ist 'n Haufen Geld, Mister.«

Orrin kam aus dem Laden.

»Und wieviel ist das denn jetzt für deinen toten Freund da drin?« fragte er.

Der Mann starrte abwechselnd Orrin und mich an.

»Was ist mit diesen zwei Personen, die euch angeheuert haben?« fragte ich. »Waren es zwei junge Männer?«

»Nein, Sir. Ein junger Mann und eine Frau. Sahen aus wie Bruder und Schwester.«

»In New Orleans?«

»Nein, Sir. In Natchez-under-the-Hill.«

Orrin sah mich an.

»Sie folgen uns also«, stellte er ruhig fest.

Der Mann bettelte: »Mister, würden Sie mir helfen, diesen Mann hier zu einem Doktor zu bringen?«

Ein Zuschauer sagte: »Hier gibt's keinen Doktor. Wenn bei uns Leute krank sind, kümmert sich immer der Ladenbesitzer darum.«

»Der ...?!« Der kniende Mann blickte düster drein. »Er hat ihm ja die Schrotladung verpaßt!«

Orrin sagte sehr ruhig: »Tut mir leid für dich, mein Freund. Ihr habt euch einfach die falsche Arbeit ausgesucht. Aber wenn du jetzt mal ein bißchen genauer hinsiehst, dann wirst du feststellen können, daß die Zeit für deinen Freund bereits abgelaufen ist.«

Und so war es. Der Mann auf dem Gehsteig war tot.

Langsam stand der andere Mann auf. Er wischte sich die Handflächen an der Hose ab. Er war noch jung, nicht älter als zweiundzwanzig, aber im Moment wirkte er doppelt so alt.

»Und was geschieht jetzt? Bekomme ich's mit dem Gesetz zu tun?«

Ein anderer Mann in der Zuschauermenge, die sich inzwischen versammelt hatte, sagte: »Verschwinden Sie einfach aus unserer Stadt, Mister. Wir haben hier kein Gesetz. Nur einen Friedhof.«

Nach der Schießerei kam Judas vorbei. Wir verbrachten die Nacht auf Hallorans Ranch. Am nächsten Morgen saßen wir alle vier im Sattel und traten den Ritt nach Westen an.

Zwei Männer aus Tennessee, ein Zigeuner und ein Neger, alle unter derselben Sonne, alle vier im selben Wind. Wir ritten durch das Indianer-Territorium, vermieden Ansiedlungen, wichen gelegentlich Rinderherden aus und wollten weiter nichts, als möglichst schnell zu den Bergen im Westen zu gelangen.

Wir überquerten das Gelände am Rabbit Ear Creek nach Fort Arbuckle. Dies war Land der Creek-Indianer. In der Hauptsache gab es hier Gras und zwischendurch ein bißchen Wald, überwiegend Blackjack und White Oak. An den Ufern der Wasserläufe wuchsen dichte Redbud-Büsche.

Wir hatten genügend Verpflegung, so daß wir Leuten aus dem Wege gehen konnten. Wir beobachteten ständig den Weg im Rücken und legten etwa dreißig Meilen pro Tag zurück.

Fort Arbuckle war von der Army verlassen worden, aber dort kampierten jetzt ein paar Indianer. Sie tauschten Pferde und dergleichen. Es war ein recht gemischter Haufen: Seminolen, Choctaws und Creeks, aber auch einige Pottawattomies. Wir kauften etwas Kaffe von ihnen, und ich tauschte ein perlenbesticktes Jagdhemd ein, das fast weiß gegerbt war; eine wunderschöne Arbeit.

»Seid vorsichtig«, warnte uns ein Creek. »Die Comanchen streifen plündernd im Süden und Westen von hier herum. Nur ein paar Meilen weiter westlich haben sie ein paar Pferde davongetrieben.«

Ich sah mich nach Judas um und fragte: »Kannst du schießen?«

»Kann ich, Sir.«

Nun, das genügte mir. Er war nicht mehr der Jüngste, aber als ich ihn zum erstenmal auf einem Bronco gesehen hatte, wußte ich, daß er schon öfters im Sattel gesessen haben mußte. Er hatte mir vorher gesagt, daß er reiten konnte. Und er konnte tatsächlich reiten. Als er mir nun sagte, daß er schießen konnte, glaubte ich ihm auch das.

Nachdem wir Arbuckle verlassen hatten und am Washita stromaufwärts nach Westen ritten, blieb ich etwas zurück und ritt neben Judas Priest her.

»Weißt du vielleicht mehr als wir, was damals geschehen ist?« fragte ich ihn.

»Das bezweifle ich, Sir. Angus war ein Sklave von Mr. Pierre. Angus mochte ihn, und Mr. Pierre war sowohl ein Gentleman als auch ein freundlicher Mann. Ihr Vater hatte ihm sehr freundlich geraten, was er vor sich haben könnte. Er hatte ihn gewarnt, in allen Dingen vorsichtig zu sein. Vielleicht darf ich auch noch sagen, Sir, daß er Mr. Swan nicht leiden konnte, und keiner von uns hat etwas für Andre Baston übrig. Aber machen Sie keinen Fehler, Sir. Mister Baston ist ein sehr gefährlicher Mann.«

Gelegentlich sahen wir Antilopen. Zweimal stießen wir auf eine kleine Büffelherde. Aber wir jagten nicht. Dies hier war Indianerland, und im Moment benötigten wir kein Fleisch. Wir wollten den Indianern kein Wild wegschießen, denn dieses Land war ihnen überlassen worden. Außerdem wollten wir die Aufmerksamkeit wilder Indianer nicht auf uns lenken.

Mehrmals fanden wir ihre Spuren. Comanchen. Mindestens ein Dutzend, alle beritten.

»Räuber«, sagte Orrin, und ich stimmte zu. Nur Krieger; keine Frauen, keine Travois.

Dies alles war, wie bereits gesagt, Indianerland, teils wild, teils freundlich. Die freundlichen Indianer hatten sehr unter den wilden Indianern zu leiden, und Weißen wäre es kaum anders ergangen. Es war die alte Story von nomadisierenden Indianern, die Ortschaften überfielen und ausplünderten; das geschah überall auf der Welt.

Unsere Nachtlager waren stets gut versteckt. Wir bereiteten hastig eine Mahlzeit zu, dann ließen wir die Feuer sofort herunterbrennen, bis sie nur noch kaum wahrnehmbar glimmten.

Judas erwies sich als ausgezeichneter Lagerkoch, was mir ganz besonders gefiel. Zwar konnte ich auch kochen, hatte aber nicht viel Spaß daran. Orrin erging es nicht besser als mir. Der Tinker schwieg zu diesem Thema.

Wir erreichten das Gelände vom alten Fort Cobb. Orrin, der an der Spitze ritt, hielt plötzlich an.

Ein Pferd wieherte, dann ritt ein Dutzend Indianer über die Hügelkuppe.

Als sie uns bemerkten, hielten sie scharf an.

Aber ich hielt eine Hand hoch, mit der Handfläche nach außen. Mit diesem Signal gab ich zu verstehen, daß wir friedlich gesonnen waren.

Da kamen die Indianer zu uns herangeritten. Es waren Cheyennes, die am Cache Creek gejagt hatten. Wie es aussah, mit beachtlichem Erfolg, denn sie hatten sehr viel Fleisch bei sich.

Sie warnten uns vor einem Kriegstrupp der Kiowas drüben im Westen und Süden. Wir tauschten etwas Fleisch gegen Zucker ein. Dann saßen wir auf unseren Pferden und beobachteten, wie die Indianer weiterzogen.

Ich schlug vor, jetzt nach Norden abzubiegen.

Während der nächsten paar Tage wechselten wir fünf-, sechsmal die Richtung, ritten etwa einen Tag oder so am Pond Creek entlang und bogen schließlich etwas weiter nach Süden ab, um eventuelle Verfolger in die Irre zu führen.

Schließlich ritten wir nach Norden in Richtung Antelope Hills und Texas Panhandle.

Dies war offenes Grasland mit ein paar Bäumen an den Wasserläufen, aber Wald gab es hier nur wenig. Wir sammelten Brennmaterial, wann immer sich Gelegenheit dazu bot. Dies taten wir bei Tage, und nachts sammelten wir Büffels-Chips. Wir waren unterwegs in leeres Land, wo es fast kein Wasser geben würde.

Plötzlich stießen wir auf Pferdespuren, die von etwa einem Dutzend Tieren stammten. Alle waren unbeschlagen und nach Nordwesten gezogen.

Ich zog die Zügel an.

»Indianer«, sagte ich.

Der Tinker schaute mich an.

»Könnten es nicht auch Wildpferde sein?«

»Hmhm ...«, machte ich nachdenklich, dann erklärte ich: »Bei Wildpferden würde man Dunghaufen sehen, aber wie Sie sehen, ist hier der Dung längs der Fährte verstreut. Dies kann nur bedeuten, daß die Indianer ihre Pferde in Bewegung gehalten haben.« Ich fügte hinzu: »Die Spuren sind zwei Tage alt und wurden am frühen Morgen hinterlassen.«

Der Tinker war amüsiert, aber auch neugierig.

»Und woher wollen Sie das wissen?«

»Sehen Sie mal«, sagte ich. »An den Grashalmen, die von den Pferdehufen niedergetrampelt wurden, haftet Sand. Dort drüben auch, sehen Sie? An den letzten beiden Tagen hat es frühmorgens keinen Tau gegeben, dagegen war der Tau vor drei Tagen sehr dicht. Damals sind sie hier vorbeigekommen.«

»Dann brauchen wir uns ja keine Sorgen zu machen«, schlug der Tinker vor.

Ich lachte leise.

»Angenommen, daß wir ihnen begegnen, wenn sie zurückkommen?«

Wir ritten weiter und hielten uns so gut wie möglich an flaches Gelände. Wir gelangten nun in ein Gebiet, wo es zweifellos eine der flachsten Ebenen der Erde gibt. Dieses Land wurde von mehreren größeren Cañons durchschnitten. Ich glaubte jedoch, daß sich diese Cañons viel weiter südlich von uns befanden.

Ich war ziemlich sicher, daß wir der Route folgten, die auch Pa damals eingeschlagen haben dürfte, als er nach Westen gezogen war. Zwar hatten wir hier und da die Richtung gewechselt, aber ich war trotzdem davon überzeugt, daß wir im allgemeinen die Route eingeschlagen hatten, der Pa vor zwanzig Jahren gefolgt war.

Das Bedürfnis nach Wasser und Brennmaterial dürfte

damals genauso groß gewesen sein wie heute für uns. Die Furcht vor Indianern war höchstwahrscheinlich noch größer gewesen, da es sich seinerzeit hier um absolutes Indianer-Territorium gehandelt hatte. Ich war nur bei wenigen Gelegenheiten mit Pa in die Wildnis geritten, meistens in die Berge. Damals war ich noch sehr jung gewesen. Aber ich kannte seine Denkweise recht gut, denn er hatte uns bei unserer frühen Erziehung sehr viel beigebracht, sei es nun an Lagerfeuern oder irgendwo in den Bergen. Er war ein sehr nachdenklicher Mann gewesen, und außer seinem beinahe unheimlichen Wissen über das Leben in der Wildnis hatte er uns ja nur wenig zu hinterlassen gehabt. Dieses Wissen hatte er sich im Laufe vieler Jahre aus Erfahrung angeeignet.

Kein Mann denkt gern daran, daß alles, was er erlernt hat, in Schall und Rauch aufgehen wird, um sich am riesigen Himmel zwischen den Wolken zu verlieren. Pa hatte sein Wissen mit uns teilen wollen; er hatte uns überliefern wollen, was er wußte. Ich hatte damals stets sehr aufmerksam zugehört und auf diese Weise viel mehr gelernt, als ich ahnte.

Als ich diesen Hügel mit den flachen Felsen, diesen Bach mit den wenigen Bäumen sah, sagte ich zu Orrin: »Etwa dort, Orrin ... ja, etwa dort, würde ich sagen.«

»Ganz meine Meinung«, stimmte er zu.

»Was ist das?« erkundigte sich Judas.

»Das ist so eine Stelle, an der Pa ein Lager aufgeschlagen haben dürfte, und wenn ich mich nicht irre, dann ist dort der McClellan Creek«, sagte ich.

10

Wir spornten unsere Pferde an und preschten am Rande eines etwa eine Meile breiten Tales hinauf. An den Ufern eines mächtig hübschen Wasserlaufes, der gut sechs Meter breit, aber nur etwa sechs Zoll tief war, wuchsen große Cottonwoodbäume. Das Wasser war klar und rein. Es strömte vom Staked Plain herab, der westlich von uns aufragte.

Keinem von uns gefiel dieser Ritt, aber wir mußten ihn nun mal zurücklegen.

»Marcy hat diesen Strom nach McClellan benannt«, sagte Orrin. »Er glaubte, daß McClellan ihn als erster Weißer gesehen hatte. Marcy erforschte die Quellengebiete vom Red und Canadian River.«

»Hier werden wir unser Lager aufschlagen«, sagte ich.

Wir sahen uns nach der günstigsten Stelle um und entschieden uns für einen Platz, wo ein riesiger alter Cottonwoodbaum entwurzelt worden war. Die Krone lag im Wasser, aber der Stamm bot guten Windschutz. Weitere Cottonwoodbäume spendeten Schatten. Es gab sogar so etwas wie einen natürlichen Corral, in dem wir unsere Pferde unterbringen konnten. Zunächst ließen wir die Tiere jedoch erst einmal weiden.

Der Tinker übernahm die Wache, während Judas sich ums Essen kümmerte.

Orrin und ich streiften ein bißchen in der näheren Umgebung herum.

Unserer Meinung nach waren wir direkt auf dem Trail unseres Vaters. Wir wünschten uns sehr, irgendein Zeichen zu finden, das er hinterlassen haben könnte. Alle Männer haben feste Gewohnheiten, mit Werkzeugen umzugehen, ein Lager aufzuschlagen und dergleichen. Aber die Zeit hatte wohl die meisten Dinge hinweggefegt, die ein Mann hinterlassen haben könnte. Wir befanden uns in einer Gegend, wo es abwechselnd heiß und kalt war. Starke Winde und heftige Regenfälle traten allzu oft hier auf.

Dies war wahrscheinlich ein Lager, wo sie einige Zeit verbracht hatten. Sie hatten einen langen Treck hinter sich gehabt. Vor ihnen hatte Staked Plain gelegen, und zweifellos hatten sie gewußt, was dies zu bedeuten hatte.

Es war ein angenehmes Camp. Nachdem die Pferde ausreichend geweidet hatten, brachte der Tinker sie wieder heim, und wir trieben sie in den Corral.

Wenn ein Mann durch wildes Land reitet, hält er stets die Augen offen und schaut sich nach einem guten Lagerplatz um. Vielleicht braucht er einen guten Platz nicht sofort, aber vielleicht auf dem Rückweg. Camps, Brennstoff, Verteidigungspositionen, Wasser, Landschaftsmerkmale, Reisezeichen ... ein Mann hört eben nie auf, sich nach solchen Dingen umzuschauen.

Wir waren zwar nicht sehr schnell, dafür aber stetig gereist. Hier und da hatten wir ein bißchen Zeit verloren, weil wir versuchen mußten, nichts zurückzulassen, was einen Indianer vielleicht veranlassen könnte, uns zu folgen. Doch ich fühlte mich irgendwie unbehaglich. Zu viele Versuche waren schon unternommen worden, uns aus dem Weg zu räumen, und es dürfte wenig wahrscheinlich sein, daß wir so ohne weiteres und unbeschadet davonkommen würden.

Ich verließ das Lager und wanderte stromaufwärts zu der Stelle, wo der Creek unter dem Felsen hervorkam. Es war gutes, reines, frisches Wasser, und davon gab es in dieser Gegend nicht allzuviel, denn die meisten Ströme führten Gips, Salz oder andere Mineralien im Wasser mit.

Andre Baston war offenbar bei der Gruppe gewesen, als diese hier angekommen war. Also würde er auch von diesem Wasser wissen und höchstwahrscheinlich herkommen. Wie viele Männer er bei sich haben würde, konnte ich nicht einmal raten, aber er dürfte unterwegs bestimmt ein paar Hartgesottene mitgenommen haben und auf alles vorbereitet sein, vor allem auf Ärger.

Irgendwie habe ich hier nicht das richtige Gefühl. Etwas in meinem Inneren warnt mich. Was ist es: Instinkt? Aber was ist Instinkt? Ist es die Anhäufung von allem, was ich jemals gesehen oder gerochen hatte? Was sich in einem Winkel meines Gehirns als Erinnerung eingegraben hatte?

An sich ist dies hier eine Gegend, die ich mag. Es ist einer dieser einsamen, reizenden Plätze, die man nur erreichen kann, wenn man zuvor die Hölle durchquert. Nun, ich nehme an, daß es sich bei der Heimat der meisten Menschen so verhält.

Spärliches Wasser rinnt über den Sand ... Wasser, so klar, daß man bis auf den Grund sehen kann. Sogar eine Spur, die vor einer Stunde hinterlassen worden war, könnte immer noch gesehen werden. Wie zum Beispiel *diese da!*

Die Spur eines Pferdes. Dahinter noch eine. Ich watete in den Strom und folgte den Abdrücken.

Am grasigen Ufer der verwischte Abdruck eines Pferdehufes. Spuren führten zu den Klippen. Ich achtete sehr darauf, nicht in diese Richtung zu blicken, sondern drehte mich um und schlenderte lässig etwa dreißig, vierzig Meter am Ufer entlang. Dann kehrte ich zum Lager zurück.

Auf dem Rückweg hielt ich zweimal an. Beim erstenmal sammelte ich etwas Brennholz, das andere Mal betrachtete ich eine Stelle, wo ein Hase geschlafen hatte.

Im Lager ließ ich das gesammelte Brennholz fallen.

Orrin war stromabwärts gewandert, und ich mußte ihn erst holen.

»Spuren«, sagte ich ihnen. »Nehmt eure Gewehre und haltet jederzeit die Augen offen. Das war ein beschlagenes Pferd. Also sind sie hier. Oder sonst jemand ist hier.«

»Wie alt war denn diese Fährte?« überlegte der Tinker laut.

»Eine Stunde, vielleicht etwas mehr. Das Wasser fließt nicht so schnell. Es gibt kaum Schlamm. Ist also schwer zu sagen. Eine solche Spur wird ihre Umrisse sehr schnell verlieren. Deshalb schätze ich, daß sie nicht älter als eine Stunde ist. Und wir sind erst die halbe Zeit hiergewesen, vielleicht ein klein wenig länger. Ich vermute, daß man uns hat kommen sehen. Sicher hat man damit gerechnet, daß wir einen so guten Lagerplatz nicht verpassen würden. Ich glaube, sie sind jetzt dort draußen und warten.«

Ich langte nach meiner Winchester und schob zwei Handvoll Patronen in die Taschen. Einen Patronengurt mit gefüllten Schlaufen trug ich bereits.

»Nehmt nichts als selbstverständlich«, warnte ich. »Vielleicht warten sie bis zur Nacht, aber sie könnten auch schon jederzeit kommen.« Ich dachte kurz nach und sagte: »Tut so, als ob ihr Brennholz sammelt. Laß alles gepackt mit Ausnahme der Bratpfanne und Lebensmittel. Vielleicht müssen wir ganz plötzlich fort.«

Flußabwärts gab es dichteres Gebüsch, noch mehr Cottonwoods und auch Weiden. Ein paar Pfade führten durch die Büsche ... Wild, Büffel und so weiter. Ich ging hinaus und hängte die Winchester an ihrem Gurt über die Schulter. So hing die Mündung an meiner linken Schulter nach unten. Meine linke Hand hielt den Lauf. Wenn die linke Hand angehoben wurde, kam die Mündung hoch, der Kolben ging nach unten. Die rechte Hand greift den Abzugsbügel. Bei entsprechender Übung kann ein Mann auf diese Weise ein Gewehr genauso schnell in Aktion bringen wie einen Sechsschüsser.

Dichte Brombeerhecken, ein paar Weiden und mehrere wirklich große Cottonwoods. Ich stieß auf Orrins Spuren, dann trafen wir uns. Als er mich kommen sah, drehte er sich um.

»Was immer auch geschehen sein mag, es muß *dort* passiert sein«, sagte er. »In den Bergen. Oder auf dem Rückweg.«

»Glaubst du, daß sie Gold gefunden hatten?«

»Möglich. Oder Hinweise darauf. Vielleicht war's schon ziemlich spät im Jahr, bevor sie etwas ausfindig machen konnten, und plötzlich ist dann einer von ihnen

– Pierre, Andre oder sonst jemand – auf die Idee gekommen, alles für sich haben zu wollen.«

»Andre und Hippo Swan sind zurückgekommen.
Müssen damals wohl die jüngsten Männer der Gruppe
gewesen sein.«

Dann berichtete ich ihm ganz ruhig von den Pferdespuren, die ich entdeckt hatte. Wir ließen uns Zeit für
den Rückweg zum Lager und schlugen auch eine etwas
andere Route ein.

Wir waren nur ein paar hundert Yards stromabwärts,
aber bislang hatte ich noch keinerlei Hinweis auf Andres Denkweise. So konnte ich auch nicht wissen, wie er
angreifen würde. Er war ein Kämpfer, soviel wußte ich.
Mir war auch klar, daß er vor Mord nicht zurückschrek-
ken würde. Als Ehrenmann kam er mir jedenfalls nicht
vor, und was ich über seine Duelle und seine Annäherung an LaCroix gehört hatte, ließ mich vermuten, daß
er ein Mann war, der jeden nur erdenklichen Vorteil für
sich ausnutzte.

»Hör zu, Orrin«, sagte ich aus meinen Überlegungen
heraus. »Hat doch keinen Sinn, ihm die Wahl des Zeit-
punktes zu überlassen. Außerdem wollen wir doch nur
herausbekommen, was damals mit Pa geschehen ist.
Wir wollen keine Schießerei mit Andre Baston.«

»Was schlägst du also vor?«

»Daß wir nach Anbruch der Nacht heimlich von hier
verschwinden. Zurück zum Red, dann den Cañon
hinauf, soweit es eben geht, und von dort aus quer über
die Staked Plains nach Tucumcari oder sonstwohin dort
drüben.«

Wir ließen das Feuer brennen, wo es das Gras nicht in
Brand stecken konnte. Dann schlichen wir uns davon
und hielten uns im Gebüsch, bis es dunkel wurde, dann
bogen wir nach Süden ab. Wir waren vier berittene
Männer mit Packpferden, bewegten uns aber schnell
und leicht, so daß wir fast kein Geräusch verursachten.

Bei Sonnenaufgang waren wir fast zwanzig Meilen entfernt und folgten der Route, die McClellan 1852 genommen hatte. Wir machten etwa zwei Stunden Rast, gönnten unseren Pferden etwas Ruhe und ritten dann in westlicher Richtung weiter auf den Cañon vom Red zu.

Schließlich hörte der sandige Grund des Stromes auf, und das Wasser war süß, wo es über Felsen plätscherte. Die letzten Nebenarme mußten den Gips ins Wasser gebracht haben.

Hier fanden wir einen Steilpfad, der uns aus dem Cañon herausbrachte, und setzten nun unseren Weg quer über Land fort. Ich wußte ungefähr, wo Tucumcari Mountain lag, ein gutes Landschaftsmerkmal für das alte Fort Bascom. Zweimal mußten wir trocken kampieren; beim drittenmal fanden wir eine Quelle.

Wir hielten erneut an, als wir einen Schäfer trafen, der uns mit Tortillas und Frijoles versorgte.

Unsere Pferde begannen allmählich die ersten Ermüdungserscheinungen zu zeigen, und so waren wir ganz froh, als wir ein Rudel Pferde und Rauch entdeckten. Wir ritten quer über die Wüste darauf zu.

Orrin drängte sein Pferd dicht an meins heran.

»Die Sache gefällt mir nicht so recht«, sagte er. »Das ist keine gewöhnliche Viehherde.«

Wir ritten sehr langsam und vorsichtig weiter, bis wir die Pferde erreichten. Wir sahen vier Männer; drei hart aussehende Weiße und einen Mexikaner, der einen Patronengurt gekreuzt über den Oberkörper geschnallt hatte. Alle vier schienen auf einen Kampf bestens vorbereitet zu sein.

»Howdy!« sagte ich freundlich. »Haben Sie Wasser?«

Einer der Weißen, ein blonder Mann, nickte zu einem Gebüsch hinüber.

»Dort drüben gibt's 'ne kleine Quelle«, sagte er. Aufmerksam musterte er unsere Pferde. Obwohl sie hart geritten worden waren, ließen sie immer noch ihre Qualität erkennen. »Wollt ihr die Pferde tauschen?«

»Nein«, sagte Orrin. »Wir möchten nur etwas trinken, dann reiten wir sofort weiter.«

Im Vorbeireiten warf ich einen Blick auf die Brandzeichen der Pferde. Das tut jeder Viehzüchter ganz automatisch.

An der Quelle, mehr ein Sickerloch, drehte ich mein Pferd so herum, daß ich die anderen Pferde im Auge behalten konnte.

»Orrin, du und der Tinker, ihr trinkt zuerst. Mir gefällt diese Mannschaft dort drüben nicht.«

»Hast du die Brandzeichen gesehen?« fragte Orrin. »Alles voll ausgewachsene Tiere, aber keins zeigt ein richtig verheiltes Brandzeichen.«

»Sie sind geändert worden«, stimmte ich zu. »Jetzt werden die Kerle mit den Pferden so lange hierbleiben, bis die Brandzeichen geheilt sind. Dann erst werden sie die Pferde forttreiben.«

»Das sind erstklassige Tiere«, sagte der Tinker.

Als Orrin und Tinker wieder im Sattel saßen, stiegen Judas und ich ab, um auch zu trinken. Ich wollte mich gerade wieder vom Wasser aufrichten, als ich Orrin sagen hörte: »Aufgepaßt, Junge!«

Sie kamen auf uns zu.

Ich wartete auf sie.

Sie wußten nicht, wer wir waren, aber sie hatten einen Blick für unsere Pferde gehabt.

»Wo kommt ihr denn her?« fragte der Blonde.

»Reiten nur so hier durch«, sagte ich sanft. »Weiter nichts.«

»Wir würden gern mit euch Pferde tauschen«, sagte er. »Ihr habt gute Tiere. Wir geben euch zwei für eins.«

»Mit einer Kaufbescheinigung?« schlug ich vor.

»Was soll das heißen?« fragte er scharf und drehte sich abrupt nach mir um. Er hatte einen langen Hals, und wenn er sich so plötzlich umdrehte, erinnerte er mich an einen Aasgeier.

»Ach, nichts weiter«, sagte ich genauso sanft wie zuvor. »Nur ... mein Bruder hier, der ist Anwalt. Und er hat's nun mal gern, wenn alles seine Ordnung hat.«

Er musterte Orrin, den mehrere Tage alten Bart und die verstaubte Kleidung.

»Na, was sagt man dazu?« höhnte der Blonde.

Ich sagte zu Judas: »Füll lieber auch noch unsere Wasserflaschen. Wer weiß, vielleicht haben wir heute abend wieder ein trockenes Lager.«

»Wird gemacht, Mister Sackett«, sagte Judas.

Der Blonde zuckte so heftig zusammen, als hätte er soeben einen Schlag ins Gesicht bekommen.

»Was für einen Namen hast du da eben genannt?« fragte er Judas.

»Sackett«, sagte Judas.

Die anderen Männer zogen sich etwas zurück und verteilten sich.

Das Gesicht des Blonden war blaß geworden.

»Also, seht mal«, sagte er. »Ich treibe diese Pferde nur über Land. Wurde von 'nem Mann dazu angeheuert«, fügte er sichtlich nervös hinzu.

»Und wo ist der Mann, der euch angeheuert hat?«

»Kommt später nach. Ist aber nicht allein. Handelt sich um 'ne ziemlich große Gruppe. Kann jeden Augenblick hier eintreffen.«

»Wie heißt er denn?« fragte Orrin plötzlich.

Der Mann zögerte.

»Charley McCaire«, sagte er schließlich.

Orrin sah mich an.

McCaire war ein Revolverschwinger und hatte den Ruf eines Unruhestifters, aber bisher hatte er sich stets auf der richtigen Seite des Gesetzes gehalten. Er hatte jetzt eine Ranch in Arizona, aber er hatte noch mehrere Brüder, die immer noch in New Mexico und Texas lebten.

»Halte die Leute in Schach, Orrin«, sagte ich. »Ich werde mal hinreiten und mir diese Pferde 'n bißchen genauer ansehen.«

»Den Teufel werden Sie tun!« brauste nun der Blonde auf. »Lassen Sie ja die Pferde in Ruhe!«

»Bleibt schön ruhig sitzen«, sagte Orrin. »Wir haben uns nur gewundert, warum euch der Name Sacket so aufgeregt hat.«

Ich ritt also im Trott zu diesen Pferden hinüber, zweimal rund um sie herum und dann wieder zu den anderen zurück.

»Gefälscht«, sagte ich. »Und verdammt schlecht obendrein. Jetzt sieht's aus wie 888, sollte aber wohl eigentlich *Slash SS* heißen.«

»Tyrels Brandzeichen!« rief Orrin. »Also, ich will doch gleich verdammt sein!«

11

Der Blonde machte ein verkniffenes Gesicht.

»Na, hört mal!« sagte er. »Ich ...«

»Halt's Maul!« sagte Orrin scharf. Sein Blick wanderte von einem Gesicht zum anderen. »Ihr seid alle verhaftet! Ich nehme diese Verhaftung mit dem Recht eines Bürgers vor. Falls ihr keinen Widerstand leistet, könnte ich euch vielleicht vor dem Hängen bewahren!«

»Na, das werden wir ja sehen!« schrie der Blonde wütend. »Reden Sie lieber erst mal mit McCaire! Da kommt er nämlich gerade!«

Judas und Tinker standen ein gutes Stück rechts und links von uns und blickten die Viehtreibern entgegen.

Die Gruppe bestand aus sieben verdammt rauh aussehenden Männern.

McCaire war ein großer, kräftiger, derbknochiger Mann. Ein Blick auf ihn genügte, um sofort zu wissen, wer hier das Kommando führte. Ein verwittertes Gesicht, hochstehende Wangenknochen und eine große Habichtnase über einem schmalen, harten Mund und kräftigem Kinn.

»Was zum Teufel ist denn hier los?« fragte er barsch.

»Mister McCaire? Ich bin Orrin Sackett. Ich habe soeben diese Männer hier verhaftet, weil ich sie mit gestohlenen Pferden angetroffen habe.«

»Mit *gestohlenen* Pferden?« rief McCaire scharf. »Die Tiere tragen mein Brandzeichen!«

»Jedes Brandzeichen ist gefälscht«, sagte ich ruhig. »Drei Achten über einem Slash SS ... und das ist Tyrel Sacketts Brandzeichen!«

Nun, wenn ein Mann Ärger erwartet, dann sollte er sich lieber nichts entgehen lassen.

Rechts von McCaire saß ein junger, recht stattlich aussehender Bursche im Sattel.

Ich sah, wie seine rechte Hand jetzt wie automatisch nach seinem Revolver zuckte.

»McCaire! Sagen Sie diesem Mann, er soll die Pfoten von der Kanone lassen! Es braucht hier keine Schießerei zu geben, aber wenn er scharf darauf ist, kann er sie haben!«

McCaire riß den Kopf herum und rief dem jungen Mann sehr scharf zu: »Finger weg vom Schießeisen, Boley!« Dann wandte er sich an seine restlichen Leute. »Hier schießt niemand, bevor ich's tue, verstanden?« Er sah wieder Orrin und mich an. »Wer sind Sie?« fragte er.

»Mein Name ist William Tell Sackett, und das ist mein Bruder Orrin. Wir sind beide Brüder von Tyrel, dem diese Pferde dort gehören.«

»Diese Pferde gehören keinem anderen als Charley«, sagte Boley.

Orrin ignorierte ihn.

»Mister McCaire, Sie sind als harter, aber fairer Mann bekannt. Und Sie können Brandzeichen genausogut lesen wie jeder andere Mann, und diese Brandzeichen dort sind nicht einmal verheilt, Mister McCaire! Dabei ist kein Pferd in diesem Rudel unter vier Jahren alt. Es sind auch keine Mustangs. Diese Pferde dort müssen also schon vor langer Zeit gebrändet worden sein.«

McCaire drehte sich im Sattel nach einem älteren Mann in seiner Nähe um.

»Sehen wir uns das mal an, Tom«, sagte er, dann gab er den übrigen Männern Anweisungen: »Und ihr bleibt hübsch in den Sätteln, Leute! Fangt ja nichts an, verstanden?«

Orrin wollte McCaire begleiten und warf mir einen Blick zu.

Ich grinste und sagte: »Ich werde auch hierbleiben, Orrin. Warum sollen sich die Jungs hier einsam fühlen?«

Boley sah an mir vorbei zu Judas hinüber, dann schaute er den Tinker an.

»Wer sind diese beiden, he?« fragte er herausfordernd. »Und überhaupt ... was für Leute seid ihr?«

Der Tinker lächelte und ließ seine weißen Zähne blitzen. Seine Augen blickten ironisch drein.

»Wenn Sie's gern wissen möchten ... ich bin ein Zigeuner. Man nennt mich den Tinker.« Er fügte hinzu: »Ich richte Dinge her, stelle sie zusammen, damit sie funktionieren, aber ich kann sie auch wieder auseinandernehmen.« Er zog sein Messer aus der Scheide. »Manchmal nehme ich Dinge so auseinander, daß sie nie mehr funktionieren.« Er ließ das Messer in die Scheide zurückgleiten.«

Judas sagte gar nichts. Er sah die Männer nur ganz ruhig an und hielt auch seine Hände absolut still.

Charley McCaire war jetzt bei den Pferden, er und sein Vormann. Er würde zweifellos sehen können, daß diese Brandzeichen gefälscht waren, aber alles hing davon ab, ob er es sehen wollte oder nicht. Wir konnten, wenn es sein mußte, eins dieser Pferde erschießen und abhäuten, um uns die Rückseite der Haut anzuschauen; auf diese Weise konnte man ein Brandzeichen einwandfrei identifizieren. Das Dumme war nur, daß ich kein Pferd erschießen wollte; es sollte auch niemand anders tun. Dazu bestand überhaupt kein Grund. Diese Brandzeichen waren gefälscht, das stand fest. Man hatte sich nicht einmal die Mühe gemacht, die alten Brandzeichen zu überbrennen; man hatte sie einfach zu neuen Brandzeichen ergänzt.

Aber angenommen, daß McCaire es nicht sehen wollte? Was dann? Die Tatsache zu akzeptieren, würde doch für ihn bedeuten, mehrere seiner eigenen Männer belasten zu müssen. Außerdem würde er viel Geld einbüßen, das er beim Verkauf dieser Tiere sonst einnehmen würde.

Charley McCaire war ein ungemein temperamentvoller Mann, und was nun geschehen würde, dürfte ganz darauf ankommen, in welche Richtung sein Temperament jetzt ausschlagen würde.

Ich wollte jedenfalls auf alles vorbereitet sein. Für Pferdediebstahl kam ein Mann westlich vom Mississippi und auch an manchen Orten östlich davon an den Galgen. Außerdem war es eine Schießangelegenheit, und ich hatte so eine Ahnung, als ob dieser Bursche namens Boley eine Menge darüber wußte, wie diese Brandzeichen gefälscht worden waren.

Plötzlich kam McCaire zurückgaloppiert. Orrin folgte dicht hinter dem Mann namens Tom. Als wir alle wieder beisammen waren, befahl Charley schroff: »Reitet weiter! Jetzt wird nicht mehr geredet!«

»Charley ...«, sagte Tom. »Also, hör mal, Mann, ich ...«

»Reitest du für mich oder nicht?« fiel ihm Charley ins Wort, und sein Gesicht war nun vor Zorn dunkelrot angelaufen. »Wenn nicht, kannst du auch gleich von hier verschwinden!«

»Charley! Überleg doch mal! Du bist immer ein ehrlicher Mann gewesen, und du weißt doch ganz genau, daß diese Brandzeichen ...«

Boley wollte schon wieder nach seinem Schießeisen langen, aber da hatte ich meinen Sechsschüsser bereits auf ihn gerichtet.

»Zieh ruhig«, sagte ich. »Aber bevor du deinen Kracher aus dem Holster hast, wirst du schon nicht mehr im Sattel sitzen!«

Niemand bewegte sich.

»Also gut, Charley«, sagte Tom. »Ich bin jetzt fast zwölf Jahre für deinen Brand geritten, aber jetzt mach ich Schluß damit! Den restlichen Lohn, den du mir noch schuldest, kannst du behalten, denn ich will kein Geld von einem Mann, der nicht mal diese Brandzeichen richtig lesen kann.«

»Tom ...!« Das war ein Protest.

»Nein.«

»Dann geh zum Teufel!«

»Das ist wohl eher dein Weg, Charley, aber nicht meiner.«

Tom wandte sein Pferd und ritt langsam davon.

Ich hielt immer noch meine Kanone in der Hand.

Boley war ziemlich blaß um die Nasenspitze. Er hielt sich wohl für verdammt gut mit dem Sechsschüsser, das konnte ich ihm ansehen, aber dieser Sache hier fühlte er sich wohl doch nicht so recht gewachsen.

»Da haben Sie sich aber für 'nen mächtig rauhen Weg entschieden«, sagte ich in flachem Tonfall. »Das ist nämlich Pferdediebstahl ... falls Sie überhaupt damit durchkommen sollten!«

»Macht keine Dummheiten! Wir sind euch doch drei zu eins überlegen.«

»Da sollten Sie sich Ihre Trumpfkarte lieber noch mal genau ansehen, McCaire«, antwortete ich. »Wie Sie sehen, halte ich meinen Kracher bereits in der Hand. Ich weiß zwar nicht, wie's dem Rest Ihrer Leute ergehen wird, aber ich wette mit Ihnen fünf zu eins, daß Sie und Boley tot sein werden!«

»Mach sie fertig, Onkel Charley!« sagte Boley. »Sind doch nur zwei! Der Nigger zählt sowieso nicht, und der andere wird sich auch nicht einmischen.«

»Wenn Sie das glauben«, sagte Judas sehr höflich,

»warum gehen Sie dann nicht zur Seite, damit wir zwei es einmal miteinander ausprobieren können?«

Boley wollte sich bewegen, erstarrte aber, als er sah, wie Judas Priest plötzlich eine Waffe im Arm hatte. Es war ein Colt-Trommel-Schrotgewehr.

»Sehen Sie das hier endlich?« fragte Judas immer noch sehr höflich. »In dieser Waffe stecken vier Patronen, und wenn ich damit vielleicht auch nicht gerade einen Vogel im Flug treffen kann, so aber ganz bestimmt einen Mann im Sattel!«

Also, dieser Boley machte einen ganz schönen Rückzieher! Ein Schrotgewehr hat nun mal diese Wirkung auf manche Leute.

»Mr. McCaire ...«, sagte Orrin. »Warum wollen Sie sich die Sache nicht nochmals gründlich überlegen? Wir wollen keinen Ärger.« Er fügte ruhig hinzu: »Tatsache ist nun mal, daß dieser Mann hier und die Leute bei ihm bereits von ihrer Verhaftung unterrichtet wurden, weil sie im Besitz gestohlenem Eigentums sind. Gegen sie besteht Verdacht auf Pferdediebstahl.«

»Sie sind doch kein Gesetzesvertreter!«

»Ich habe die Verhaftung mit dem Recht des Bürgers vorgenommen, und außerdem ist jeder Anwalt Gerichtsbeamter.«

Charley McCaire schien ein bißchen ruhiger zu werden, aber ich bezweifelte doch sehr stark, daß er seine Meinung geändert hatte. Meiner Waffe konnte er allerdings nicht aus dem Wege gehen. Nach Boleys Bewegung hatte ich sehr schnell gezogen, ohne etwas anzufangen, aber eben schnell genug, so daß niemand eine Chance hatte, viel dagegen zu tun. Jeder konnte sehen, daß mindestens ein Mann erschossen werden würde, und McCaire war klug genug, um zu begreifen, daß sein Name als erster auf der Liste stand.

»Woher soll ich wissen, daß Sie nicht nur bluffen?« fragte er schließlich. »Ich kenne das Brandzeichen Ihres Bruders nicht.«

»Falls ich mich nicht sehr irre, dürfte mein Bruder bereits unterwegs sein, um nach seinen gestohlenen Pferden zu suchen. Und wenn ich mich abermals nicht sehr irre, so dürften Sie mit uns immer noch besser dran sein als mit ihm!« Er fügte hinzu: »Tyrel hat nämlich nicht soviel Geduld wie Tell und ich. Aber ich kann Ihnen dafür versichern, daß er mindestens so gut mit einem Schießeisen umgehen kann wie mein Bruder Tell hier.«

Wir wollten wirklich keine Schießerei. Dieser Zwischenfall hatte sich vollkommen unerwartet ergeben, und jetzt könnte ein einziges falsches Wort, eine einzige falsche Bewegung diese Wiese hier in ein Blutbad verwandeln.

Und dann hörten wir plötzlich donnernde Hufschläge und sahen Tyrel ins Tal geritten kommen. Er saß kerzengerade im Sattel, jung und groß in einer gutsitzenden Wildlederjacke von spanischem Schnitt. Und hinter ihm kamen sechs Reiter, alles Mexikaner, alle mit großen Sombreros, alle mit kreuzweise über die Brust geschnallten Patronengurten ... und alle mit Gewehren und Sechsschüssern ausgerüstet.

Ich kannte diese Vaqueros, die für Tyrel ritten; eine verdammt rauhe Mannschaft. Tyrel hätte auf seiner Ranch keinen Mann geduldet, der kein Kämpfer und zugleich Viehkenner gewesen wäre.

Man darf mir glauben ... diese Gruppe war ein prächtiger Anblick! Tyrel stattete seine Männer stets mit erstklassigen Pferden aus, und diese Vaqueros konnten reiten, wie man es sich besser kaum vorstellen konnte. Sie waren ein verwegener, draufgängerischer Haufen, und alle wären Tyrel bis in die Hölle gefolgt.

»Sieht ja ganz so aus, als hättet ihr meine Pferde bereits gefunden, Jungs«, sagte Tyrel. Sein Blick wanderte von McCaire über die Gesichter der übrigen Männer. Tyrel sah besser aus, als ich ihn je gesehen hatte. Er maß in Socken fast einsneunzig, dürfte hundertneunzig

Pfund wiegen, und davon war bestimmt keine Unze überflüssiges Fett.

»Sie haben die Brandzeichen etwas verändert«, sagte Orrin.

Tyrel warf ihm einen Blick zu.

Orrin sagte: »Das ist Charley McCaire. Sein Brandzeichen sind drei Achten. Ein paar von seinen Leuten sind wohl ein bißchen zu ehrgeizig gewesen, aber nun dürfte ja alles wieder in Ordnung sein.«

Die Vaqueros trieben die Pferde zusammen und auf den Weg. Dann hielten sie an.

Der Tinker drehte sein Pferd herum und wartete, bis Judas Priest neben ihm war.

Dann wandte sich Tyrel an seine Leute.

»Wir treiben unsere Pferde zurück«, sagte er. »Und auf die Bitte meines Bruders hin werden wir hier auch weiter nichts unternehmen. Aber falls einer von euch jemals einen von diesen Männern in der Nähe von meinem Vieh sehen sollte, dann erschießt ihn.«

Die Vaqueros saßen mit schußbereiten Gewehren in den Sätteln, während wir anderen uns in Bewegung setzten; dann erst folgten sie uns.

Ich warf einen Blick über die Schulter zurück und sah, wie Charley McCaire seinen Hut auf den Boden schleuderte. Was er dabei sagte, konnte ich allerdings nicht hören. Dafür waren wir schon zu weit fort.

Tyrel und Orrin ritten voran. Ich nahm an, daß Orrin jetzt Tyrel alles über den Pferdediebstahl und auch über unseren Pa berichtete.

Ich bog etwas nach einer Seite ab, um dem Staub, den die Pferde aufwirbelten, zu entgehen. Ich mußte nachdenken, und das sollte ein Reiter immer am besten tun, wenn er allein war. Jedenfalls konnte ich so stets am besten denken, falls ich überhaupt dachte.

Manchmal überlegte ich, wieviel ein Mann eigentlich denkt. Ob das Leben nicht schon jede Entscheidung geformt hat, bevor ein Mann sie trifft?

Jetzt aber mußte ich über Pa nachdenken. Ich mußte mich an seine Stelle versetzen.

Das Gold, nach dem Pierre und die anderen gesucht hatten, schien in den San Juans zu sein, und soweit ich zuletzt gehört hatte, sollte es sich um einen beträchtlichen Haufen handeln. Aber es gab auch mächtig viele Berge, ein paar abgrundtiefe Cañons und viel rauhes Hochland, wo noch kein weißer Mann geritten war.

Galloway und Flagan Sackett hatten einiges Vieh dorthin in die Nähe der Stadt Shalako gebracht und ein Lager aufgeschlagen. Noch hatten sie keine richtige Ranch aufgebaut, sondern schauten sich immer noch nach einem geeigneten Ort um. Aber nach allem, was sie in ihren Briefen an uns erwähnt hatten, war es unsere Art von Land.

Ich war früher schon in den San Juans gewesen. Sie lagen in den Bergen oberhalb von Vallecitos. Dort hatte ich Ange und Tyrel gefunden, da unser Pa durch Baker Park und die Gegend um Durango gezogen war. Pa hatte dieses Land recht gut gekannt, wahrscheinlich genausogut, wie irgend jemand es kennen konnte, ohne zuvor Jahre dort verbracht zu haben.

Ich dachte, daß wir die gleiche Route nach Norden nehmen sollten, die Cap Rountree und ich damals genommen hatten, als wir zu den Vallecitos zurückgegangen waren, um dort unsere Claims abzustecken. Wir würden von Mora aus nach Norden reiten, dann durchs Eagle's Nest Country und E-Town hinauf, schließlich zum San Luis Valley und von dort aus westlich auf dem Trail in die San Juans.

Angenommen, daß Pa noch lebte, wie Ma glaubte? Angenommen, daß er verletzt in irgendeinem Winkel der Berge lag und von dort nicht mehr fort konnte? Oder wenn er von Indianern gefangengehalten wurde? Ich hatte bisher keinen Augenblick lang geglaubt, daß dies der Fall sein könnte, aber Pa war ein zäher Mann, der bis zum Allerletzten kämpfen würde. Ein Mann würde schon ganze Arbeit leisten müssen, um Pa endgültig zu erledigen.

An diesem Abend kampierten wir neben einer klaren, kalten Quelle, in deren Nähe es genügend Gras für unsere Pferde gab. Als alle um das Lagerfeuer herumsaßen, griff ich nach meiner Winchester und stieg zum Rand eines Felsplateaus hinauf. Von hier oben aus hatte man eine prächtige Aussicht. Die Sonne war bereits untergegangen, aber der westliche Horizont schimmerte noch rotgolden. Oben setzte ich mich auf einen großen Felsbrocken, ließ die Beine baumeln und schaute nach Westen.

Tyrel hatte Drusilla, und Orrin hatte wenigstens seine Anwaltspraxis. Die meisten Frauen hatten sehr viel für ihn übrig.

Aber was hatte ich eigentlich? Was würde ich jemals haben? Es schien so, als könnte ich mit Frauen einfach nicht zurechtkommen. Ich war ein einsamer Mann und sehnte mich nach einem eigenen Heim und einer Frau, die nur mir gehörte.

Nach Meinung der Leute war ich ein herumziehender Mann, aber die meisten herumziehenden Männer, die ich gekannt hatte, waren nur herumgewandert, um nach einem festen Heim zu suchen, das sie irgendwo, irgendwann zu finden erwarteten. Sie *hofften* es, meine ich.

Während ich nach Westen schaute, wohin wir reiten würden, überlegte ich, ob auch ich finden würde, wonach ich suchte.

Flagan hatte gesagt, daß es da draußen noch andere Sacketts gab. Keine Verwandten von uns, soweit wir wußten, aber auf alle Fälle gute Leute. Wir würden ihnen aus dem Wege gehen und versuchen, ihnen keinerlei Ärger zu bereiten.

Seufzend stand ich schließlich auf und wollte zum Lager zurückkehren. Ich warf einen letzten Blick nach

Westen und entdeckte nun ein sehr weit entferntes Lagerfeuer, ein einziges rotes Auge, das mich tückisch anzufunkeln schien.

Dort drüben mußte sich also jemand aufhalten, der den gleichen Weg gekommen war wie wir.

Vielleicht jemand, der uns gefolgt war?

Charley McCaire?

Oder Andre Baston?

Oder beide?

12

Ein paar Tage später ritten wir gegen Mittag in San Luis ein, und der erste Mann, den ich zu Gesicht bekam, war Esteban Mendoza. Er hatte Tina geheiratet, ein Mädchen, dem Tyrel vor ein paar Jahren einmal aus einer bösen Situation geholfen hatte.

Esteban nahm uns mit offenen Armen bei sich auf.

»Ah, Señor! Als ich Sie von weitem sah, habe ich sofort zu Tina gesagt, daß Sie das sind! Kein Mann sitzt so wie Sie im Sattel! Was kann ich für Sie tun?«

»Wir möchten möglichst unauffällig unterkommen und Futter für unsere Pferde haben.«

Nachdem er uns gezeigt hatte, wo wir unsere Pferde unterbringen konnten, blieb er stehen, um sich zu unterhalten, während ich meinen Appaloosa absattelte.

»Gibt's Ärger, *amigo?*« fragte er mich.

Ich warnte ihn vor den Leuten, die uns möglicherweise folgten, dann fragte ich ihn: »Sie sind doch nun schon eine ganze Weile hier, Esteban. Wer ist der älteste Mann in der Stadt? Gibt es hier jemanden, der ein so gutes Gedächtnis hat, daß er sich noch an die Zeit vor zwanzig Jahren erinnern kann?«

»Zwanzig Jahre? Das ist aber eine sehr lange Zeit. Da kann sich ein Mann vielleicht noch an eine Frau erinnern. Oder an einen Kampf. Vielleicht auch noch an ein gutes Pferd. Aber das dürfte wohl auch schon so ziemlich alles sein.«

»Es geht um einen Mann, um mehrere Männer, die vor zwanzig Jahren hier durchgekommen sein müssen, um nach den San Juans und zum Wolf Creek Pass zu reiten.«

Er zuckte die Schultern.

»Wie gesagt, *amigo* ... das ist eine lange Zeit.«

»Einer von ihnen war mein Vater, Esteban. Und er ist von diesem Ritt nicht zurückgekommen.«

»Ich verstehe.«

Esteban wollte wieder gehen.

Ich sagte rasch noch zu ihm: »Diese Mäner, die mir folgen ... einer von ihnen war damals bei meinem Vater. Seien Sie also vorsichtig. Und warnen Sie auch Ihre Leute. Fangt nichts an, seid aber wachsam. Es sind harte Männer, Esteban, und sie haben früher auch schon getötet.«

Er lächelte, daß seine Zähne unter dem schwarzen Schnurrbart nur so blitzten.

»Wir haben auch harte Männer, *amigo*. Aber ich werde den Leuten Bescheid sagen. Es ist immer besser, auf alles vorbereitet zu sein.«

Wir aßen, aber ich war ruhelos, und so gut das Essen auch war, so fühlte ich mich unbehaglich. Mir wollte scheinen, daß es jedesmal, wenn ich nach San Luis kam, Ärger gab, nicht für die Stadt und auch nicht durch die Stadt, sondern für mich. Es war eine nette, kleine Ortschaft, die – wie man sagte – 1851 gegründet worden war.

Ich ging hinaus, stand einen Moment da und genoß die Sterne und die kühle Luft. Am westlichen Horizont ragte der Mount Blanca auf.

Mein Vater war hier gewesen. In dieser Ortschaft. San Luis war ein natürlicher Haltepunkt, wenn man vom Süden oder Osten kam.

Der Wind wehte kühl von den Bergen. Ich stand da, lehnte mich an die Stangen eines alten Corrals, nahm die guten Gerüche vom Hof wahr, das frisch gemähte Heu und die Pferde.

Tyrel und die Vaqueros kamen schließlich ebenfalls heraus. Die Männer trieben alle Pferde zusammen.

Tyrel verabschiedete sich von mir. Er wollte nach Mora zurück, und ich versprach ihm, daß er von uns hören würde, falls wir etwas herausfinden sollten.

Eine Weile später kam Esteban mit einem sehr alten Mann, der wie ein Mexikaner aussah, aus der Stadt zurück.

Unter einem alten Baum stand eine Bank. Ich setzte mich neben dem alten Mann hin.

»Viejo«, sagte Esteban. »Das ist der Mann, von dem ich dir erzählt habe. Tell Sackett.«

»Sackett ...«, murmelte der Alte. »Natürlich war da ein Sackett! Ein guter Mann, ein sehr guter Mann, stark, sehr stark! Er war schon in diesen Bergen gewesen, um Pelztiere zu jagen. Aber diesmal war er zurückgekommen, um Gold zu suchen.«

»Hat er das gesagt, Viejo?«

»Natürlich nicht! Aber ich brauche gar nicht zu wissen, was er sagt. Er spricht von den Bergen, vom Wolf Creek Pass, und ich rate ihm, lieber nicht dorthin zu gehen. Er verschwendet doch nur seine Zeit. Andere haben dort auch schon gesucht und nichts gefunden.«

»Waren diese Männer lange hier?«

»Zwei, drei Tage. Sie wollten Pferde. Huerta wollte sie aus den Bergen besorgen. Sie waren ungeduldig und wollten schnell weiter. Aber zwei wollten nicht gehen. Und ich glaube, Sackett wollte auch nicht gehen. Ich glaube, er mochte diese Leute nicht. Auch der andere Mann nicht ... Pet-grew.«

Jetzt saß ich ganz still da. Pet-grew? War das ein neuer Name? Oder hatte ich ihn schon einmal gehört und konnte mich nur nicht mehr daran erinnern? Es hatte einen anderen Mann gegeben. Was war eigentlich aus ihm geworden?

War Pet-grew der Name des Mannes, von dem uns Philip Baston erzählt hatte? Sehr wahrscheinlich. Und dann fiel es mir wieder ein. Philip Baston hatte den Namen Pettigrew erwähnt.

»Es ist kalt in den Bergen, wenn der Schnee fällt«, sagte ich. »Den ganzen Winter hätten diese Männer doch dort oben nicht durchhalten können.«

»Sie waren ja auch nicht mehr dort oben, als der Schnee fiel. Sie waren gerade noch rechtzeitig genug wieder heruntergekommen. Jedenfalls drei von ihnen. Der große, junge Mann, den ich nicht leiden konnte, er kam zurück. Und auch dieser stattliche Mann, der so grausam war.«

»Und der andere?«

Seine Gedanken schweiften ab.

»Kalt, ja, es ist kalt ... Männer haben's überlebt ... manche können's, wenn sie wissen, wie ... aber das Essen ... die meisten verhungern ... ist ja nicht nur die Kälte.« Er schwieg eine Weile. »Wir machten uns Sorgen um sie. Ich dachte daran, sie zu holen. Vor zwanzig Jahren ... damals war ich ja noch ein junger Mann ... hatte kaum sechzig Jahre auf dem Buckel ... und bis ich siebzig war, konnte ich immer noch reiten wie ein junger Mann ... wie jeder Mann hier im Tal ... besser ... sogar viel besser. Zwei hab' ich herunterkommen sehen ... und ich war damals ganz in der Nähe des Passes ... hab' sie kommen sehen ... hab' mich versteckt. Ich weiß nicht, warum. Angst hatte ich nicht vor ihnen. Aber ich hab' mich versteckt. Sind direkt an mir vorbeigeritten. Eins ihrer Pferde hat mich gewittert. O ja, man hat mich gerochen! Aber sie waren blöde. Stupide. Weil sie nicht mit Pferden leben, wissen sie's eben nicht. Sind vorbeigeritten, haben aber in San Luis nicht angehalten. Sind sofort nach Fort Garland geritten.«

»Bist du ihnen gefolgt?«

»Nein. Später hab' ich davon gehört. Ist ja kein großes Land. Da hört man eben alles, was so passiert. Nein,
ich bin ihnen nicht gefolgt. Bin den Berg hinaufgeritten.
War neugierig. Nur zwei Spuren. Zwei Pferde, nicht
mehr. Ich finde Elchspuren. Ah ...! Das ist was! Wir
brauchen Fleisch. Also spüre ich den Elch auf und töte
ihn. Aber als ich das Fleisch hatte, war es schon spät.
Und es war kalt. Und mein Pferd hatte Angst ... große
Angst. Den Berg runter? Der Wind wehte. Es ist kälter,
wenn der Wind weht. Und nach Hause war ein weiter
Weg über die Ebenen. Kann schrecklich sein, so ein Ritt,
wenn der Wind weht. Hoch oben in den Bergen gibt's
'ne Höhle. Hatte schon oft darin Schutz gesucht. Das
haben wir alle schon mal getan. Ich meine, Männer aus
dieser Ortschaft und aus dem Fort. Wir alle wußten von
dieser Höhle. Also bin ich im Schnee den Berg noch höher hinaufgegangen, bis ich dort oben auf den Weg
stieß. Es war ein Fehler, ein Irrtum ... oder der liebe
Gott hat zu mir gesprochen. Und auf diesem Weg waren die Spuren von *drei* Pferden. Drei ...? Ja. Jetzt
mußte ich Feuer machen, um mich zu wärmen. Es war
sehr kalt. Ich bin zur Höhle geritten und hab' mein
Pferd untergestellt. Dann bin ich mit meiner Axt wieder
hinausgegangen, um einen Baum zu fällen. Wenn ein
Baum gefroren ist, muß man sehr vorsichtig sein, wenn
man ihn fällen will. Man kann sich dabei leicht ins Bein
hacken. Ich war also sehr vorsichtig. Da war ein guter
Baum ganz in der Nähe. Und ein paar dürre Äste. Die
hab' ich zuerst in die Höhle gezerrt. Dann wollte ich
noch einen holen. Und da hab' ich was gehört. Ein kleines Geräusch. Nicht das Knacken von einem Ast. War
ein tierischer Laut. Ich zerre wieder an diesem Ast, und
dann sehe ich es ... ein Pferd.«

»Ein Pferd?«

»Mit einem Sattel. Das Pferd will aufstehen. Kann
aber nicht aufstehen, weil es mit den Beinen bergauf
liegt. Wenn's umgekehrt daliegen würde, könnte es

vielleicht aufstehen. Hab' ich gedacht. Und da hab' ich mein Pferd geholt. Hab' das andere Pferd mit dem Lasso festgebunden, und da konnte ich's mit meinem Pferd auf die Beine bringen. Dann hab' ich mich umgesehen. Wo das Pferd gelegen hatte, war 'ne tiefe Kuhle im Schnee. Mußte sich wohl immer tiefer in den Schnee hineingewühlt haben. Wäre dort bestimmt erfroren. Aber ein Pferd, *amigo*? Ein Pferd mit einem Sattel? Und ohne Reiter? Das kann doch nicht sein, hab' ich mir gesagt. Und da hab' ich mich noch weiter umgesehen. Und weiter unten im Schnee, da hab' ich ihn dann gesehen. Den Mann, meine ich. Er lag da und war beinahe zugeschneit. In seiner Nähe waren Spuren. Jemand hat wohl sein Pferd erschreckt. Da wurde der Mann abgeworfen und verletzt. Und dann hat ihn wohl jemand geschlagen, denke ich. Und dann hat er ihn im Schnee und in der Kälte zurückgelassen. Sollte wohl dort oben erfrieren. Sollte aber wie in Unfall aussehen. Ein Mann ... von seinem Pferd abgeworfen ... und dann erfroren. Ich glaube, daß sie sich nicht getraut haben, zu schießen ... da wundern sich doch die Leute ...«

Die Stimme des Alten war immer leiser geworden. Er wurde müde.

Ich saß in der Dunkelheit da und dachte nach. Ein Mann mußte mit Baston und Swan zurückgekommen sein, und aus irgendeinem Grunde hatten die beiden beschlossen, ihn zu töten. Ein Mann, der zu einem solchen Zeitpunkt bewußtlos im Schnee zurückgelassen wurde, hatte kaum eine Chance des Überlebens. Doch der Mensch ist ein erstaunliches Geschöpf. Niemand wußte das besser als ich. Ich hatte schon gesehen, wie Männer nach geradezu unmöglichen Verletzungen überlebt hatten. Ich hatte gesehen, wie sie aus der Wüste oder aus den Bergen fortgegangen waren. Ich hatte so schlimme Situationen selbst schon ein paarmal erlebt.

»Du hast ihn gerettet?« fragte ich.

»Es war kalt. Es fing an zu schneien. Und der Mann war nicht groß. Aber schwer. Sehr schwer, Señor. Ich konnte ihn nicht den Hang hinaufschaffen. War zu steil ... sehr steil ... viele Bäume und Felsen ... und der Mann war kalt ... erfroren, glaubte ich ...«

Ich wartete, denn ich wußte, daß der alte Mann es auf seine Weise und zu seiner Zeit erzählen mußte, doch im Geiste sah ich ihn dort oben beim Körper des bewußlosen Mannes. Oben war eine Höhle, Zuflucht für die Pferde und den Alten; ein guter Ort für ein Feuer mit genügend Brennmaterial. Und dort unten stand ein alter Mann im fallenden Schnee.

Ich hatte auch schon ein-, zweimal einen bewußlosen Mann tragen und schleppen müssen. Das war alles andere als leicht. Und einen so steilen Hang hinauf? Das würden nicht viele Männer schaffen, wahrscheinlich nicht mal einer von hundert.

Was war da zu tun? Der Wind frischte auf. Es schneite. Mit dem auffrischenden Wind würde es immer kälter werden. Vielleicht würde der bewußtlose Mann ja sowieso sterben. Möglicherweise war er sogar schon tot. Warum also das eigene Leben riskieren, um einen Fremden zu retten, der sowieso sterben würde?

»Nur allein würde ich hinaufsteigen können«, fuhr der Alte nach einer Weile fort. »Also ließ ich den Mann zurück und stieg nach oben. Es war nur ein kurzer Weg ... hundert Fuß, denke ich. Vielleicht auch ein bißchen mehr, wissen Sie?

Ich holte meine Deckenrolle und rutschte wieder nach unten. Dann grub ich ein Loch in den Schnee. Ich errichtete hohe Wände aus Schnee um uns herum. Dann sammelte ich dürres Holz, legte einiges davon hin und zündete ein Feuer darauf an.

Ich wälzte den Mann auf meine Liegestatt und ließ die ganze Nacht lang das Feuer brennen. Ich war allein mit ihm, und da habe ich mit ihm gesprochen. Ich habe zu diesem Mann gesprochen. Ich habe ihm gesagt, daß er für mich einen Haufen Ärger bedeutete. Ich habe ihm erzählt, daß es da oben eine nette, warme Höhle gibt, aber seinetwegen mußte ich hier unten in der Kälte hokken. Ich habe ihm gesagt, daß es die einzige anständige Sache ist, zu leben.

Es war sehr kalt ... *mucho frío, señor.* Ich schauerte zusammen, schwenkte meine Arme, tanzte im Schnee, aber die meiste Zeit sammelte ich Holz. Auf diesem Hang gab es umgestürzte Bäume. Und nicht weit davon entfernt gab es dürre Äste, einen ganzen Haufen.

Schließlich versuchte ich, wieder nach oben zu steigen, aber es war zu glatt. Da bin ich in dieses Gestrüpp gegangen und hab' mich von Baum zu Baum gezogen. Dann machte ich ein Feuer in der Höhle. Ich mußte doch an meine Pferde denken, Señor. Es waren gute Pferde, mein Pferd und das Pferd des verletzten Mannes. Es war doch nicht ihre Schuld, daß sie sich jetzt an diesem kalten Ort aufhalten mußten. Nachdem ich dort oben ein Feuer gemacht hatte, kletterte ich wieder nach unten. Mein Feuer da unten war fast erloschen. Ich legte Holz auf die noch glimmende Glut, bis das Feuer wieder hell brannte.

Ich habe den Mann angesehen, habe seine Arme und Beine abgetastet. Schien nichts gebrochen zu haben. Ich kannte das Gesicht dieses Mannes.«

»Wer war er, Viejo? Wer war dieser Mann?«

»Es war Pet-grew. Und er ist auch nicht gestorben. Ich habe meine Zeit nicht mit ihm verschwendet. Er ist am Leben geblieben, Señor. Am nächsten Morgen hatte er schon wieder ein bißchen Farbe im Gesicht ... und sein Atem war besser und kräftiger ...«

»Und dann hast du ihn gerettet?«

»Der liebe Gott hat ihn gerettet, Señor. Ich hab' nur bei ihm gesessen und das Feuer in Gang gehalten ... für den Mann ... und für die Pferde. Es war die längste Nacht für mich ... und die kälteste Nacht ... und ich hatte Angst, daß wir alle sterben würden ... der Mann

... und die Pferde ... und ich auch ... wir waren doch sehr hoch oben, Señor. Vielleicht dreitausend Meter. Sie wissen ja, wie das ist, Señor ... sehr kalt ... kalt ... sehr kalt ...«

»Und der Mann? Wo ist er?« Ich zögerte kurz, dann fragte ich: »Was ist aus ihm geworden?«

Der Alte legte eine zitternde Hand auf meinen Ärmel. »Er hat uns nicht mehr verlassen ... er ist noch hier.«

13

Die Stadt lag im hellen Morgensonnenschein, als wir aus San Luis ritten. Der Himmel war prächtig blau wie ein San Juan Mountain; weiße Lämmerwölkchen schwebten am Himmel.

Das Sonnenlicht glitzerte auf den fernen, schneebedeckten Gipfeln.

Außer den Hufschlägen unserer Pferde und dem Knarren von Sattelleder war kein Laut zu hören.

Wir vier ritten zusammen mit Esteban nach Westen zu der kleinen Ranch am Rio Grande del Norte.

Es war ein Adobe-Haus mit vorspringenden Dachbalken. Ein recht gemütliches Haus mit mehreren geräumigen Zimmern. Es gab einen langen Stall, einen Corral und ein paar Obstbäume.

Als wir auf den Hof geritten kamen, humpelte ein Mann an einem Stock zur Tür. Er trug eine Sechsschüsser-Ausrüstung für kreuzweises Ziehen. Ein ziemlich stämmiger Mann mit rundlichem, freundlichem Gesicht, roten Bäckchen und einem weißen Haarschopf, der unter der Krempe hervorquoll. Sein Blick wanderte zu Esteban hinüber, dann winkte er und sagte heiter: »Buenos dias, amigo!« Er fügte einladend hinzu: »Steigt ab und kommt ins Haus!«

Der Blick, mit dem er uns nun musterte, verriet eine

gewisse Wachsamkeit, und ich glaubte zu bemerken, daß er Orrin und mich besonders aufmerksam musterte.

Im Haus war es angenehm kühl.

»Setzen Sie sich«, forderte er uns freundlich auf. »Ich bin Nativity Pettigrew, in Connecticut geboren und in Missouri aufgewachsen. Und wer sind Sie?«

»Ich bin Orrin Sackett«, sagte mein Bruder. »Und das hier ist mein Bruder William T. Sackett.« Er stellte Judas und den Tinker vor, dann setzten wir uns alle hin.

»Mister Pettigrew ... Sie waren mit unserem Vater in den Bergen?«

Pettigrew holte seine Pfeife heraus und stopfte sie. Dann wandte er den Kopf zu einer Innentür und rief: »Juana ...? Bring uns doch ein bißchen Kaffee, ja?«

Er sah sich entschuldigend um und sagte: »Ich lasse mich nicht gern bedienen, aber mit diesem lahmen Bein kann ich mich eben nicht mehr so gut bewegen wie früher.« Er stopfte den Tabak in der Pfeife fest. »Sie sind also die Sackett-Boys? Hab' schon ein-, zweimal von Ihnen gehört und damit gerechnet, daß Sie früher oder später hier bei mir auftauchen würden.«

Eine hübsche Mexikanerin kam herein. Sie brachte ein Tablett, auf dem eine Kaffeekanne und Tassen standen.

»Das ist Juana«, sagte Pettigrew. »Wir sind seit nahezu neunzehn Jahren verheiratet.«

Wir alle standen rasch auf und stellten uns nun ebenfalls vor.

Sie lächelte ... eine sanfte, hübsche Frau ... und sehr scheu.

»Wir wollen herausfinden, was aus Pa geworden ist«, erklärte ich. »Ma kommt allmählich in die Jahre und möchte es zu gern wissen.«

Pettigrew rauchte eine Weile schweigend.

»Das ist nicht so einfach, wie Sie vielleicht glauben«, sagte er schließlich. »Ich hab' damals 'nen ziemlich wuchtigen Schlag auf den Kopf bekommen, und seitdem funktioniert mein Gedächtnis nicht mehr so richtig. Aber ich erinnere mich doch noch an diesen Baston ... und auch an Swan. Einer der beiden muß mich niedergeschlagen haben. Mein Pferd scheute. Vielleicht hatte man es angeschossen. Ich weiß es nicht. Jedenfalls war's schon immer ein sehr nervöses Tier. Es machte einfach einen Sprung und stürzte hin. Ich wurde bewußtlos. Als ich ein paar Tage später endlich wieder zu mir kam, war ich mit diesem alten Mexikaner im Schnee neben einem Feuer. Er ist Juanas Großvater. Hat mich damals aufopfernd gepflegt. Guter Mann. Hat mir das Leben gerettet. Da hab' ich gedacht, daß ich wohl kaum noch mal bessere Leute finden könnte, und deshalb hab' ich mich hier niedergelassen. Hab' diese Ranch hier von Juanas Verwandten gekauft.«

»Dann hatten Sie also damals ein bißchen Geld?«

Pettigrew lächelte. Es war ein behutsames Lächeln, und er schaute dabei auf seine Pfeife hinab. Er machte zwei pfaffende Züge und sagte: »Ja, ich hatte ein bißchen, aber davon wußten die anderen nichts, sonst hätten sie's mir bestimmt abgenommen.«

»Was haben Sie zuletzt von unserem Pa gesehen?«

Pettigrew rutschte ein wenig auf seinem Lederstuhl herum.

»Er hat uns dorthin gebracht, direkt den Wolf Creek Pass hinauf zum Berg. Aber dann braute sich Ärger zusammen. Ihr Pa war ein ruhiger Mann und hat sich nur um seine eigenen Angelegenheiten gekümmert, aber ihm entging so leicht nichts. Mit Pierre Bontemps kam er prima aus. Der Franzose war ein guter Mann, vielleicht ein bißchen leichtsinnig, aber kräftig und immer bereit, seinen Anteil und mehr zu leisten. Der Ärger fing erst oben in den Bergen am Wolf Creek an. Bontemps hatte eine Karte, aber Sie kennen ja die Wildnis, und wenn eine Karte nicht ganz besonders sorgfältig angefertigt ist, dann ist sie nicht mehr wert, als ins Feuer

geworfen zu werden. Wer auch immer diese Karte angefertigt hatte, er hatte es sehr schnell und flüchtig getan. Entweder verstand er nicht viel von den Bergen,
oder aber er hatte die Absicht, selbst sehr bald zurückzukommen. Wir konnten einige der Landschaftsmerkmale ausfindig machen. Ein Baum, sehr wichtig für die
Fundstelle des Goldes, war verschwunden. Ein Felsen
war nicht so geformt, wie er es eigentlich hätte sein sollen ... Sackett fand die andere Hälfte in einem Cañon.
Die Witterung, verstehen Sie? Die Hälfte dieses Felsens
war brüchig geworden und abgestürzt. Jedenfalls haben
wir niemals Gold gefunden. Ich hatte Ärger mit Baston,
und da wollte ich aufgeben und kehrtmachen. Bin auch
den Berg hinabgeritten. Aber zwei Tage später holten
Baston und Swan mich ein. Sagten, sie hätten auch die
Nase voll.«

Orrin saß da, starrte ins Feuer und hörte zu. Schließlich stellte er seine Tasse auf den Tisch und sagte:
»Dann wissen Sie also nicht, was aus Pa geworden ist?«

»Nein, Sir ... das weiß ich nicht.«

Ich glaubte ihm nicht. Bis zu einem gewissen Punkt
hatte er wohl die Wahrheit gesagt, aber er hatte auch einiges verschwiegen. Vielleicht sogar sehr viel. Deshalb
wollte ich ihn ein bißchen auf Touren bringen.

»Wir wollen's ja nur wegen Ma wissen«, sagte ich.
»Sie ist eine alte Frau und hat den Tod vor Augen. Wir
wünschen, daß sie in Frieden ruhen kann, wenn sie
weiß, daß Pa ihr schon vorausgegangen ist. Deshalb
werden wir die Sache auch nicht ruhen lassen, bis wir
herausgefunden haben, was damals geschehen ist.«

»Nach so langer Zeit werden Sie gar nichts herausfinden«, murmelte er und starrte in seine leere Tasse. »In
diesen Bergen ist nichts von langer Dauer.«

»Das kann ich nicht gerade behaupten. Ich hab' mal
'nen Wolfskadaver in 'ner Höhle gefunden. Mußte Jahre
und Jahre dort gelegen haben. Mein Bruder und ich, wir
verstehen was davon, Zeichen zu lesen. Übrigens, ich

hab' mal 'n paar Jahre drüben auf den Vallecitos verbracht. Hab' immer noch 'n paar Claims dort drüben.«

Jetzt sah er mich überrascht an.

»Ach, dann sind Sie dieser Sackett? Hab' mal was von 'ner Schießerei dort drüben gehört.«

»Hab' mein Teil dazu beigetragen. Kam als erster an und bin auch als letzter gegangen.«

Jetzt schien er unruhig zu werden, und ich hatte das Gefühl, daß er uns im stillen zum Teufel wünschte. Zweimal hatte ich von der Küche her ein raschelndes Geräusch gehört, und ich überlegte, wieviel von alledem Juana wissen mochte.

Schließlich stand ich auf. Orrin folgte meinem Beispiel. Judas und der Tinker waren bereits an der Tür.

»Nur noch eines, Mr. Pettigrew«, sagte ich. »Wenn Sie damals Ärger mit Baston und Swan hatten, dann sollten Sie jetzt Ihre Kanone jederzeit griffbereit halten.«

Er sah mich scharf an.

»Warum das denn?« wollte er wissen.

»Weil sie direkt hinter uns sind. Ich weiß nicht, warum sie noch mal hierher zurückkommen, aber sie tun's. Vielleicht glauben sie, damals doch was übersehen zu haben, und deshalb werden sie jetzt ganz bestimmt in dieser Gegend hier ein paar Fragen stellen.«

»Was?« rief er und kam mühsam auf die Beine. Er schwankte ein bißchen.

Wenn ich jemals bei einem Mann Angst in den Augen gesehen hatte, dann jetzt bei Pettigrew.

»Sie kommen ... *hierher?*« fragte er ungläubig.

»Sind wahrscheinlich nicht mehr als zwei Tagesritte hinter uns, vielleicht sogar viel weniger. Ja, sie kommen hierher. Wenn ich an Ihrer Stelle wäre, dann würde ich mich lieber nicht vor ihnen blicken lassen, und meine Frau würde ich vor allem in Sicherheit bringen. Es dürfte besser sein, nichts zurückzulassen, was sie als Druckmittel verwenden könnten.«

Wir ritten nach San Luis zurück und streiften durch den Ort, doch von Andre Baston oder Hippo konnten wir nichts entdecken. Aber als ich aus der Cantina kam, sah ich einen Mann unten beim Corral. Er drehte sich zwar sofort um, als ich ihn sah, aber dadurch wurde ich auf ihn aufmerksam. Er sah einem von Charley McCaires Leuten verdammt ähnlich.

Das machte mich nachdenklich. McCaire war ein sehr harter Mann, der es gewohnt war, seinen Willen durchzusetzen, notfalls auch mit Gewalt. Er hatte das Spiel mit uns verloren, aber würde er sich so ohne weiteres damit abfinden?

Ich machte mir keine Sorgen, daß er sich mit Tyrel anlegen könnte. Niemand brauchte sich um Tyrel zu sorgen. Er war nicht der Typ, sich von anderen ausnutzen oder hereinlegen zu lassen. Das konnte man von ihm nicht erwarten. Er war ein fairer Mann und suchte niemals von sich aus Ärger, aber ich habe nie jemanden gekannt, der so gut mit Ärger fertig wurde wie er, wenn er ohne eigenes Dazutun damit konfrontiert wurde.

Falls McCaire Ärger mit Tyrel suchte, so hatte er schon jetzt mein Mitgefühl ... er oder seine Leute. Was dagegen Tyrels Vaqueros betraf, so hatten ihn alle gern, und wenn er sie dazu aufforderte, das Feuer in der Hölle zu löschen, dann würden sie dies blindlings tun.

Natürlich hätte dieser Cowboy, den ich beim Corral gesehen hatte, auch seinen Job bei McCaire einfach aufgegeben haben, so daß er sich nun in der Gegend herumtrieb.

Jedenfalls würde ich die Augen offenhalten und nicht vergessen, mich auch nach hinten umzuschauen.

Da wir bei Tagesanbruch aufbrechen wollten, gingen alle früh schlafen. Ich ging noch einmal zum Corral hinaus, um mich dort ein bißchen umzusehen. Alles war ruhig. Das Haus war dunkel. Die Pferde schnaubten ein bißchen, wenn ich in ihre Nähe kam, denn sie waren es gewöhnt, von mir irgendeinen Happen zugesteckt zu bekommen. Diesmal hatte ich für jedes Tier eine Mohrrübe mitgenommen. Ich stand an einen Pfosten gelehnt und lauschte auf das Knirschen der Pferdegebisse. Dann hörte ich plötzlich etwas anderes. Nun, ich hatte wie immer mein Schießeisen bei mir. Also zog ich mich etwas zu den Corralstangen zurück und hockte mich neben einem Pfosten nieder. Ich wollte erst einmal sehen, wer da kam, bevor man mich sehen konnte.

Der Reiter zügelte sein Pferd etwas und kam in leichtem Trott auf den Hof getrabt. Dann zögerte er kurz, hielt an, glitt aus dem Sattel und ließ die Zügel schleifen.

Es war eine Frau!

Ich stand auf und sagte: »Ma'am . . .?«

Sie drehte sich scharf nach mir um, blieb aber stehen.

»Wer ist da?« fragte sie.

Ich erkannte die Stimme.

Juana Pettigrew!

»Tell Sackett, Ma'am«, sagte ich. »Hab' nur noch mal nach unseren Pferden gesehen.«

»Hier . . .« Sie kam näher und drückte mir etwas in die Hand. »Nehmen Sie das! Sagen Sie aber nichts davon!« Sie blickte zu mir auf. »Die Sacketts sind gute Leute. Tina hat mir von Ihnen erzählt. Meine Kusine hat mal für Ihren Bruder in Mora gearbeitet. Ich möchte helfen, und es ist unrecht von meinem Mann, Ihnen das hier nicht zu geben.«

Dann saß sie auch schon wieder im Sattel und sprengte davon. Sie hatte einen langen und harten Ritt vor sich.

Im Haus hockte ich mich vors Feuer und betrachtete den großen, braunen Umschlag in meinen Händen. Ein Stück Schnur war darum gebunden. Ich machte den Umschlag auf. Was ich dann sah, ließ mich erstarren.

Pas Handschrift!

Einen Moment lang hielt ich diese Papiere einfach in

den Händen und spürte, wie mein Herz gegen die Rippen pochte.

Pas Handschrift ... und Pa sollte doch seit zwanzig Jahren tot sein! Oder vielleicht doch nicht?

Juana hatte mir diesen Umschlag gebracht, also mußte Nativity Pettigrew ihn im Besitz gehabt haben. Er wußte, daß Pa noch Familie hatte.

Warum hatte er also jahrelang nichts unternommen, um diesen Umschlag samt Inhalt in unsere Hände gelangen zu lassen?

Dann begann ich zu lesen.

20. April: Schlechtes Wetter. Scharfer Wind. Schneeregen. Noch Schnee auf den Bergen, aber Bontemps will weiter. Hat Begeisterung genug für zwei. Mir gefällt das nicht. Ich wittere Ärger. Und Baston ist ein harter Mann. Hatte bereits zweimal Wortwechsel mit Swan. Gefällt mir nicht, wie er Angus behandelt.

23. April: Wetter klart auf. Weg schlammig. Gras sehr naß. Pferde ziemlich am Ende. Niemand außer mir kennt die Berge. Haben alle keine Ahnung, wie miserabel es um diese Jahreszeit dort oben sein kann. Wollen mir die Karte nicht zeigen. Wenn sie wie die meisten ist, taugt sie sowieso nichts.

Ich las weiter. Das Papier war schon alt und vergilbt. Manche Worte waren verwischt und unleserlich.

26. April: Im Lager. Dritter Tag. Weg meterhoch eingeschneit. Sehr tiefe Schneeverwehungen. Sie bleiben nur im Lager, weil sie bei diesem Schnee sowieso nichts finden können. Situation wird gespannt. Pierre hat Andre heute scharf zurechtgewiesen. Dachte schon, es würde ... Angus ganz ruhig. Pettigrew redet sehr viel. Macht aber seine Arbeit. Keine Ahnung, auf welcher Seite er steht.

29. April: Heute weitergezogen. Schneeschmelze. Boden schlammig. Gelegentlich Hagel.

30. April: Haben mir Karte gezeigt. Taugt nichts. Bin nur noch wegen Ma und der Jungen hier. Chance, genug zu bekommen, um mich fest niederzulassen. Geld für Schulausbildung der Jungen. Heim für Ma. Landschaftsmerkmale schlecht ausgesucht. Wichtiger Baum weg.
4. Mai: Lager auf dem Berg. Drei Tage Kundschaften. Graben. Nichts. Ute beobachten uns. Pierre will nicht ... Utes oder Fehlen von Schatz ... Swan verdrossen. Andre wütend. Pettigrew ruhig, verschwiegen.

Orrin richtete sich auf seinem Bett auf.

»Was ist denn?« fragte er.

»Das hier ist eine Art Tagebuch. Von Pa. Juana Pettigrew hat's uns gebracht. Ich hab' noch nicht alles gelesen.«

»Na, dann schlaf jetzt lieber erst mal. Ich glaube, daß uns noch allerhand Ärger bevorsteht. Was auch immer noch in diesem Tagebuch steht, wird sich bis morgen kaum verändert haben.«

»Du hast recht.«

Ich war hundemüde. Wir hatten eine beachtliche Strecke zurückgelegt, und morgen würde es noch weitergehen. Pa berichtete nicht viel, aber man konnte aus seinen Aufzeichnungen ersehen, wie gereizt die Atmosphäre damals geworden war. Swan und Andre mürrisch. Pettigrew schien einen günstigen Zeitpunkt abzuwarten. Pierre wollte noch immer nicht daran glauben, daß er den Pott verloren hatte. Vielleicht hatte man das auch nicht. Immerhin war Pettigrew aus diesem Unternehmen mit genügend Geld herausgekommen, um sich eine Ranch kaufen zu können und sie mit Vieh auszustatten. Nun, viel war dafür möglicherweise nicht erforderlich gewesen, aber einiges dürfte es doch gekostet haben.

Nachdem ich mich auf meinem Bett ausgestreckt hatte, mußte ich immer noch an dieses Tagebuch denken. Pa war nicht gerade sehr schreibgewandt gewesen.

Gewiß, er hatte eine Schule besucht und viel gelesen, doch seine Grammatik war kaum viel besser als meine.

Warum hatte Pa das alles also aufgeschrieben? Ich wußte doch, wie schwer ihm das Schreiben gefallen war. Steckte vielleicht doch mehr dahinter, als auf den ersten Blick hin zu erkennen war? Hatte er versucht, uns irgendeine Nachricht zu hinterlassen, weil er gespürt hatte, daß er nicht mehr zurückkommen würde? Aber so hatte Pa eigentlich nie gedacht. Er war ein zäher, tüchtiger Mann gewesen, aber auch vorsichtig. Vielleicht hatte er dieses Tagebuch also nur für alle Fälle geschrieben, falls ihm doch etwas zustoßen sollte.

Warum hatte Juana mir dieses Tagebuch gebracht? Weil es von Pa war? Weil es für uns beabsichtigt gewesen war? Oder weil sie nicht wollte, daß Pettigrew noch einmal in die Berge ging?

Also, warum hatte ich daran bloß nicht gleich gedacht? Enthielt dieses Tagebuch vielleicht Hinweise darauf, wo Pa war? Oder wo das Gold sein könnte?

Pettigrew war mit etwas zurückgekommen, aber das hatte Andre offenbar nicht gewußt, sonst hätte er es ihm bestimmt abgenommen. Oder Swan hätte Pettigrew ausgeraubt.

Aber ... vielleicht hatte Andre auch etwas mit zurückgebracht? Angenommen, daß man vielleicht etwas von diesem Gold, aber nicht alles gefunden hatte?

14

In San Luis hatten wir Estebans Pferde benutzt, aber nun sattelten wir wieder unsere eigenen Reittiere und waren bei Sonnenaufgang bereits unterwegs. Es war ein kühler, klarer Morgen. Ich atmete die frische Bergluft in tiefen Zügen ein.

Wir ritten nach Westen und sahen die Gipfel vor uns

aufragen. Die Zwillingsgipfel von Baldy und Blanca sahen aus bestimmtem Blickwinkel aus wie ein einziger riesiger Berg. Die alten Indianer-Traditionen sprechen von ihnen auch als ein Berg; aber das ist schon lange, sehr lange her.

Wir ritten, kampierten und ritten wieder. Abends las ich den anderen aus Pas Tagebuch vor, und Orrin löste mich dabei manchmal ab.

Die Stimmung damals im Lager auf dem Berg war immer feindseliger geworden.

18. Mai: Nat Pettigrew ist ein neugieriger Mann. Schnüffelt ständig herum. Lauscht. Ist aber tüchtig. Macht seine Arbeit und mehr. Guter Mann mit einem Pferd. Guter Gewehrschütze. Aber ich traue ihm nicht. Doch er ist nicht für die anderen, sondern nur auf sich allein bedacht.

20. Mai: Heute früh gab es Ärger. Swan hat Angus niedergeschlagen. Pierre war sofort auf den Beinen. Ich glaubte schon, daß es eine Prügelei geben würde. Mir ist aufgefallen, daß Andre nichts tat, um Swan zu stoppen. Swan ist doch sein Mann. Andre hat nur dagestanden und gelächelt. Ich glaube, Andre haßt seinen Schwager. Möchte am liebsten nichts mehr mit ihnen zu tun haben und weit fort sein. Angus, der Negersklave, ist ein kräftiger Mann. Pierre treu ergeben. Ein guter Waldläufer. Ich glaube, daß er in den Sümpfen von Louisiana besser am Platze wäre als hier. Bezweifele jedoch, daß er noch lange am Leben sein wird.

Hier gab es eine Lücke. Zwei Blätter schienen zu fehlen. Die nächsten Worte waren verschmiert.

... plötzlich Schüsse. Jemand rief: »Indianer!« Wir gingen sofort in Verteidigungsstellung. Eine Weile war nichts zu hören. Dann fiel ein einzelner Schuß. Wieder war längere Zeit nichts zu hören. Als wir uns umsahen, war Angus tot. Schuß in den Hinterkopf. Habe später mit Pettigrew gesprochen. Gab zu, keine Indianer gesehen zu haben. Pierre auch

nicht. Swan hatte nur einen gesehen, und Andre glaubte,
mehrere gesehen zu haben. Andre zeigte uns einen Baum.
Die Rinde war von einer Kugel zerfetzt. Und Angus war
natürlich tot.

Nun, jetzt wußte Judas, was aus seinem Bruder geworden war.

Ich sah über das Feuer hinweg zu ihm hinüber und glaubte Tränen in seinen Augen zu erkennen. Er konnte jetzt nichts sagen. Er stand auf und entfernte sich vom Feuer.

»Was glaubst du?« fragte ich Orrin.

Wir lagerten am Ufer des Rio Grande, und im Südwesten ragte der Del Norte Peak auf.

Orrin schüttelte den Kopf.

Der Rio Grande floß in diesen Bergen in die gleiche Richtung, in die wir ritten. Es löste bei mir ein seltsames Gefühl aus, wenn ich daran dachte, das dieses Wasser, das ich sah, stromabwärts nach El Paso und dann nach Laredo floß, um schließlich unterhalb von Brownsville in den Golf zu münden. Das war eine weite, sehr weite Strecke.

»Orrin ...«, sagte ich. »Wäre Pa doch bloß aufgestanden und losgeritten! Das wünsche ich mir jetzt. Er hat diese Leute dorthin geführt, und er war ihnen nichts schuldig.«

»Er sollte einen Anteil bekommen«, sagte Orrin. »Deshalb hatte er sich auf diese Sache eingelassen. Er wollte das Gold für Ma und auch für die Erziehung von uns Jungen.«

»Trotzdem ... ich wünschte, er hätte sich damals von den anderen getrennt.«

»Weißt du, was ich glaube?« fragte Orrin. Er hielt mir die Papiere und das Buch entgegen. »Ich glaube, daß jemand von dieser Mannschaft Gold gefunden hatte.«

»Du meinst, jemand weiß, wo dieses Gold liegt und will es für sich allein behalten?«

»Überleg doch mal, Tell. Es mußten ja keine großen Verstecke sein. Angeblich sollten es doch drei gewesen sein, nicht wahr? Okay. Du weißt doch selbst, wie Soldaten nun mal sind. Vielleicht hatte sich der eine oder andere ein bißchen Gold angeeignet und irgendwo versteckt. Ich glaube, jemand hat ein bißchen Gold gefunden, und ich glaube, daß Angus getötet wurde, damit Pierre keine Hilfe mehr haben sollte. Und ich glaube, daß Pierre der nächste war.«

»Oder Pa«, sagte ich.

Während ich später noch lange am Feuer saß, dachte ich gründlich über alles nach. Pa war im Mai dort oben gewesen. Falls es um diese Jahreszeit nicht ungewöhnlich warm gewesen war, dürfte noch Schnee gelegen haben, dort oben, wo er sich aufgehalten hatte. Bestimmt war es bitterkalt gewesen. Auf der anderen Seite ... viel Schnee konnte es nicht mehr gegeben haben, denn sonst hätte man keine Landschaftsmerkmale gefunden.

Natürlich gab es ein paar Abhänge, wo der Wind den Schnee weggeweht hatte, aber es bestand jederzeit das Risiko eines schweren Unwetters.

Plötzlich tauchte Judas aus der Dunkelheit auf.

»Sir ...? Wir werden verfolgt, Sir!«

»Da hast du sicherlich recht. Wie weit sind sie noch von hier entfernt?«

»Sie holen auf, Sir. Und es sind mehr, als wir bisher gedacht haben.«

»Mehr?« sagte der Tinker.

»Sie haben zwei Lagerfeuer«, sagte Judas. »Ich könnte mir denken, daß es mindestens zehn Männer sind, vielleicht sogar noch mal soviel.«

Bei Tagesanbruch hatten wir das Lager schon wieder eine Stunde hinter uns und stiegen ständig bergauf. Es hatte keine Gelegenheit mehr gegeben, uns noch mal mit Pas Tagebuch zu beschäftigen. Orrin und ich ... nun, wir hatten fast das Gefühl, uns mit Pa zu unterhalten; doch in seinen Aufzeichnungen war Pa wesentlich kürzer, als er es üblicherweise bei schriftlichen Notizen gewesen war. In der Hauptsache war Pa ein Mann mit trockenem Humor. Er erfaßte sehr schnell die Dinge um sich herum und hatte stets einen Kommentar darüber bereit gehabt. Er kannte die meisten Tricks, die man anwenden konnte; er verstand sich auch gut aufs Kartenspielen, wenn es notwendig war. Er hatte hier und da viel von der Welt gesehen.

Wir gelangten zur Gabelung des Rio Grande. Die südliche Abzweigung wies den Weg hinauf zum Wolf Creek Pass. Pa war hier entlanggekommen, und die Tatsache, daß er ein Tagebuch geführt hatte, deutete darauf hin, daß er uns etwas zu sagen gehabt hatte. Wem sonst außer uns? Pa war ein rücksichtsvoller Mann, und ich hegte keinerlei Zweifel, daß er davon überzeugt gewesen war, dieses Tagebuch irgendwie zu uns gelangen zu lassen. Vielleicht hatte er es Nativity Pettigrew anvertraut, um es uns zu bringen oder mit der Post zu schicken. In diesem Falle hatte Pa allerdings seine Absicht nicht erreicht.

Wenn ihm daran gelegen gewesen war, uns dieses Tagebuch zuzuspielen, mußte er offenbar den Wunsch gehabt haben, uns etwas ganz Besonderes mitzuteilen. Wahrscheinlich würden wir alles sehr aufmerksam und gründlich lesen müssen, um uns nichts entgehen zu lassen.

Orrin, der bisher an der Spitze geritten war, blieb zurück und fragte mich: »Gibt's denn keinen anderen Weg zu diesem Berg, Tell? Ich meine, einen anderen Weg als direkt durch den Paß?«

»Hm ... ich denke schon«, sagte ich und streckte einen Arm aus. »Das dort ist der Cattle Mountain, dahinter der Demijohn. Ich bin diesen Weg zwar noch nie geritten, aber Cap Rountree hat mir mal davon erzählt.«

»Na, dann wollen wir sie doch mal 'n bißchen beunruhigen«, schlug Orrin vor.

Also übernahm ich jetzt die Spitze. Ich hielt sehr aufmerksam Ausschau, bog ab und benutzte einen schwachen Trail, der zur Ostseite vom Grouse Mountain hinaufführte. Wir folgten diesem Trail eine Weile, überquerten die Kuppe vom Cattle Mountain und ritten dann den Trail westlich vom Demijohn hinab und auf den Ribbon Mesa Trail.

Der Weg war schmal, gewunden und rauh. Mehrmals hörten wir die warnenden Pfiffe von Murmeltieren, die aussahen wie braune Pelzkugeln, als sie zwischen die Felsen huschten. Wir umrundeten eine Wiese, wo Berglupinen, Indian Paintbrush und Herzlaub-Arnika der Szenerie Blau, Rot und Gold verliehen. Es war sehr still. Nur das Murmeln des Wassers im Creek war zu hören.

Wir bogen mehrmals ab, beschrieben Bogen, ritten zurück über unsere Spuren und taten auch sonst noch alles, was irgend möglich war, um eventuelle Verfolger zu verwirren und unseren Weg zu verwischen. Das Gelände war steinig und wies die Spuren von Erdrutschen auf.

Ich verließ den Park Creek und schlug die Richtung über den Paß hinter dem Fox Mountain zum Middle Creek hinab ein. Nach etwa einer Meile nahmen wir einen schwächeren Trail, der uns direkt über den Berg führte.

Wir ritten durch Espen, umritten ganze Gehölze und schließlich über Hochgebirgswiesen, wobei wir uns ständig bemühten, möglichst keine Spuren zu hinterlassen. Sollte Andre Baston tatsächlich zehn oder mehr Männer bei sich haben, so dürften sich gewiß einige darunter befinden, die schon über Berge geritten waren. Sollte er uns jedoch einholen, so würde ich dafür sorgen, daß er es sich schwer verdienen mußte.

Natürlich hätten sie den leichten Weg direkt zum Wolf Creek Pass genommen haben können. Indianer und Männer der Berge hatten ihn jahrelang benutzt, desgleichen gelegentlich auch Goldsucher. Höchstwahrscheinlich waren die französischen Soldaten, die das Gold vergraben hatten, am Wolf Creek entlang heruntergekommen.

Wir waren den Hang herab in den Cañon vom Silver Creek gekommen; direkt vor uns und etwas mehr unterhalb war der San Juan. Westlich von uns befand sich der Schatzberg, und das war allerhand von einem Berg.

Orrin deutete auf eine Höhle am Berghang. Wir ritten um ein kleines, dichtes Espengehölz herum und kamen auf eine kleine Wiese neben einem plätschernden Bach. Unter den Bäumen hielten wir an und stiegen ab. Man darf mir glauben, daß ich todmüde war.

Nachdem wir unsere Pferde versorgt hatten, schlenderte ich ein bißchen am Bachufer entlang, um Holz für unser Lagerfeuer zu sammeln. Ich fand auch einige gute, trockene Äste. Dann kostete ich das Wasser. Es war frisch, kalt und klar. Als ich mich wieder aufrichten wollte, hörte ich plötzlich ein ganz schwaches Klicken von Metall. Es hörte sich an, als käme es von stromaufwärts. Nun, ich langte sofort nach meinem Revolver und zog mich ein Stück vom Ufer zurück. Bei der Holzsuche hatte ich mich gut hundert Meter von unserem Lagerplatz entfernt.

Ich hockte in der Nähe einiger Cottonwoodwurzeln, die sich ins Erdreich unter dem Wasser erstreckten. Ich wartete und lauschte. Das Wasser plätscherte über Steine. Etwas weiter stromaufwärts zwitscherte ein Vogel. Danach hörte ich nur noch den Bach.

Vor mir machte der Bach eine Biegung um ein paar Felsen und dichtes Gebüsch ... Dogwood, Weiden und dergleichen. Aufmerksam suchte ich das Gelände zwischen mir und diesen Büschen mit Blicken ab. Ich sah nichts, was mich hätte beunruhigen können. Langsam und ungemein vorsichtig, um ja kein Geräusch zu verursachen, ging ich vorwärts.

Ich erreichte die kleine Biegung und glitt das Ufer hinauf, um durchs Gebüsch zu schauen. Von meiner

Position hinter Felsen und Büschen konnte ich etwa fünfzig Meter vom Bach oder mehr übersehen.

Und dort drüben, soweit mein Blick reichte, entdeckte ich eine Frau. Sah aus wie ein Mädchen, aber auf diese Entfernung hin eine gewagte Vermutung; genau feststellen ließ es sich nicht. Offensichtlich war es damit beschäftigt, Sand und Kies aus dem Bach in einer sogenannten Goldgräber-Pfanne zu waschen! Sie handhabte diese Pfanne so geschickt, als hätte sie das schon unzählige Male gemacht.

Ich blickte das Ufer entlang, so weit ich konnte, aber nirgendwo war etwas von einem Lager oder so zu sehen.

Diese Situation schien mir einer gründlicheren Überprüfung wert zu sein. Ich schlich also um diese Felsen und Büsche herum, aber als ich die kleine Biegung hinter mir hatte und wieder flußabwärts blickte, war das Mädchen verschwunden!

Jawohl! Einfach verschwunden! Na, ich war ganz schön perplex. Meine Augen hatten mir doch bestimmt keinen Streich gespielt. Natürlich beginnt ein Mann, wenn er zu lange ohne Frau gewesen ist, sich einzubilden, sie überall zu sehen.

Ich überquerte diesen Bach, der an dieser Stelle ziemlich seicht war. Dann ging ich vorsichtig flußaufwärts. Vorsichtshalber behielt ich meinen Sechsschüsser in der Hand. Eigentlich tat ich es ohne Überlegung. Nur schien es mir eben logisch zu sein, daß sich dort, wo sich ein Mädchen aufhielt, auch ein Mann befinden dürfte.

Als ich die Stelle erreicht hatte, fand ich auch prompt Fußspuren im Sand. Ich begann mich umzuschauen, und plötzlich hörte ich hinter mir eine Stimme. Ich wußte, daß ich mich dort im Gebüsch hätte näher umsehen sollen, aber ich hatte es nicht getan.

»Bleiben Sie, wo Sie sind, Mister!« Die Mädchenstimme fuhr fort: »Und wenn Sie Ihr Abendessen noch genießen wollen, dann kommen Sie jetzt lieber nicht auf dumme Gedanken! So, und nun stecken Sie mal diese

Kanone schön wieder dorthin zurück, wohin sie gehört! Aber ein bißchen dalli, wenn ich bitten darf! Oder ich bohre Ihnen mit heißem Blei einen Tunnel durch Ihr Gehirn!«

»Ich bin ein friedlicher Mann, Ma'am, absolut friedlich. Ich hab' doch an dieser Stelle hier bloß so was gesehen, was wie 'ne Frau aussah, und da ...«

Sie unterbrach mich verächtlich: »*Aussah* wie eine Frau? Na, hören Sie mal, Sie komischer Fremder! Ich bin mehr Frau, als Sie je gesehen haben! Verdammt, drehen Sie sich um! Und dann sehen Sie mal gut hin!«

Nun, ich tat ihr natürlich den Gefallen und drehte mich nach ihr um. Was ich da sah, war für mich weiß Gott kein Anlaß, ihr zu widersprechen.

Sie war einssechzig groß und dürfte wohl auch genau das entsprechende Gewicht für diese Größe gehabt haben. Hier und da vielleicht auch ein bißchen mehr, aber eben an den richtigen Stellen.

»Ja, Ma'am«, sagte ich.

Sie hatte eine schmucke Nase, Sommersprossen und rostbraunes Haar. Alles in allem ... ein verdammt hübsches Mädchen!

Dagegen sah das 56er Spencer-Gewehr, das sie in den Händen hielt, alles andere als schmuck aus! Und wie sie es hielt, verriet deutlich genug, daß sie auch damit umzugehen verstand.

Sie starrte mich an und sagte: »Na ...!« Dann machte sie eine kurze, ruckhafte Bewegung mit dem Gewehrlauf. »Setzen Sie sich dort auf diesen Baumstamm! Und kommen Sie ja nicht auf die dumme Idee, etwa nach diesem Schießeisen zu langen! Sonst würde Ihr Leichnam morgen so viele Fliegen anlocken, daß ich mich nach 'ner neuen Stelle fürs Kieswaschen umsehen müßte!«

»Ich bin doch ganz friedlich, Ma'am, aber wenn ich schon erschossen werden soll, dann könnte es bestimmt nicht von einem hübscheren Mädchen getan werden.«

»Pah ...!« machte sie spöttisch. »Kommen Sie mir doch nicht damit, Sackett! Mit Süßholzraspeln werden Sie bei mir nichts erreichen!«

Sackett? Ja, also wie um ...

»Ach, sehen Sie doch nicht so überrascht drein! Wo ich herkomme, da kennt doch jedermann die Sackett-Boys! Das ganze Land wimmelt ja nur so davon, daß man sie gar nicht übersehen kann.« Sie fuhr fort: »Das Beste, das Tennessee jemals geschehen ist, besteht darin, daß man den Westen erschloß und dabei auch Mittel und Wege fand, um ein paar von euch Sacketts loszuwerden.«

»Sind Sie vom Cumberland?«

»Na, woher denn sonst?«

»Wenn die Haarfarbe nicht wäre, würde ich sagen, daß Sie ein Trelawney-Girl sind. Aber alle, die ich kannte, hatten schwarzes Haar. Um ehrlich zu sein, ich bin mal einer unten am Colorado begegnet, und sie hat mir weiter nichts als Ärger bereitet.«

»Ist Ihnen recht geschehen! Was für ein Sackett sind Sie überhaupt? Ihr seht euch ja alle so gräßlich ähnlich.«

»William Tell. Und Sie?«

»Ich bin Nell, Jack Bens Tochter.«

Also! Da mußte ich doch gleich noch mal ein bißchen genauer hinsehen. Die Sacketts hatten viele Jungen, die Trelawneys viele Mädchen. Aber wenn die Trelawneys auch mal einen Jungen hervorbrachten, dann war das schon ein toller Bursche! Ol' Jack Ben war da keine Ausnahme. Er war noch gemeiner als ein gefesselter Wolf. Oh, und ich erinnerte mich nur allzu gut, wie er die Jungs behandelte, denen es einfiel, um ein Trelawney-Girl herumzuschwarwenzeln. Die meisten konnten vierzehn Tage lang nicht mehr sitzen. Das kam von diesem Steinsalz, das Old Jack Ben aus seinem Schrotgewehr abzufeuern pflegte.

»Sie sind doch nicht etwa ganz allein hier, oder?« fragte ich.

»Und wenn? Ich kann schon auf mich achtgeben!«

»Also, hören Sie mal, Nell Trelawney«, sagte ich einlenkend. »Wir haben da 'n paar Leute auf den Fersen, also, die sind gemeiner und gefährlicher als 'n ganzes Nest voll Klapperschlangen! Und vor Frauensleuten haben sie nicht den mindesten Respekt. Und deshalb ...«

»Ach? Und vor denen haben Sie solche Angst, daß Sie vor ihnen davonlaufen?« unterbrach sie mich spöttisch. »Ich höre ja zum erstenmal, daß ein Sackett davonläuft! Es sei denn, daß Pa auf ihn geschossen hat.«

Es begann bereits ziemlich dunkel zu werden.

»Gehen Sie jetzt lieber in Ihr Lager zurück«, schlug ich vor. »Und auf mich wird man dort hinten auch schon warten.«

»Sie wollen mich also nicht nach Hause bringen? Schon wieder Angst, was? Na, dann lassen Sie sich eins von mir gesagt sein ... Old Jack Ben ist nicht hier. Ich bin tatsächlich allein, und Angst habe ich deswegen bestimmt nicht!« Etwas leiser fügte sie hinzu: »Jedenfalls die meiste Zeit nicht.«

15

»Wo ist denn Ihr Pa?«

»Unten in Shalako. In dieser neuen Stadt dort drüben im Westen. Dort wartet er darauf, daß ich ihn heraushole.«

»Ist er im Gefängnis?«

»Natürlich nicht! Er ... äh ... liegt fest, das ist alles. Wir sind nach dem Westen gekommen ohne ... nun, ja ... wir hatten nicht viel Geld, und da dachte Pa eben, daß er ein bißchen Gold waschen könnte. Also, er hat's versucht, und dabei hat er sich wieder seinen Rheumatismus zugezogen. Deswegen liegt er jetzt fest. Das einzige, was ihm jetzt nicht weh tut, ist sein Abzugsfinger! Und natürlich sein Mundwerk. Ein Mann von dort drüben hat hier oben an diesem Bach mal Gold gefunden. Er hat uns davon erzählt. Da hab' ich Pa 'ne Nachricht hinterlassen, wohin ich gegangen bin, und dann hab' ich mich hierher auf den Weg gemacht.«

»Sie haben den ganzen Weg allein zurückgelegt?«

»Nein, Sir! Ich hab' dort drüben ein Muli. Dazu auch noch einen Hund, der aber schon eher ein halber Bär ist.«

»Soll das ein Witz sein? Ein halber Bär? So was gibt's doch gar nicht!«

»Das hätten Sie seiner Ma sagen sollen. Jedenfalls, so denke ich, dürfte dieser olle Bär keine langen Fragen gestellt haben. Also, ich sage Ihnen … ich habe einen Hund, der ein halber Bär ist!«

Sie schaute zu mir auf, während wir am Wasser entlanggingen.

»Sie sagten vorhin, daß Sie draußen im Westen mal mit einem Trelawney-Girl was hatten. Welches Mädchen war's denn?«

»Sie meinen, es gibt mehr als Sie beide, die nach dem Westen gekommen sind? Wie viele kann dieses Land denn aushalten … alle auf einmal? Ihr Name war Dorinda.«

»Oh-oh-oh! Na, vielleicht werde ich Sie mir mal bei Tageslicht sehr genau ansehen müssen, Mister! Wenn Dorinda sich mit Ihnen eingelassen hat, dann muß mehr an Ihnen dran sein, als ich bisher geglaubt habe. Sie war sehr schön, das war sie, unsere Dorinda.«

»Ja, Ma'am, aber man durfte ihr nicht trauen. Hinten in den Bergen konnten wir uns immer darauf verlassen, daß ein Trelawney-Girl sein Bestes tun würde. Aber diese …! Diese Dorinda hat ganz entschieden immer ihr Schlimmstes getan!« Ich fügte hinzu: »Sie hat mich beinahe getötet!«

Wir waren inzwischen am Ufer entlanggegangen und hatten nun ihren Lagerplatz erreicht, den sie unter einigen Bäumen aufgeschlagen hatte. Yeah, das Muli war da. Muß wohl so an die fünfzehnhundert Pfund gewogen haben, und jede Unze davon war schiere Gemeinheit!

Und dann hörte ich ein dumpfes Knurren. Na, wenn das kein halber Bär war, so war er mindestens so groß und häßlich! Dieser Hund mußte weiß Gott an die zweihundertfünfzig Pfund gewogen haben. Er hatte einen Kopf wie ein Mastochse. Und dazu Zähne ... also, damit hätte er bestimmt diesen Dinosauriern Angst einjagen können!

»Ist ja gut, Neb«, sagte Nell. »Dieser Mann ist freundlich.«

»Na, wenn ich's bisher nicht schon gewesen wäre, dann würde ich jetzt aber schleunigst damit anfangen«, sagte ich. »Mein Gott, das ist wahrhaftig das größte Monstrum von Hund, das ich jemals gesehen habe!«

»Ganz schön groß, nicht wahr?«

»Womit füttern Sie ihn denn? Mit 'nem halben Kalb pro Tag?«

»Er sucht sich sein Futter selbst. Wer weiß, vielleicht verspeist er sogar Menschen. Ich weiß es nicht. Ab und zu verschwindet er einfach in den Wald, und wenn er zurückkommt, dann beleckt er sich das Maul.«

»Wie sind Sie denn bloß zu dieser Bestie gekommen?« fragte ich.

»Er ist wohl eher zu mir gekommen. Ich war auf Elchjagd und hatte auch gerade einen Elch erlegt, da tauchte dieser Hund plötzlich auf. Da gab's 'ne Stelle, wo der Berghang etwa zwölfhundert Fuß abfiel, und ich hatte meinen Elch gerade erlegt, als dieser Hund von da unten hochkam. Hat sich auf dem Boden ausgestreckt und den Kopf auf die Vordertatzen gelegt. Ich hab' ihn zuerst für einen Bären gehalten und ihm ein mächtiges Stück Fleisch zugeworfen. Danach ist er dann bei mir geblieben.«

»In Shalako auch? Herrje, bei seinem Anblick würde doch jedes Pferd die Flucht ergreifen!«

»Jacob nicht. Jacob und Neb, die beiden kommen sehr gut miteinander aus.«

Mit Jacob meinte sie wohl das Muli.

»Na, jetzt muß ich aber wirklich zurück«, sagte ich. »Aber kommen Sie uns doch mal dort unten besuchen. Wir werden ein, zwei Tage in dieser Gegend bleiben. Und halten Sie die Augen offen, wegen der Männer, von denen ich Ihnen ja schon erzählt habe. Keine angenehmen Leute, wirklich nicht. Niemand käme auf die Idee, sie zu irgend etwas einzuladen.«

Als ich zum Lager zurückkam, saßen alle unsere Leute ums Feuer herum. Sie hatten bereits gegessen. Jetzt tranken sie Kaffee und lauschten dabei ständig auf irgendwelche Anzeichen von bevorstehendem Ärger.

Ich machte mir gar nicht erst sonderliche Mühe, mich möglichst leise dem Lager zu nähern, meldete mich aber vorsorglich, als ich bis auf Rufweite herangekommen war. Wer sich nicht an diese Regel eines Gentleman hielt, endete oft mit einer Ladung Blei im Bauch.

»Wo hast du denn so lange gesteckt?« fragte mich Orrin.

»Ich hatte Gesellschaft«, erwiderte ich. »Ein Rendezvous mit einem Mädchen.«

»Was denn? Dort oben?« Orrin lachte spöttisch.

»Ich glaube, er hat die Wahrheit gesagt«, mischte sich der Tinker ein, sehr zu meiner Überraschung. »Man kann's ihm doch ansehen!« Er fügte hinzu: »Benimmt sich nämlich nicht gerade, als wäre er da draußen unter Bären gewesen.«

Rasch berichtete ich ihnen nun von meiner Begegnung mit Nell Trelawney. Dann erzählte ich von Old Jack Ben Trelawney, der unten in Shalako darauf wartete, daß seine Tochter genügend Gold auswaschen würde, um beide aus ihrer momentanen Klemme zu befreien.

Orrin schüttelte den Kopf.

»Goldwaschen? Das ist schon für einen Mann verdammt harte Arbeit. Keine Frau sollte es tun.«

»Jack Ben ist doch total arbeitsunfähig. Was hätte sie denn tun sollen? Darauf warten, bis beide verhungern?«

»Alle Trelawney-Girls können kochen«, schlug Orrin vor. »Und so gut ist das Essen in diesen Minen-Städten ja nun auch wieder nicht.«

»Da hätte sie aber erst mal Geld für Lebensmittel und so auf den Tisch legen müssen. Außerdem hätte sie doch so was wie 'n Lokal gebraucht.«

»Ich stimme Mr. Orrin zu«, sagte Judas Priest entschieden. »Das ist keine Arbeit für eine Frau.«

Aber wir hatten unsere eigenen Probleme, und an diesem Abend holte ich das Tagebuch wieder zum Vorschein. Ich gab es Orrin, und er las uns vor.

Ich habe stets heimlich geschrieben, aber es ist nicht leicht. Pettigrew scheint was zu vermuten. Aber er ist verschwiegen und lächelt nur, sagt jedoch nichts.

Jemand hat Gold gefunden! An diesem Morgen hat Pierre neben einem Baum ein kleines Loch entdeckt, das hastig wieder zugeschüttet worden war. Die Abdrücke in der Nähe des Baumes stammen von Pettigrews Stiefeln. Als ich später mit Pierre allein war, habe ich ihm gesagt, daß die Abdrücke gefälscht sind, um Pettigrew in Verdacht zu bringen. Pierre hat mir nicht geglaubt, sondern mich ausgelacht. Ich habe ihm gesagt, daß sie alle beseitigen wollen, die auf seiner Seite sein könnten. Wahrscheinlich würden sie demnächst den Verdacht auf mich lenken. Falls das nicht klappen sollte, würden sie einen neuen Indianer-Überfall vortäuschen. Da wurde Pierre wütend und wollte wissen, was ich damit meine. Ich habe ihm gesagt, daß es gar keine Indianer gegeben hat. Ich hatte keine Spuren gefunden. Hätte es Indianer gegeben, wären sie bestimmt noch einmal zurückgekommen, um uns zu töten.

Da hat er mir zugehört und mich gefragt, wer einen solchen Überfall vorgetäuscht haben könnte und warum. Ich habe

ihm gesagt, daß es Andre und Swan waren. Pierre war ver-
ärgert, weil ich seinen Schwager verdächtigte. Ich sagte, es
schien klar zu sein, daß Andre vor Töten nicht zurück-
schreckte. Es schien ihm auch nichts ausgemacht zu haben,
daß Swan damals Angus so brutal behandelt hatte.
Das alles gefiel Pierre nicht, aber er hörte mir zu. Er fragte
mich: »Glaubst du, daß Gold gefunden und verheimlicht
wurde?« Ich habe ihm gesagt, daß ich genau das glaube.
Jetzt schlafe ich immer ein Stück von den anderen entfernt.
Unter dem Vorwand, auf Indianer aufzupassen. Ich habe
meine Lagerstatt zwischen Laub und Ästen hergerichtet, so
daß niemand unbemerkt an mich herankommen kann. Das
Laub würde rascheln und mich sofort wecken. Vor allem
aber passe ich jetzt höllisch gut auf meinen Rücken auf.

Wir lasen weiter. Pa hatte offensichtlich zwei Lagerstel-
len der Soldaten gefunden. Vielleicht hatte es unter der
Militärabteilung Differenzen gegeben. Das hatte er
Pierre gegenüber angedeutet. Es hatte aber auch andere
Reibereien gegeben. Die Story lautete, daß die Utes die
Soldaten überfallen und viele von ihnen getötet hatten.
Später waren andere Soldaten verhungert. Nur wenige
Männer sollten entkommen sein. Diese Story gab aus
mehreren Gründen keinen Sinn, denn schließlich hatte
es sich bei den französischen Soldaten ja nicht nur um
eine kleine Patrouille gehandelt, sondern um eine ziemlich große Abteilung, vielleicht mehr als dreihundert. Pa
hatte allerdings geglaubt, daß es weniger gewesen waren.

Pa hatte die Ansicht vertreten, daß es Schwierigkeiten
im Lager gegeben hatte; die Soldaten hatten sich getrennt. Unter so primitiven Bedingungen konnten sich
leicht Feindseligkeiten entwickeln; irgend etwas schien
dort jedenfalls passiert zu sein. Pa hatte zwei Camps gefunden; beide waren mit roh aufgebauten Steinmauern
versehen gewesen. Er hatte auch Pfostenlöcher gefunden; die Pfosten waren längst verrottet gewesen. Aber

es war möglich gewesen, die Löcher auszuräumen. Provisorische Unterkünfte. Pa hatte ein oder zwei Knöpfe und ein Messer gefunden.

Zweimal war im Wald auf Pa geschossen worden, aber er schrieb es jedesmal zum Schein den Indianern zu. Von da an hörte er auf, mit irgend jemandem über seine Schlußfolgerungen zu reden. Aus Knochen, die er ausgegraben hatte, sowie aus anderen Zeichen hatte er gefolgert, daß es dem einen Camp wesentlich besser gegangen sein mußte als dem anderen. Die Männer in dieser französischen Militärabteilung hatten wesentlich besser gegessen und auch viel besser gelebt.

... muß ein Indianer oder ein Mann aus den Bergen bei dieser Mannschaft sein.

24. Mai: Auf der Flucht. Verwundet. Wir haben das Gold gefunden. Oder einen Teil davon. Andre und Swan haben sofort gehandelt. Glücklicherweise hatte ich zwar mein Bett wie immer hergerichtet, aber da ich mich unbehaglich fühlte, habe ich mich etwas weiter zwischen die Bäume zurückgezogen. War höllisch schwer, einen geeigneten Lagerplatz für mich zu finden. Plötzlich wurde ich wach und hörte Bewegungen, dann Gewehrschüsse. Sie hatten sich herangeschlichen und einfach in meine alte Liegestatt gefeuert. Mindestens ein Dutzend Schüsse.

Ich hörte Andre sagen· »Und jetzt Pettigrew! Schnell, Mann! Sag ihm, es sind Indianer ... Und wenn du nahe genug an ihn heran bist, dann ...«

Swan hat gefragt, was mit Pierre ist. Und Baston hat gesagt: »Überlaß ihn mir!«

Ich konnte die beiden unmöglich rechtzeitig genug erreichen, aber ich rannte zu Pierre hinüber und bewegte mich dabei so leise wie nur irgend möglich.

Wir brauchten keine Bilder, um uns vorzustellen, was dort oben auf dem Berg passiert war. Baston und Swan waren zu Mördern geworden, weil sie das Gold für sich allein haben wollten. Zuerst hatten sie versucht, Pa zu töten. Sie hatten geglaubt, es auch erledigt zu haben. Nur lief die Sache keineswegs so aus, wie sie es geplant hatten. Als Swan zu Pettigrews Lagerstatt kam, war der Mann fort. Erst später entdeckten sie, daß auch ein Pferd fehlte.

Pa mußte im Dunkeln zum Lager zurück und rechnete jeden Augenblick mit einem Schuß. Er selbst hatte nur sein einschüssiges Gewehr und seinen Revolver. Als er das Lager schließlich erreicht hatte, hörte er Baston gerade sagen:

»... gar keinen Zweck, nach dieser Waffe zu langen, Pierre! Ich habe gestern abend das Pulver herausgenommen. Sakkett ist tot, und du wirst's auch gleich sein!«

Ein Schuß fiel, und Baston lachte. Es war ein gemeines Lachen.

»Das war erst ein Bein, Pierre!«

Wieder ein Schuß.

»Das andere Bein! Ich konnte dich noch nie leiden, weißt du. Ich wußte, daß ich dies hier eines Tages tun würde. Schade, daß ich nicht hierbleiben kann, um zu beobachten, wie du langsam krepierst!«

Dann kam Swan angerannt, und die beiden unterhielten sich. Ich nehme an, daß Swan das Verschwinden von Pettigrew gemeldet hat. Ich hörte, wie die beiden fluchten. Als ich mit schußbereitem Gewehr noch etwas näher herangehen wollte, um im Dunkeln auch treffen zu können, trat ich plötzlich in ein Loch. Mein Gewehr ging los, und dann pfiffen mir auch schon Kugeln um die Ohren. Ich verspürte einen Schlag. Ich ließ mich auf den Boden fallen, zog mein Messer und wartete. Sie fanden mich nicht. Wahrscheinlich hatten sie keine Lust, im Dunkeln nach mir zu suchen. Ich hörte, wie Baston zu Pierre sagte: »Du bist schon so gut wie tot. Ich werde dich hier sterben lassen. Du hast viel Blut verloren, und beide Knie sind zerschossen. Man wird dich niemals finden. Wir haben zwar nicht ganz soviel Gold ge-

funden, wie wir gehofft haben, aber wir können ja jederzeit
noch einmal hierher zurückkommen. Jetzt sind wir ja die
einzigen, die wissen, wo dieses Gold ist.«
»Pettigrew ist fort«, sagte Pierre. »Er wird's erzählen.«
Und Andre antwortete: »Der? Wir werden ihn erwischen,
bevor er den Berg verlassen hat, und dann werden wir ihn
ebenfalls töten!«

16

Als Orrin das Tagebuch weglegte, weil er zu müde war,
um noch weiter vorzulesen, hatte auch ich keine Lust,
danach zu greifen. Aber im Moment dachten wir wohl
alle daran, daß Andre Baston, Hippo Swan – und wer
sonst noch bei ihnen sein mochte – hinter uns her waren.

Nachdem sie damals Pierre Bontemps erschossen,
Angus getötet und wahrscheinlich auch Pa umgebracht
hatten, waren sie zweifellos mit dem gefundenen Gold
verschwunden. Aber es war ein unerledigtes Geschäft
gewesen. Falls Pettigrew entkommen sein sollte, mußten sie ihn finden und töten. Oder es wenigstens versuchen. Und genau das hatten sie dann ja auch getan.

Als wir unsere Decken ausbreiteten, sagte Orrin: »Sie
konnten gar nicht riskieren, Pa am Leben zu lassen.«
Nachdenklich fuhr er fort: »Philip Baston schien ein
freundlicher Mann zu sein, aber Andre fürchtet ihn.
Oder er hat Angst davor, was Philip tun könnte. Da
Andre ja Philips Bruder ist, kennt er ihn natürlich besser
als wir.«

»Und ich überlege, wie Pettigrew wohl an dieses Tagebuch herangekommen sein mag«, sagte ich. »Hatte er
es Pa gestohlen? Oder war er noch einmal zurückgekommen und hatte es bei Pa gefunden?«

Morgen mußten wir den Berg hinauf, und noch waren viele Fragen unbeantwortet. Uns stand die endgül-

tige Auseinandersetzung mit Andre Baston bevor, und es wäre verhängnisvoll gewesen, diesen Mann zu unterschätzen.

Einige der Dinge, die wir über ihn in Pa's Tagebuch gelesen hatten, waren ziemlich plump und unbeholfen gewesen, wie man sagen könnte, aber inzwischen hatte Andre zwanzig Jahre Zeit gehabt, sich besser auf Töten einzustellen. Allem Anschein nach hatte er auch keine Zeit verschwendet. Alle schienen damals Nativity Pettigrew unterschätzt zu haben, Andre eingeschlossen. Keiner von ihnen war offenbar jemals auf die Idee gekommen, daß Pettigrew einiges Gold gehabt hatte.

Während ich so dalag und auf das Einschlafen wartete, machte ich mir Sorgen um Nell Trelawney. Natürlich hatte sie diesen Hund ... falls es überhaupt ein Hund war.

Wer sich bei Nacht dort herumtreiben sollte, würde riskieren, einen Arm oder ein Bein zu verlieren, bevor er überhaupt recht begriff, auf was er sich da eingelassen hatte. Ich war einmal einem Mann begegnet, der mir von den Bulldoggen erzählt hatte, die es in Tibet gab. Sie sind genauso groß wie die Bulldoggen, die wir hier haben, nur haben sie viel längeres Haar. Dieser Hund namens Neb könnte eine solche Bulldogge sein.

Am nächsten Morgen war keinem von uns nach Unterhaltung zumute. Wir saßen in ziemlich düsterer Stimmung herum, brieten unser Fleisch über dem Feuer und tranken Kaffee.

Orrin stand schließlich auf und langte nach seiner Winchester.

»Judas, du bleibst beim Lager, ja? Wir können es uns nicht leisten, unsere Tiere und was wir sonst noch haben zu verlieren. Und Sie, Tinker, könnten mal zu Miß Trelawney hinaufgehen. Das wäre uns sehr lieb. Tell und ich werden uns inzwischen mal ein bißchen umsehen.«

Es wurde kein einfacher Aufstieg. Dichter Wald. Hier

und da gab es Wildpfade. Aber wir schafften es bis nach oben. Dort wanderten wir herum und suchten nach Zeichen. Es gab sie, aber aus längst vergangenen und vergessenen Jahren. Stellen, wo Männer mit Äxten gearbeitet hatten, um Holz für Lagerfeuer zu schlagen, die vor langer Zeit gebrannt hatten. Äste, die zurechtgeschnitten worden waren, um provisorische Unterkünfte zu errichten oder Kessel an ihnen aufzuhängen. Jedenfalls gab es genügend Beweise dafür, daß hier oben vor langer, langer Zeit einmal Männer gelebt hatten.

Orrin und ich trennten uns. Wir sahen uns kreuz und quer dort oben auf dem Berg um. Hin und wieder tauschten wir Informationen miteinander aus. Wir wollten irgendeine Spur von Pa finden, aber auf der anderen Seite hofften wir, nichts dergleichen zu entdecken. Wenn man eine Person nicht tot oder begraben gesehen hat, so ist diese Person niemals ganz tot; vielleicht ist sie fortgegangen oder im Moment eben gerade einmal nicht zur Stelle.

Wir spielten gegen die Zeit. Was immer wir finden sollten, mußte jetzt gefunden werden, denn Andre, Swan und die anderen würden sicher bald den Hang heraufkommen.

Ich dachte auch ein wenig über Pettigrew nach. Er war ein gerissener Mann und vielleicht doch nicht ganz so verkrüppelt, wie er uns hatte glauben machen wollen.

Orrin hockte sich neben mir unter einen Baum.

»Der Legende nach soll es mehrere Goldverstecke gegeben haben«, sagte er. »Selbst wenn's nur fünf Millionen gewesen sein sollten, so war es eine beachtliche Last, die man hätte schleppen müssen. Keiner von ihnen aber hat mehr Gold mitgenommen, als auf den Pferden, die man gehabt hatte, getragen werden konnte. Ich denke, und du denkst das sicher auch, daß einige Soldaten etwas von diesem Gold für sich behalten haben. Vielleicht hatte man es ihnen sogar erlaubt. Ich glaube, das haben Pettigrew und auch Andre gefunden. Hier dürfte es jetzt wohl um zwei Dinge gehen. Andre hat Angst davor, was wir entdecken und Philip enthüllen könnten, aber er hat gleichzeitig Angst, daß wir das Gold finden könnten, nach dem er vergeblich gesucht hat.«

Sonnenlicht schimmerte durch die Bäume; ein Eichelhäher hüpfte über uns von Ast zu Ast. Ich schaute zwischen den Bäumen hindurch in die Ferne und dachte dabei an Pa. Welche Gedanken mochte er damals gehegt haben, als er gewußt hatte, daß ihn jeden Moment der Tod hätte treffen können?

Als er am Ende verwundet im Busch gelegen hatte, während Pierre so verkrüppelt gewesen war, daß es für ihn wahrscheinlich keine Rettung mehr hatte geben können ... was mochte Pa da gedacht haben?

Wir mußten diese Stelle finden ... aber wie? Nach so vielen Jahren?

War Pierre Bontemps dort gestorben?

Mein Blick wanderte über den Berghang. Das menschliche Auge hat eine gewisse Bereitwilligkeit für Muster und Schablonen. Vieles wird einfach nicht gesehen, weil der Geist blind ist, nicht aber das Auge. Augen sehen in Linien, Kurven, Mustern. Der Mensch selbst funktioniert nach einfachen oder komplexen Schablonen, und solche Dinge sind oft der Beweis für frühere Anwesenheit von Menschen.

Vor zwanzig Jahren waren Beweise für alte Camps zurückgeblieben, die vielleicht schon ein halbes Jahrhundert früher existiert hatten.

»Orrin, von diesen Camps muß es doch noch irgendwelche Spuren geben«, sagte ich aus meinen Überlegungen heraus. »Man hat doch von Steinmauern berichtet.«

»Ja, etwas davon müßte eigentlich noch vorhanden sein.« Er stand auf, und wir streiften weiter in der Gegend herum, zwischen vereinzelten Bäumen über Boden, der von Tannennadeln übersät war. Aufmerksam hielten wir nach allen Seiten Ausschau.

Hoch oben in den Bergen braucht man nicht an Klapperschlangen zu denken; sie halten sich weiter unten auf, wo es wärmer ist. Es kommt nur selten vor, daß man sie in über zweitausend Meter Höhe antrifft.

Während wir durch die Gegend wanderten, folgte uns der Eichelhäher; er war nie weiter als fünf, sechs Meter von uns entfernt. Hoch oben in den Bergen sind sie die großartigsten Gefährten, aber auch die schlimmsten Diebe. Alles, was an Stellen zurückgelassen wird, wo sie herankommen können, wird von ihnen gefressen oder weggeschleppt. Sie verrichten nahezu unglaubliche Dinge, um an Sachen heranzukommen, die sie haben möchten.

»Tell ...?« Orrin zeigte mit dem Gewehrlauf. Unter einigen Bäumen vor uns konnten wir ein ausgehobenes Loch sehen, und als wir dort ankamen, sahen wir, daß es schon sehr alt war. Jemand hatte hier vier, fünf Fuß tief gegraben, aber die Ränder waren eingestürzt. Pflanzenwuchs hatte sich in dieses Loch hinein entwickelt ... Auf dem Grund, wohin kein Sonnenstrahl reichte, war ein Schneeflecken zu sehen.

Dieses Loch könnten Leute gegraben haben, von denen wir etwas wußten; es könnte aber auch von anderen Schatzsuchern angelegt worden sein. Jedenfalls gab es hier oben nichts, wonach ein Tier graben könnte.

Wir schauten uns aufmerksam um, fanden aber nichts, was zu einer Identifizierung hätte beitragen können. Wir wanderten am westlichen Hang entlang. Direkt oberhalb von uns konnten wir verkümmerte Bäume sehen, die starken Winden ausgesetzt gewesen waren und deshalb nicht richtig hatten wachsen können. Hier und da gab es an grünen Bäumen braune Wipfel, die aus dem Schnee herausgeragt hatten und erfroren waren.

Mein Magen machte sich bereits knurrend bemerkbar, bevor wir die erste Befestigung fanden. Sie bestand aus aufgeschichteten Steinen, die nach dieser oder jener Richtung zusammengefallen waren. Aber es war doch noch klar zu erkennen, daß sich vor langer Zeit irgend jemand hier oben verschanzt hatte. Ein Stück weiter westlich von dieser Stelle fanden wir das andere Camp, und ich sah auf den ersten Blick, was Pa gemeint hatte.

Wer auch immer dieses zweite Camp errichtet haben mochte, er hatte genau gewußt, was er wollte. Er hatte es bequem hergerichtet, aber gleichzeitig darauf geachtet, nach allen Richtungen freies Schußfeld zu haben. Es war eine Stelle gefunden worden, wo Felsen und verkrüppelte Bäume eine Art Schutzwall vor stürmischen Winden gebildet hatten. Die Wuchsrichtung der Bäume zeigte an, aus welcher Richtung hier oben die Stürme wehten. Bäume auf Bergkuppen haben meistens die Zweige nur an einer Seite des Stammes und verraten dadurch die vorherrschende Windrichtung.

Mit dieser zweiten Befestigungsanlage hatte man sich wesentlich mehr Zeit gelassen; die Steine waren besser und passender aufgeschichtet worden. Einige saßen noch genauso fest, wie sie damals aneinandergefügt worden waren. Es war offensichtlich, daß jeder im Lager – trotz aller Meinungsverschiedenheiten – die Unterstützung der anderen haben wollte ... für den Fall, daß es Ärger mit Indianern geben könnte.

Und allen Berichten zufolge waren die Indianer dann ja auch gekommen.

Wir stocherten in diesem zweiten Steinkreis herum. Wir fanden einen Knopf und eine zerbrochene Zunderbüchse, aber ansonsten nichts weiter, was auf menschliches Wohnen hingedeutet hätte.

»Der befehlshabende Offizier hatte augenscheinlich Anweisung gegeben, die drei Verstecke sehr tief einzulassen, und ich vermute, daß man dabei verdammt gute Arbeit geleistet hat«, sagte Orrin. »Die Army hat zweifellos damit gerechnet, noch einmal zurückzukommen, um dieses Gold zu holen. Also hat man es so vergraben, daß es von der Army wieder ausgegraben werden könnte. Diese kleinen Verstecke, die Andre Baston gefunden hat, sowie das andere, das Pettigrew aufgestöbert hatte, waren nur ziemlich flach angelegt worden. Möglicherweise hatte man das Gold einfach in Felshöhlen oder Bäumen versteckt, eben an Stellen, wo die Männer, die es versteckt hatten, jederzeit leicht und schnell wieder herankommen konnten. Denkst du jetzt auch, was ich denke? Dieser Indianer oder der Mann aus den Bergen, den Pa erwähnt hatte, könnte diese zweite Mannschaft nach Westen geführt haben.«

»Hmhm ...«, machte ich. »Zwei Camps wie diese hier ... das läßt doch auf Ärger schließen, wie Pa es sich vorgestellt hatte. Wenn man nach Westen gegangen war, hätte man von Pagosa Springs in südliche Richtung nach Santa Fé oder sogar noch weiter nach Westen gehen können.«

Wir saßen schweigend da und dachten darüber nach. Unsere Gedanken waren merkwürdig gefesselt von diesem geheimnisvollen Mann aus den Bergen, der bei den Leuten gewesen war.

Hatte sich das Militär diesen Mann als Führer ausgesucht? War er schon von New Orleans aus mit ihnen gekommen? Oder war er erst unterwegs zu ihnen gestoßen? Oder war er ihnen in den Bergen begegnet?

Es gab eine Route von Shalako nach Santa Fé. Sie war bestimmt 1765 von Rivera und etwa 1776 von Escalante benutzt worden. Vor ihnen hätte es auch schon andere gegeben haben können, vielleicht hundert oder mehr Jahre vor ihnen. Jeder, der das Land kannte, hatte vom alten Spanish Trail gewußt.

Wir befanden uns auf einer Art Mesa über dem San Juan River. Aus dem Holz, das hier gefällt worden war, und nach dem allgemeinen Aussehen hatte die französische Armee hier offenbar ein permanentes Camp gehabt; auch ein paar Pferde mußte es gegeben haben.

Danach war eine andere französische Militärabteilung hierhergekommen. Sie mußte nur ein paar Jahre früher, als Pa und seine Gruppe angekommen waren, hier eingetroffen und wieder abgezogen sein.

Als ich dies erwähnte, meinte Orrin: »Abgezogen? Vielleicht.«

Etwas weiter weg auf einer Seite fanden wir den Beweis für eine beachtliche Schlacht. Alte Patronenhülsen lagen herum; sie mußten von einem späteren Trupp stammen. Als die erste Abteilung hiergewesen war, hatte es nur Vorderlader gegeben. Es gab Anzeichen für rasch errichtete Verteidigungsstellen. Vielleicht war diese Truppe von den Utes vernichtet worden.

»Pa hat dieses Tagebuch geführt«, sagte ich zu Orrin. »Er hat damit gerechnet, daß es irgendwie zu uns gelangen würde. Also dürfte er hier auch sein Zeichen hinterlassen haben. Vielleicht ein Zeichen, das nur wir Sacketts erkennen würden.«

»Was sollte das denn sein?« fragte Orrin.

Eine gute Frage, auf die ich keine Antwort wußte. Dennoch schaute ich mich weiter sehr aufmerksam um.

Es mußte sich um irgend etwas von Dauer handeln. Wir waren damals doch erst Jungen gewesen. Also hätten wir erst Jahre später nach ihm suchen oder nach dem Westen kommen können. Doch Pa war ein Mann, der an alles dachte. Er hatte über das Land im Westen gesprochen und uns auf das vorbereitet, was noch kommen sollte. Er war im Westen herumgewandert und hatte sich gewünscht, daß wir seinem Beispiel folgen sollten.

Wir konnten jedoch keinerlei Hinweis finden. Es waren Löcher gegraben worden, einige von Leuten, die erst später hierhergekommen waren, aber keiner von ihnen schien sonderlich ehrgeizig gewesen zu sein.

Ob alles Gold in einem einzigen oder in drei Löchern vergraben war ... das Versteck mußte sehr tief und gut angelegt worden sein. Ich war davon überzeugt, daß ein sehr fähiger und willensstarker Mann hier das Kommando geführt haben mußte. Nach allem, was ich über solche Angelegenheiten wußte, war es am Ende wohl zu einem Bruch gekommen; eine Gruppe hatte wahrscheinlich fortgehen, die andere aber bleiben oder eine andere Route einschlagen wollen. Es war schon sehr gute Disziplin vonnöten, wenn man in einer heiklen Situation Männer zusammenhalten wollte. Ohne Disziplin kommt es ganz gewiß zur Katastrophe. Die beste Disziplin entspringt dem Inneren eines Mannes, aber man wird niemals eine Gruppe von Männern zusammenstellen können, von denen jeder einzelne über solche Disziplin verfügt.

Diese Abteilung hatte sich getrennt, und die meiste Disziplin gab es im Camp, in dem sich der Mann aus den Bergen aufhielt. Ich meine damit nicht einen dieser Trapper wie Pa, Kit Carson oder Bridger; sie kamen erst später. Ich meine einen Mann, der früher in den Bergen gelebt hatte und deshalb wußte, wie man dort zurechtkommen konnte.

»Orrin«, sagte ich, »wir sollten uns lieber auf dem Trail nach unten umschauen. Die Zeit wird allmählich knapp für uns.«

»Wir werden's gemeinsam tun«, sagte er. »Ich wünschte, Tyrel wäre bei uns.«

»Wenn Wünsche Pferde wären, dann würden Bettler reiten«, zitierte ich. »Ein Mann sollte nicht darauf achten, was sein könnte. Er muß mit dem auskommen, was er hat. Das hier ist ein verdammt großer Berg. Du und ich, wir beide haben schon ein Gewehr über Berge geschleppt, als wir erst kniehohe Knirpse waren. Jedenfalls hat's keinen Zweck, zusammenzupacken und loszurennen. Ein Mann muß bei der Stange bleiben und kämpfen. Egal, wie oft man niedergeschlagen wird, man muß so lange immer wieder aufstehen, bis der andere aufgibt.«

»Leicht gesagt«, meinte Orrin.

»Nun, ich kannte mal einen Mann, der praktisch bei allem, was er unternahm, eine Niederlage erlitt. 1831 machte er mit seinem Geschäft pleite. 1832 erlitt er eine Wahlniederlage. 1833 versagte er abermals mit einem Geschäft. 1834 wurde er ins Parlament gewählt. Seine Freundin starb 1835. Er hatte 1836 einen Nervenzusammenbruch. Als Sprecher erlitt er 1838 schon wieder eine Niederlage. Bei der Wahl zum Landesbeauftragten wurde er 1843 geschlagen. Bei der Wahl zum Congress unterlag er 1843 und wurde erst 1846 gewählt. Bei der Wiederwahl 1848 gab's erneut eine Niederlage, desgleichen bei der Senatswahl 1855. Im Jahre 1856 unterlag er bei der Wahl zum Vizepräsidenten, und bei der Senatswahl 1858 wurde er ebenfalls geschlagen.«

»Da hätte ich bestimmt schon längst aufgegeben«, sagte Orrin.

»Nein, das hättest du sicher nicht. Dafür kenne ich dich zu gut. Und dieser Mann hat auch nicht aufgegeben. 1860 wurde er zum Präsidenten gewählt.«

»Was?«

»Sicher. Sein Name war Abraham Lincoln.«

17

Unser Camp war etwa eine Meile von Nells Lagerplatz entfernt. Sie war nicht weit weg von Silver Falls, und wir waren unten am Creek direkt hinter den Biberteichen.

Als Orrin und ich vom Schatzberg herunterkamen, war Tinker ins Lager zurückgekehrt.

»Mit ihr ist alles in Ordnung«, sagte er uns. »Bei dieser Bestie, die sie bei sich hat, würde sich höchstens ein Verrückter mit ihr anlegen. Solange ich dort war, hat dieses Monster mich nicht aus den Augen gelassen. Hat jede meiner Bewegungen beobachtet und sofort geknurrt, wenn ich mich dem Mädchen zu sehr genähert hatte.«

»Ist sie heute wieder beim Goldwaschen?«

»Ein bißchen ... hat auch was gefunden. Nicht viel, aber wenn sie's in diesem kalten Wasser aushalten kann, wird sie ein gutes Startkapital zustande bringen.«

»Ist immer noch besser, als nach diesem Gold zu suchen. Herrje, dieser Berg hier dürfte doch dreißig Quadratmeilen groß sein! Man kann nicht mal vermuten, wo man damals dieses Gold versteckt hat. Ein Mann könnte sein ganzes Leben mit der Suche danach verbringen und am Ende doch leer ausgehen.«

Orrin füllte seinen Kaffeebecher.

»Tell? Was glaubst du, was aus Pa geworden sein könnte?«

»Er muß damals am Leben geblieben sein. Da sind ja immer noch ein paar Seiten mit seiner Handschrift. Lesen wir doch erst mal, was er noch geschrieben hat. Vielleicht stoßen wir dabei auf einen Hinweis. Anschließend sollten wir uns noch einmal den Berg sehr gründlich vornehmen.« Ich fügte hinzu: »Wie du weißt, kannte Pa das Land westlich von hier. Er hat uns doch von der Zeit erzählt, die er am Dolores River verbrachte.«

Wir aßen und kochten frischen Kaffee. Ich hatte gerade das Tagebuch herausgeholt, als Hufschläge aufklangen. Wir zogen uns sofort vom Feuer zurück.

»Hallo ...!« rief eine Stimme aus der Dunkelheit. »Ich komme ins Lager, in Ordnung?«

Es war Nell Trelawney auf diesem Biest von Muli. Neb trottete nebenher.

»Hab' mich ein bißchen einsam gefühlt«, sagte das Mädchen. »Und als ich Ihr Feuer hier unten sah, beschloß ich, Ihnen einen Besuch zu machen.«

»Setzen Sie sich zu uns. Wir wollten gerade aus Pa's Tagebuch vorlesen. Wir müssen sehr aufmerksam zuhören. Vielleicht finden wir dann doch noch einen Hinweis.«

156

... zog mein Messer und wartete. Niemand kam. Nach einer Weile kroch ich aus dem Busch. Dann schämte ich mich. Die Kugel hatte gar keinen großen Schaden angerichtet. Sie hatte den Stiel meines Tomahawks getroffen, ihn zersplittert und meinen Gurt beinahe in zwei Teile getrennt, dann hatte sie meinen Hüftknochen geschrammt.

Niemand war in der Nähe. Ich kroch zu Pierre. Er war immer noch am Leben. Im Dunkeln verstopfte ich seine Wunden mit Moos und machte es ihm so bequem wie möglich.

Zwei Tage sind vergangen. Ich habe Pierres Beine geschient. Habe aus zwei Stangen und zwei Büffelfell-Mänteln eine Schlepptrage gemacht. Ein Travois, wie es die Indianer benutzen. Habe Pierre draufgelegt. Die Pferde waren verschwunden. Ob mitgenommen oder davongetrieben, weiß ich nicht. Andre und Swan haben alle Vorräte mitgenommen. Bis auf die paar Lebensmittel bei meinen Sachen. Viel werde ich damit nicht ausrichten können.

Habe die vorderen Enden der Stangen hochgehoben und bin losgegangen. Ging nur sehr langsam. Pfad sehr schmal. Pierre hat vor Schmerzen gestöhnt. Am Abend hatte ich die Quelle in der Nähe vom Windy Pass erreicht. Will ins Tal von der westlichen Abzweigung vom San Juan, dann dem San Juan folgen.

Schreibe dies neben der Quelle am Windy Pass. Haben nur noch sehr wenig zu essen. Pierre sagt, daß Andre Angst vor Philip hat. Aber Andre hat nicht nur aus Haß auf Pierre geschossen, sondern weil er erben will.

»Er wird der Dumme sein«, sagte Pierre. »Ich habe alles Philip hinterlassen.«

Wir sind hier ein bißchen geschützt, aber der Wind ist kalt. Riecht nach Schnee von den hohen Bergen.

»Ist das nicht ziemlich spät für Schnee?« fragte Judas.

»Nicht in diesen Bergen. War doch Ende Mai, und Pa war immerhin dreitausend Meter hoch. In den Rockies habe ich schon viel schlimmere Schneestürme zu späterer Zeit erlebt.«

»Wir haben aber nur einen Teil erfahren«, sagte der Tinker. »Er hat nicht beschrieben, wie schlimm es für ihn war. Er hat doch diesen Travois gezogen, auf dem ein schwerer Mann und alles, was sie hatten, gelegen hatte. Mehr als sechs Meilen pro Tag.«

Pa war nie der Mann gewesen, über irgendwelche Beschwerden zu klagen. Aber immerhin hatte er einen arg lädierten Hüftknochen gehabt. Für einen Mann in seinen Jahren mußte das Schleppen eines Travois eine große Anstrengung gewesen sein, selbst wenn er bullenstark gewesen war.

Ich war mir nicht ganz sicher, warum Pa die westliche Route eingeschlagen hatte. Zunächst war es vielleicht leichter für ihn gewesen. Außerdem waren Andre Baston und Hippo Swan in die andere Richtung gegangen. Vielleicht hatte Pa geglaubt, daß sie auf der Lauer liegen könnten, um festzustellen, ob ihnen jemand folgte.

Direkt unterhalb der Quelle, wo Pa mit Pierre angehalten hatte, nur etwa zwei Meilen entfernt, war das Tal der westlichen Abzweigung vom San Juan, und es war ein sehr reizvolles Tal.

Ich konnte mir alles lebhaft vorstellen. Pierre lag von Schmerzen gequält da. Pa war todmüde, nachdem er in dieser Höhe eine so schwere Last gezogen hatte, wobei ihm auch noch seine Hüfte schwer zu schaffen gemacht hatte. Ich hatte auch schon einige arg ramponierte Knochen gehabt, einmal durch eine Schußverletzung, ein anderes Mal, nachdem mich mein Bronco zwischen Felsen abgeworfen hatte. Zuletzt hatte mich auch noch ein Stier mit seinen Hörnern aufgespießt. Der Flammenschein des Feuers würde auf ihren Gesichtern spielen, die abgemagert und verhärmt waren. Direkt hinter ihnen waren die Schatten von Felsen und Bäumen.

Orrin nahm mir nun das Tagebuch aus der Hand und las weiter vor. Er hatte eine bessere Stimme als ich und konnte auch viel besser lesen.

Pierre schläft endlich. Wird ihm Erleichterung verschaffen. Habe Holz für die Nacht gesammelt. Meine Hüfte macht mir zu schaffen, und ich fürchte, daß sie während der Nacht steif wird. Ich habe viel an Ma und an die Jungen gedacht und dabei überlegt, ob sie das hier wohl jemals zu lesen bekommen werden. Werden sie jemals wissen, was aus mir geworden ist? Es sind gute Jungen. Sie werden groß und stark werden. Ich wünschte, ich könnte dort sein und sie sehen. Aber heute nacht empfinde ich keine Zuversicht. In mir wächst etwas. Nicht Angst vor Andre oder vor den Utes, nicht einmal Angst vor dem Tode; nur die Angst, daß ich meine Lieben nie mehr wiedersehen werde.

Ich wurde geweckt, weil Pierre etwas gemurmelt hat. Der Mann hatte hohes Fieber. Er starrte mich wild an und murmelte etwas über Philip. Ich machte heiße Brühe und konnte ihm etwas davon einflößen, aber er sprach wild von Gift, vom Tode seines Vaters, von irgendeiner roten Linie, die sich durch die Baston-Linie zog, und von vielem anderen, was für mich keinerlei Sinn ergab.

2. Juni: Lager am westlichen Flußarm. Pierre in sehr schlechter Verfassung. Seine Beine sind geschient, aber mehr kann ich für ihn nicht tun. Sie sind in furchtbarem Zustand. Mehrmals hat er sich bei mir bedankt, weil ich bei ihm geblieben bin.

3. Juni: Noch hier. Nicht mehr als fünfzehn Meilen zurückgelegt. Ute-Spuren. Unbeschlagene Pferde. Nicht frisch. Ich muß Feuer haben, um Wasser heiß zu machen. Heißes Wasser auf Pierres Beine scheint ihm Erleichterung zu verschaffen. Kaffee fast aufgebraucht.

4. Juni: Pierre ist tot! Habe Wasser vom Fluß geholt. Als ich zurückkam, fand ich Pierre tot auf! Erstochen! Drei Stiche ins Herz. War kein Indianer, denn es fehlte nichts, weder Kaffee noch Zucker noch Pulver und Blei.

Andre oder Swan? Wage kein Feuer mehr. Werde Pierre begraben, meine paar Sachen zusammenraffen und in den Wald gehen. Habe soeben drei von unseren Pferden ein Stück flußabwärts gesehen! Ich glaube, daß man es jetzt auf

mich abgesehen hat, denn ich hatte ja immer etwas für sie.
Werde jetzt gehen und es versuchen ...

Das war das Ende der Aufzeichnungen. Mehr gab es nicht. Wir wußten, was Pa mit seinen letzten Worten gemeint hatte. Er wollte versuchen, an diese drei Pferde heranzukommen.

»Nativity Pettigrew ...«, sagte ich nachdenklich. »Er hatte dieses Tagebuch. Wie ist er daran herangekommen?«

»Vielleicht war er es, der Pierre ermordet hat«, schlug der Tinker vor. »Vielleicht ist er zurückgekommen, während Ihr Vater sich an die Pferde heranmachen wollte, hat das Buch gestohlen und ist wieder verschwunden. Erinnern Sie sich, was Ihr Pa gesagt hat? Pettigrew hatte ihn verdächtigt, etwas aufzuschreiben. Dieses Tagebuch muß ihn irgendwie beunruhigt haben.«

»Wir müssen unbedingt dieses Lager finden. Das könnte die letzte Spur sein, die wir je bekommen.«

Wir saßen ums Feuer herum, besprachen alles, tranken Kaffee und lauschten stets gespannt in die Nacht hinaus.

Ich war rastlos und bereit, weiterzugehen. Viele Männer hatten hier nach Gold gesucht und nichts gefunden. Ich wollte nicht einer von ihnen werden. Orrin wollte es bestimmt auch nicht.

Am Morgen würden wir die Route zum Windy Pass einschlagen.

Anfangs wollte Nell nichts davon wissen, aber wir machten sie eindringlich darauf aufmerksam, daß es auch Gold mehr in der Nähe ihres Vaters gab.

Ich glaube, an diesem Abend legten wir uns alle mit dem Gedanken schlafen, daß der morgige Tag uns das Ende der Stroy von Pa's Verschwinden erzählen würde.

Keiner von uns wollte einen Kampf mit Andre und seinen Leuten. Nun, auch ich würde mich damit zufriedengeben müssen. An sich hätte ich nichts gegen eine endgültige Auseinandersetzung mit Andre Baston gehabt, aber ich sah ein, daß es niemandem nutzen würde. Mir juckte es in allen Fingerspitzen, es auf einen Streit ankommen zu lassen, vor allem mit Hippo Swan. Mir steigt es jedesmal zu Kopfe, wenn ich auf einen brutalen Schläger stoße, und Hippo Swan war ein solcher Typ.

Doch durch einen Kampf mit ihnen war wirklich nichts zu gewinnen, und deshalb war ich bereit, davonzureiten und Baston in Ruhe zu lassen. Aber ich hatte das Gefühl, daß es für mich eine der größten Freuden des Lebens sein würde, Hippo Swan eine Faust ins Gesicht zu pflanzen. Aber ich war bereit, auf dieses Vergnügen zu verzichten.

Manche Dinge verlaufen eben nicht so, wie mancher Mann es sich erhofft.

Am folgenden Morgen packten wir unsere Ausrüstung zusammen. Wir waren Nell behilflich, sich reisefertig zu machen. Dann machten wir uns auf den Weg zum Windy Pass, unserem ersten Halt auf dem westlichen Wege nach Shalako.

Ich schaute noch einmal zurück und sah mit echtem Bedauern dieses kleine Gebirgstal hinter uns verschwinden. Wir hatten uns dort zwar nur wenige Tage aufgehalten, aber ich hatte das Tal lieben gelernt ... die Biberteiche, das ferne Rauschen von Silver Falls, das kalte, glitzernde Wasser vom East Fork.

Es gab einen leichteren Trail nach unten zum Haupttal; er führte am East Fork entlang. Aber wir wollten uns beim Pass umschauen, und deshalb zogen wir den Berg hinauf. Bis zum Windy Pass war es nur etwas mehr als zwei Meilen.

Dort drüben fanden wir Spuren von mehreren alten Feuern, aber nichts, was uns etwas über Pa hätte sagen können. Er war dort gewesen, aber das hatten auch andere getan.

Wir waren kaum aufgebrochen, als Orrin jäh anhielt.

»Ich dachte, einen Schuß gehört zu haben«, sagte er.

Ich hatte nichts gehört, aber Judas glaubte ebenfalls etwas gehört zu haben.

Wir ritten auf den Trail zum Tal hinaus und bogen nach Süden ab.

Um das Tal vom West Fork des San Juan richtig würdigen zu können, muß man es gesehen haben, und zwar vom Norden her, wo wir uns aufhielten, dort drüben, wo der Wolf Creek Pass Trail eine große Biegung macht und bergab führt. Dort gibt es eine Stelle, die dreihundert Meter über der Talsohle liegt. Von dort aus kann man das Tal in ganzer Länge überschauen, und es dürfte kaum einen hübscheren Anblick unter der Sonne geben.

Wir bogen auf den Trail ab und folgten ihm, wobei wir ein gutes Tempo einschlugen. Wir hatten Nell bei uns, und wie ich bereits sagte, waren wir nicht auf einen Kampf scharf. Keiner von uns mochte Andre Baston. Wir hielten ihn für einen mordwütigen Halunken, aber der liebe Gott hatte uns nicht dazu auserwählt, Andre das Lebenslicht auszupusten; jedenfalls wußten wir bisher nichts davon.

Ich jedenfalls würde bestimmt nicht Jagd auf ihn machen, aber falls er mir zufällig zu Gesicht kommen sollte, würde es für mich eine mächtige Versuchung werden.

Es war ein schöner Morgen; ein Morgen, so richtig geeignet zum Reiten und Fühlen. Ich glaube, das erging uns allen so. Von Reden hielten wir allerdings nicht viel, wenngleich Orrin gut singen konnte, und so sang er auch, während wir dahinritten: ›Tenting Tonight on the Old Camp-Ground‹, ›Black, Black, Black‹ und ›Barbry Allen‹. Ich hätte gern mit ihm gesungen, als er ›Brennan on the Moore‹ anstimmte, aber es hatte keinen Zweck, Coyoten zu wecken oder den Frieden des Mulis Jacob zu stören. Ich singe nur, wenn ich ganz allein auf einem verschlafenen Pferd sitze. Es gibt eben für alles eine Grenze.

Während unseres Rittes hielten wir ständig gespannt Ausschau nach Pas Camp. Viel Zeit war inzwischen vergangen, aber es gab dennoch eine Chance, irgend etwas zu finden.

Wir vertraten jetzt die Ansicht, daß damals jemand zurückgekommen war, um Pierre und Pa zu ermorden.

Andre und Swan?

Oder Pettigrew?

Ich konnte mir Nativity Pettigrew einfach nicht aus dem Kopf schlagen. Er war ein gerissener Mann, möglicherweise sogar ein Mörder, aber er hatte dieses Tagebuch gehabt, und es hatte an sich nur einen einzigen Weg gegeben, wie er an dieses Tagebuch hätte herankommen können: Er hätte Pa und Pierre gefolgt sein müssen.

Pettigrew hatte Gold im Sinn, und vielleicht hatte er es auch gefunden und für sich behalten wollen. Dann hätte er allerdings sehr vorsichtig gewesen sein müssen, um es heimlich von diesem Berg nach unten zu schaffen. Viele Leute möchten einen Schatz finden, aber nur wenige von ihnen begreifen, wie ungemein schwierig es ist, danach damit umzugehen und fertig zu werden.

Wie soll man Gold im Werte von einer Million Dollar von einem Berg herunterbringen? Mit Mulis, meinen Sie? Mulis oder Pferde muß man sich aber erst besorgens, und da beginnen die Leute sich eben zu wundern, wozu Sie so viele Mulis oder Pferde brauchen.

Und man würde unbedingt Hilfe brauchen, aber Helfer können genauso gierig und möglicherweise mordfähig sein wie Sie.

Also, ich sage Ihnen ... Gold wird leichter gefunden als behalten!

18

Neb lief uns als Kundschafter voraus, und das war ein geradezu unheimlicher Hund. Er war groß genug, um ein Verwandter eines Grizzlys zu sein, und mit seiner Nase schien er einfach alles wittern zu können.

Wir ritten voneinander getrennt und sprachen nicht. Wachsam hielten wir nach Fallen Ausschau, denn immerhin befanden wir uns in Indianerterritorium. Aber wir beobachteten genauso aufmerksam den Weg, den wir zurückgelegt hatten, denn wir mußten ja damit rechnen, daß uns jemand folgte.

Pas Travois hätte damals eine leicht zu verfolgende Spur zurückgelassen, und ich überlegte, ob auch er gefürchtet hatte, was hinter ihm kommen könnte.

Als wir bei seinem Camp angekommen waren, sahen wir sofort, warum er sich ausgerechnet diese Stelle dafür ausgesucht hatte. Dieses Camp befand sich auf ziemlich offenem Gelände zwischen ein paar Bäumen und etwas Gebüsch. Es gab gutes Schußfeld, wohin auch immer man blickte.

Natürlich waren wir uns zuerst gar nicht so sicher, daß dies Pas Camp gewesen war. Es kam uns wie ein wahrscheinlicher Ort vor. Auf einer Lichtung zwischen den Bäumen gab es rußgeschwärzte Stellen.

Wir stiegen ab, und während der Tinker weiter Ausschau hielt, standen wir herum und erörterten die Situation.

Nell fand die Grabstelle. Sie war zwischen die Bäume auf der anderen Seite der Lichtung gegangen. Dort war das Grab, südlich von einem Gehölz und einer kleinen Bodenerhebung.

Nur ein einziges Grab mit einem Kreuz und dem Namen *Pierre Bontemps*.

Pa war von hier aus weitergegangen, als er die Pferde entdeckt hatte. Das könnte irgendwo im Süden gewesen sein, aber Pa hatte sie von hier aus gesehen. Er hatte nichts davon erwähnt, Pierre begraben zu haben; also mußte er noch einmal zurückgekommen sein. Aber Pierres Killer könnte ihn ja auch begraben haben.

Und angenommen, daß Pa im selben Grab lag?

Weder Orrin noch ich hielten das für gegeben, aber wir sahen uns in der näheren Umgebung der wenigen Bäume aufmerksam um. Vielleicht konnten wir doch irgend etwas finden. Andere Leute waren seit damals hiergewesen. Wir hätten also allenfalls irgendein Zeichen finden können, das Pa absichtlich zurückgelassen hatte, vielleicht irgendeinen Gegenstand, den die Zeit nicht hatte vernichten können.

Wir fanden nichts.

»Tell, du warst ein bißchen älter als wir anderen«, sagte Orrin. »Und deshalb kanntest du Pa auch besser. Was glaubst du, hätte er damals gatan?«

»Wer Pierre getötet hatte, hätte auch Ihren Pa getötet haben können«, schlug der Tinker vor. »Vielleicht hat der Killer bei diesen Pferden auf Ihren Vater gelauert.«

Judas widersprach.

»Das ist zwar eine Möglichkeit, aber mir scheint, daß der Mann, der Bontemps getötet hat, keinerlei Risiko eingegangen ist. Er hat einen verwundeten, wehrlosen Mann mit drei Messerstichen getötet. Ich glaube, daß er auf eine günstige Gelegenheit gewartet hätte, um Mr. Sackett schlafend oder sonstwie hilflos anzutreffen.«

»Ich sehe die Sache so, Orrin«, sagte ich. »Ich weiß, was für ein Mann Pa war und warum er nach dem Westen gegangen ist. Ich glaube ... also, wenn er diese Pferde gehabt hätte und sich nicht mehr um Pierre zu sorgen brauchte, dann wäre er zurückgekommen, um etwas von diesem Gold zu finden.«

»Ich glaube, daß er zurückgekommen ist«, sagte Nell.

»Hm, vielleicht«, meinte ich zweifelnd. »Ich glaube ja auch, daß er's getan hätte, aber wir wissen nun mal nicht, ob er's wirklich getan hat.«

»Ich weiß es«, wiederholte Nell. »Ich bin ganz sicher, daß er zurückgegangen ist.«

»Warum?« fragte Orrin.

»Ich glaube, als er zum zweitenmal fortging und etwas Gold und alles andere bei sich hatte, dürfte er eine andere Route eingeschlagen haben«, sagte sie.

»In diesen Bergen gibt's nur wenige Straßen«, wandte Judas ein. »Und dieser Weg hier ist offensichtlich der beste.«

»Und gefährlichste«, erwiderte Nell. »Für einen in den Bergen geborenen Sackett bedeuteten beste Routen niemals besonders viel. Ich möchte Ihnen etwas erzählen. Unmittelbar östlich von Silver Falls habe ich einen Trail gefunden, einen alten Indianer-Trail. Er führt nach Süden über den Berghang oberhalb vom Quartz Creek. Als ich mich dort niederließ, um in diesem Creek Gold zu waschen, habe ich die Gegend sehr aufmerksam und gründlich studiert, für den Fall, daß ich unverhofft hätte die Flucht ergreifen müssen. Ich erforschte diesen Trail über die hohen Berge, bis ich sehen konnte, wohin er führte. Er führt direkt nach Pagosa Springs. Allerdings gibt es eine Abzweigung, die dem Aussehen nach nach Süden zu führen scheint. Ich habe das Gefühl, daß sie auf einen Trail mündet, der bei Haystock Mountain aus dem Süden kommt.«

Das hörte sich durchaus vernünftig an. Pa war niemals der Mann, sich irgendeiner Gefahr durch einen anderen Mann auszusetzen, und nachdem er etwas Gold hatte, schwebte er in doppelter Gefahr. Also würde er die Hauptwege meiden und statt dessen Routen benutzen, wo er Deckung finden konnte, von wo aus er den zurückgelegten Weg beobachten konnte; und er würde nach Westen gegangen sein.

Falls irgend jemand die Absicht gehabt hatte, Pa aufzulauern, wäre es bestimmt am Trail nach Osten gewesen. Die Leute in San Luis könnten geredet haben, und es gab immer Halunken, die einen Mann aus dem Hinterhalt töteten, um ihm abzunehmen, was er bei sich hatte.

Pa hatte draußen im Westen überwintert und Gefallen am Land gefunden. Wenn er sein Gold dorthin gebracht hatte, dann sicher auf unerwartetem Wege. Jedenfalls hätte er höchstwahrscheinlich jeglichen Ärger vermieden. Aber jeder Mann, der Gold bei sich hat, fühlt sich ständig irgendwie unbehaglich und muß auf alles gefaßt sein.

Für mich schien es jetzt nur noch die einzige Möglichkeit zu geben, nach Shalako zu gehen, uns dort in der Gegend umzuschauen und mit einigen Utes zu sprechen, die vielleicht etwas wissen könnten. Nur sehr wenige Leute durchqueren Indianergebiet, ohne gesehen zu werden. Es war wahrscheinlich, daß die Utes alles wußten, was am Treasure Mountain stattgefunden hatte. Die Frage war nur, ob man sie zum Reden bringen konnte.

Wir ritten den Trail in westliche Richtung hinab, um nach Shalako zu gelangen. Wir wußten, daß sich vor kurzer Zeit unsere Vettern Flagan und Galloway in dieser Umgebung niedergelassen hatten. Wir dachten daran, uns mit ihnen zu treffen und danach unsere Fühler auszustrecken. Galloway verstand sich großartig darauf, sich Freunde zu verschaffen, und es bestand durchaus die Möglichkeit, daß er auch ein paar Utes unter seinen Freunden hatte.

Wir Sacketts haben gegen Indianer gekämpft, mit ihnen kampiert, mit ihnen gejagt, Geschichten mit ihnen ausgetauscht, in ihren Tipis geschlafen und dann doch wieder gegen sie gekämpft. Manchmal verlief alles sehr freundlich; es kam auf den jeweiligen Stamm und dessen momentane Stimmung an. Pa hatte auch mit Indianern gelebt und ihre Lebensart bevorzugt. Natürlich hatten wir in den hohen Bergen von Tennessee und North Carolina viele Freunde unter den Cherokee, Shawnee oder Chickasaws.

Sie hatten ihre Lebensart und wir unsere, und wenn der weiße Mann eindrang, tat er meistens genau das, was die Indianer vorher getan hatten. Er nahm sich einfach das Land, das er brauchte. Für die Größe des Landes gab es nur sehr wenige Indianer, und wir verdrängten sie, so wie sie andere verdrängt hatten.

So war das Leben nun mal von Anbeginn aller Zeiten gewesen, und ich konnte kein Ende sehen.

Drüben in Europa verdrängten die Kelten die Picts. Die Sachsen verdrängten die Kelten. Dann tauchten die Normannen auf und übernahmen das Land. So war es eben überall auf der Welt.

Fünf Tage später ritten wir in Animas City ein. Die Ortschaft entwickelte sich zu einer beachtlichen Stadt. Es dürfte zwanzig bis fündundzwanzig Gebäude gegeben haben, wovon die meisten Wohnzwecken dienten.

Wir ritten zum Schwenk & Will's Saloon, der gleichzeitig als Laden fungierte. Dem Aussehen nach war dieses Unternehmen gerade erst eröffnet worden, aber das Geschäft ging offenbar nicht schlecht. Am Tresen stand ein halbes Dutzend Männer, obwohl es erst kurz nach Mittag war.

Der Tinker und Judas brachten die Pferde zum Fluß hinunter zum Tränken. Nell begleitete sie. Orrin und ich beschlossen, uns ein bißchen umzuhören, was hier so geredet wurde; vielleicht könnten wir dabei etwas herausfinden.

Zwei Männer nickten, als wir hereinkamen. Einer sagte etwas. Der Rest blickte sich nur um und achtete nicht weiter auf uns.

Niemand sprach sonderlich viel. Man redete von einer Eisenbahn, die hierher verlegt werden sollte, aber mir kam es so vor, als würde das nicht so bald geschehen.

Der Barkeeper kam zu uns herüber, und wir bestellten Whisky. Der Mann sah uns ziemlich scharf an und schaute gleich noch einmal hin.

»Auf der Durchreise?« fragte er.

»Vielleicht.«

»Hübsche Gegend«, meinte Orrin. »Viel los hier?«

»Bergbau. Rinderzucht. Sind Sie ein Rindermann?«

»Anwalt«, sagte Orrin. »Aber ich habe schon mit Rindern gearbeitet. Viel Ranchbetrieb hier?«

»Im Westen und Süden gibt's ein paar gute Besitzungen. Drüben am La Plata hat sich 'ne neue Mannschaft niedergelassen. Der Boß heißt Sackett.«

»Hab' schon von ihnen gehört«, sagte Orrin.

»Gibt noch andere Sacketts in dieser Gegend. Einer der ersten Männer in diesem Lande war Seth Sackett. Er kam mit der Baker-Mannschaft.«

»Zweifellos gute Leute«, sagte ich.

»Die besten!« sagte der Barkeeper. Er war ein intelligenter und offensichtlich sehr tüchtiger Mann. »Sie könnten's schlimmer treffen, als sich hier niederzulassen.«

»Vielleicht werden wir diesen Sacketts mal einen Besuch abstatten. Ich meine, drüben am La Plata.«

»Wenn Sie das tun, benehmen Sie sich lieber freundlich«, riet der Barkeeper. »Sind an sich durchaus gute Leute, lassen sich aber nicht gern von anderen Leuten herumstoßen. Haben ihre Ranch direkt hinter dieser neuen Stadt Shalako oder so ähnlich. Haben ein paar Rinder mitgebracht, aber soweit ich hörte, sollen die Leute noch im Freien kampieren. Haben noch nicht mal mit dem Bauen angefangen.«

Wir tranken unseren Whisky, dann bestellten wir Kaffee. Wir sahen, daß der Tinker inzwischen zurückgekommen war und sich in der Nähe des Corrals aufhielt. Er schärfte die Klinge seines Tinker-Messers. Es war vielleicht das beste Messer, das jemals hergestellt wurde.

»Sind Sie schon lange hier?« fragte Orrin den Barkeeper.

»Wir haben eben erst eröffnet. Niemand ist schon

sehr lange hier. Ein paar Leute kamen '73 her, aber so richtig besiedelt wurde die Stadt erst '76. Wenn Sie hier viel herumreiten wollen, sollten Sie die Augen offenhalten und eine Waffe jederzeit griffbereit haben. Noch haben die Utes nicht beschlossen, was sie mit uns machen sollen.«

Einer der anderen Männer sah mich an; er war ziemlich klein, aber sehr stämmig. Er hatte ein breites, freundliches Gesicht. Plötzlich sagte er: »Weil wir gerade von Sacketts sprechen ... vor ein paar Jahren ist einer in diese Gegend hier gekommen. Hatte ein Claim oben auf den Vallecitos. Konnte höllisch gut mit einer Pistole umgehen.«

»Was Sie nicht sagen?« sagte ich unschuldig. »Na, ich denke, wenn man manche Leute in Ruhe läßt, wird man von ihnen auch in Ruhe gelassen.« Ich fügte hinzu: »Aber da ist noch was ... falls Sie jemanden kennen, der schon vor zwanzig Jahren hier war, dann würde ich ganz gern mal mit ihm reden ... oder mit ihnen.«

»Da fragen Sie am besten Flagan oder Galloway Sakkett. Sind zwar neu in dieser Gegend, haben aber einen alten Indianer bei sich, der für sie arbeitet. Heißt Powder-Face und lebt schon in diesem Land, seit die Berge noch Löcher im Erdboden waren.«

Wir tranken unseren Kaffee aus und verließen den Saloon. Es war ein warmer, angenehmer Morgen. Am blauen Himmel schwebten hier und da ein paar weiße Wolken. Es war ein wahrer Bilderbuch-Himmel, wie er für dieses Land typisch ist.

»Ich habe ein unbehagliches Gefühl«, sagte ich zu Orrin.

Er nickte.

»Ich auch. Deshalb wollte ich ja da wieder raus. Hat doch keinen Sinn, unschuldige Leute in unseren Ärger zu verwickeln.«

»Einer dieser Männer hat mich erkannt«, sagte ich. »Oder er hat's zumindest geglaubt.«

Wir standen da und schauten die Straße hinauf und hinab.

Viel war nicht los mit Animas City, aber die Stadt wuchs. Mit dem Minen- und Ranchbetrieb in dieser Gegend würde es ein gutes Geschäftsleben geben.

Der Tinker kam zu uns herübergeschlendert.

»Ein Mann ist eben angekommen. Hat sein Pferd dort drüben beim Drugstore angebunden.«

Der Newman, Chestnut & Stevens Drugstore war direkt an der Straße.

Wir gingen zur Schmiede der Naegelin-Brüder und musterten das Pferd auf der gegenüberliegenden Straßenseite. Das Brandzeichen war sogar von hier aus zu erkennen ... 888.

»Charley McCaires Brand«, sagte ich. »Was haltet ihr davon?«

Orrin zuckte die Schultern.

»Laßt uns weiterreiten.«

Wir drei gingen zum Fluß, wo Judas Priest und Nell Trelawney am Ufer saßen. Wir stiegen in die Sättel und ritten los. Als ich einmal zurückblickte, sah ich einen Mann aus dem Drugstore kommen. Der Bursche beobachtete uns.

Kurz darauf hielten wir in der Nähe der Twin Buttes an und warteten. Aufmerksam beobachteten wir den Weg, den wir eben gekommen waren, aber als sich niemand dort blicken ließ, ritten wir weiter. Der Hang war zwar nicht sehr steil, aber da es bergauf ging, ließen wir unsere Pferde nur im Schritt gehen.

Die Stadt Shalako lag auf flachem Land vor dem Hintergrund der La Plata Mountains. Hinter der Stadt vorbei führte ein Trail zum La Plata Cañon hinauf und folgte dem La Plata River.

Es gab nur sehr wenige Gebäude in der Stadt, und eins von ihnen war ein Saloon.

Der Mann hinter dem Tresen war ein großer Schwede. Er musterte mich, als ich durch die Tür kam. Orrin und die anderen folgten mir. Der Schwede grinste und kam um die Theke herum.

»Tell! Tell Sackett! Also, ich will doch gleich verdammt sein! Die Jungs haben mir schon gesagt, daß du früher oder später hier auftauchen würdest. Aber das ist ja einfach großartig! Kommt, nehmt einen Drink auf Kosten des Hauses.«

»Wir möchten lieber etwas essen«, sagte ich. »Wir kommen direkt von Animas City.« Ich zog einen Stuhl zurück und setzte mich hin. »Orrin, das hier ist Swede Berglund, ein guter Mann, wie man ihn besser kaum irgendwo finden kann.«

Sie schüttelten sich die Hände, dann begrüßte Berglund auch noch Nell Trelawney, Judas Priest und den Tinker. Anschließend ging er in die Küche, um eine Mahlzeit für uns vorzubereiten.

Ich wischte den Schweiß von meinem Hutband und sah blinzelnd durch die offene Tür.

Auf der gegenüberliegenden Straßenseite gab es so etwas wie einen Laden für alles, und daneben befand sich ein Mietstall. Als ich erneut über die Straße sah, stiegen gerade zwei Männer vor diesem Laden ab. Sie schienen einen sehr weiten Weg hinter sich zu haben. Einer von ihnen blieb bei den Pferden, während der andere in den Laden ging.

Ich konnte das Brandzeichen auf der Flanke eines Pferdes deutlich sehen.

Drei Achten ...

»Orrin ...«, sagte ich. »Sieht ganz so aus, als hätten wir Gesellschaft bekommen!«

19

Orrin sah durchs Fenster und meinte: »Könnte Zufall sein. Ich möchte bezweifeln, daß McCaire so verrückt ist, uns bis hierher zu folgen.«

»Und wenn er sich nun mit Baston und den anderen zusammengetan hat?«

Orrin zuckte die Schultern.

»Unwahrscheinlich, aber immerhin möglich.«

Es hatte keinen Zweck, Ärger herauszufordern. Wir hatten in New Mexico mit Charley McCaire ein bißchen Schwierigkeiten gehabt, und er war gewiß ein harter, sturer Mann. Natürlich war dies hier gutes Rinderland; es gab reichlich Wasser und Gras. Ein Rancher aus der Wüste oder trockener Prärie würde wer weiß wie weit reiten, um in solches Gelände zu kommen, wie es hier reichlich vorhanden war.

Berglund brachte das Essen auf den Tisch.

»Eßt erst mal«, forderte er uns auf. »Der Kaffee wird gleich fertig sein.«

»Dieser Gipfel da drüben ...«, sagte ich und zeigte dabei auf die runde Kuppe eines Berges, der völlig von Grün bewachsen zu sein schien. »Was ist das für 'n Gipfel?«

»Baldy«, sagte Berglund. »Auf der anderen Seite des Cañons, das ist Parrott Peak.«

»Ist das der La Plata Cañon?«

»Sicher. Der Fluß kommt direkt von oben. Ist 'ne rauhe Gegend da drüben, rauh und schön.«

»Hab' schon davon gehört«, sagte ich. »Der Fluß strömt in ein großes Gletscherbassin?«

»Yeah, das stimmt. Nimmt auf dem Weg nach unten noch mehrere andere Flüsse auf. Ich bin noch nicht ganz oben gewesen. Gibt dort viele Elche und anderes Wild. Auch Bären.« Er erklärte weiter: »Als ich zum letztenmal dort oben war, hab ich wilde Brombeeren gepflückt und gesehen, daß ein Grizzly es ebenfalls tat. Da hab' ich mich schleunigst zurückgezogen und ihn in Ruhe gelassen. Er war gut hundert Meter von mit entfernt, aber für mich war das nicht weit genug. Ist schon merkwürdig, wie klein 'ne Gegend sein kann, wenn man dort mit einem Grizzly allein ist.«

Pa war vom Treasure Mountain aufgebrochen und heruntergekommen. Es war durchaus möglich, daß er bis hierher gekommen war, denn er hatte das La Plata Country genausogut gekannt wie die Gegend westlich von hier. Er könnte in Animas City angehalten haben, aber das bezweifelte ich, weil ich ihn zu gut kannte.

»Du solltest dich morgen mal nach einem Ort umsehen, Orrin, wo Ma vielleicht gern ihre Tage verbringen würde.« Ich fügte hinzu: »Und wo wir ein paar Rinder züchten könnten.«

»Und was ist mit dir?«

»Ich werde Old Powder-Face suchen und mal mit ihm reden. Falls Pa in diese Gegend hier gekommen sein sollte, wird's der alte Indianer bestimmt wissen.«

Das Essen war gut, und während ich aß, wanderten meine Gedanken in diese Berge und suchten nach einem Weg, den Pa genommen haben könnte. Die Ansichten von Menschen sind gar nicht so verschieden, und die Berge lassen ohnehin nicht viele Richtungswechsel zu.

Wenn ein Mann einem bereits angelegten Trail folgt, sollte er sich am besten auch an diesen Weg halten, denn viele andere Wege gibt es nicht. Den meisten Ärger findet ein Mann in den Bergen, wenn er versucht, Abkürzungen vorzunehmen oder einen bekannten Weg zu verlassen.

Trails werden üblicherweise von Wild oder Indianern geschaffen, dann von Leuten, die später kommen, benutzt. Aber die Trails sind vorhanden, weil irgend jemand sie gefunden hat, sei es nun durch Versuche oder irrtümlicherweise; die betreffende Person hat einen solchen Weg dann wohl für den besten gehalten. Wenn man in den Bergen einen Weg sieht, der einem vielleicht leichter und bequemer vorkommt, so sollte man ihn lieber nicht nehmen. Man legt vielleicht zwei, drei Meilen zurück und steht dann plötzlich am Rande einer steil abfallenden Klippe, wo es keinen Weg nach unten gibt.

Wenn ein Mann sich die Aufgabe stellt, den Trail eines anderen Mannes zu finden, dann sollte er versuchen, sich in die Gedankengänge dieses anderen Mannes zu versetzen und zu überlegen, was jener getan haben könnte.

Unser Pa war ein Mann gewesen, der wildes Land kannte. Wir mußten die Sache von zwei Seiten betrachten. Pa hatte Gold gehabt oder nicht. Zunächst einmal wollte ich die harte Möglichkeit ins Auge fassen: Pa hatte etwas Gold gehabt und sich dem Problem gegenübergesehen, es von dort fortzuschaffen.

Zunächst einmal wäre er bestimmt zu einem Ort gegangen, den er gekannt hatte, und das war hier. Dann hätte er zusätzliche Pferde bekommen können und sich darum keine Sorgen mehr zu machen brauchen. Aber er hätte schweres Gepäck gehabt, und Leute können nun mal mächtig neugierig sein. Außerdem muß ein Mann ja auch mal schlafen.

Er wäre bestimmt sehr müde gewesen, hätte aus dieser Gegend verschwinden und versuchen wollen, nach Hause zurückzukehren.

War man ihm gefolgt? Vieles sprach dafür.

Baston und Swan hatten Pettigrew für tot gehalten und zurückgelassen. Aber hatten sie den Treasure Mountain unmittelbar danach verlassen? Oder erst Wochen später? In dieser Hinsicht hatten wir nur sehr wenige Informationen, und das Wenige, das wir wußten, hatten wir von Pettigrew erfahren.

Jemand war Pierre Bontemps gefolgt und hatte ihn getötet. Höchstwahrscheinlich war dieser Jemand dann auch Pa gefolgt und hatte auf eine günstige Gelegenheit gewartet. Dieser Jemand hatte gewußt – oder es zumindest zu wissen geglaubt –, wo dieses Gold war, alles Gold. Er hatte nicht gewollt, daß ihm irgend jemand beim Bergen dieses Schatzes zuvorkommen könnte. Zunächst wollte er diese Chance für sich haben.

Ich stand plötzlich auf und sagte: »Ich habe noch einen langen Ritt vor mir, Orrin, und ich möchte nicht dauernd über die Schulter zurückblicken. Deshalb werde ich jetzt einfach mal dort drüben in den Laden gehen und was kaufen. Falls einer der beiden Reiter den Wunsch verspüren sollte, sich mit mir zu unterhalten, so kann er seinen Willen haben.«

»Soll ich mitkommen?«

»Nein, Orrin, lieber nicht. Wenn wir zu zweit kommen, könnten sie denken, daß wir's auf sie abgesehen haben.«

Ich ging hinaus und überquerte die Straße. Dann betrat ich den Laden.

So einen Laden konnte man fast in jeder Western-Stadt finden. Stoffballen, Mehlfässer, Kaffeemühle, Duft nach frisch gemahlenem Kaffee, Backpflaumen, Dörrobst, ein Faß mit Keksen und mehrere Reihen Konservendosen.

Hinter dem Ladentisch gab es einen Gewehrständer und Schrotflinten; es gab Stiefel, Hüte, Sättel, Zaumzeug, Sporen, Halstücher, Westen, Handschuhe und so weiter, eben alles, was ein Mann brauchen könnte. Es war ein Geschäft so recht nach meinem Geschmack. In Saint Louis oder New Orleans war ich in Läden gewesen, wo es von allen möglichen Dingen, die ich nicht gebraucht hatte, nur so gewimmelt hatte. Aber das hier war noch keine große Stadt, und deshalb gab es hier auch nichts, wofür Leute keine Verwendung hatten.

Vielleicht mit Ausnahme der beiden Männer, die vor dem Ladentisch standen.

Also ging ich einfach dorthin, schenkte ihnen keine Beachtung, und prompt drehten sie sich nach mir um.

Es gab ein paar Dinge, die ich wirklich dringend brauchte. Deshalb wühlte ich in den Jeans herum und fand schließlich eine Hose, die lang genug war für einen Mann meiner Größe, also etwa einsneunzig und schlank in Hüften und Taille. Ich schichtete die Jeans zusammen mit ein paar anderen Dingen, die ich brauchte, auf dem Ladentisch auf, während die beiden Cowboys ihre Einkäufe machten. Sie waren gerade dabei, einen Revolver vom Typ Smith und Wesson .44 zu kaufen, konnten sich aber wohl nicht so recht schlüssig werden.

»Kann man damit auch richtig schießen?« fragte der eine. »Ich hab' zwar schon einen Colt benutzt, aber diese Kanone hier ...«

Ich nahm ihm die Waffe einfach aus der Hand, langte nach einer Schachtel Munition und schob ein paar Patronen in die Kammern. Dabei sagte ich sehr freundlich: »Vielleicht kann ich die Frage für Sie beantworten? Wenn Sie mal mit zur Tür kommen würden ...?«

Einer von ihnen schien aufbrausen zu wollen, aber da ich bereits mehrere Patronen hineingeschoben hatte, verzichtete er doch lieber auf den beabsichtigten Protest. Gefallen tat es ihnen jedoch überhaupt nicht.

Ich drehte mich einfach um und schlenderte zur Tür.

Die beiden Cowboys folgten mir, und auch der Ladenbesitzer schloß sich an.

Mir war beim Einreiten in die Stadt ein Brett aufgefallen, das jemand an einen Felsen gelehnt hatte. Vielleicht sollte dort irgendein Schild aufgestellt werden. Mir war auch aufgefallen, daß dieses Brett ein Astloch hatte. Es zeichnete sich etwas dunkler gegen das übrige Holz ab.

Ich wog den Revolver abschätzend in der rechten Hand. Da ich diesen Waffentyp sehr gut kannte, wußte ich, daß ich mich darauf verlassen konnte, mit diesem Revolver meinen Plan in die Tat umzusetzen.

Das Brett war gut siebzig Meter entfernt, und das Astloch war von hier aus nicht zu erkennen.

»Sehen Sie das Brett da drüben?« fragte ich die beiden Männer. »Und sehen Sie auch das Astloch darin?«

»Ich sehe kein Astloch«, sagte der kleine Mann sichtlich verärgert.

Na, da ließ ich den Kracher sprechen, und zwar einfach so, wie ich ihn gerade in der Hand hielt.

»So, jetzt können Sie ja mal nachsehen gehen«, sagte ich. »Wenn das kein Loch ist, was soll's dann sein? Außerdem ...« Ich feuerte zweimal rasch hintereinander, so daß es sich fast wie ein einziger Schuß anhörte. »...werden Sie jetzt drei Löcher in diesem Brett dort drüben finden. Eins ziemlich weit oben, die beiden anderen etwas tiefer und links und rechts vom ersten. Wenn nicht, können Sie zurückkommen, und dann werde ich die Drinks spendieren.«

Danach machte ich einfach wieder kehrt und ging in den Laden zurück.

Der Besitzer folgte mir und holte ein Fernglas unter dem Ladentisch hervor.

»Damit können wir uns den Spaziergang ersparen«, meinte er grinsend. Er war ein junger Mann mit nettem Lächeln. Jetzt ging er mit dem Fernglas wieder hinaus.

Ich schob frische Patronen in die leeren Kammern, denn ich hasse eine ungeladene Kanone.

Der Ladenbesitzer kam zurück.

»Mein Name ist Johnny Kyme«, sagte er. »Und diese drei Kugeln stecken tatsächlich dort, wo Sie gesagt haben, Mister. Aber hat's wirklich ein Astloch gegeben?«

»Hmhm ... aber jetzt wird's nicht mehr vorhanden sein.«

»Sie müssen einen verdammt scharfen Blick haben, Mister!«

Die beiden Reiter kamen zurück, knurrten ein bißchen, blickten verdrossen drein und verrieten nun doch ein wenig mehr Respekt.

»Nein«, sagte ich und machte dabei ein vollkommen ernstes Gesicht. »Ich schieße immer aus dem Gedächtnis. Ich merke mir genau, wo sich der erste Knopf über dem Gürtel eines Mannes befindet, und dann weiß ich immer, wohin ich die Kugel zu pflanzen habe.«

»Das nenne ich Schießen!« brummte der kleinere Mann. »Schätze, daß wir jetzt die Drinks spendieren sollten.«

»Danke, Gentlemen«, sagte ich. »Aber der Tag ist noch jung. Eines Tages, falls wir alle ihn erleben sollten, werde ich diesen Drink kassieren ... und selbst einen ausgeben.«

Ich kaufte die Waffe und noch ein paar Kleinigkeiten, dann ging ich zur Tür. Hier drehte ich mich noch einmal um und sagte: »Übrigens ... wenn Sie beide Charley McCaire sehen, so sagen Sie ihm doch, Tell Sackett läßt schön grüßen!«

Ich kehrte in den Saloon zurück, um noch etwas Kaffee zu trinken.

Johnny Kyme erzählte mir später, was im Laden gesprochen worden war. Dieser kleinere Mann hatte gesagt: »Tell Sackett? Zum Teufel, das ist doch der Mann ...«

»Ich habe ihn noch nie zuvor gesehen«, hatte Kyme ihnen gesagt. »Aber er hat hier zwei Vettern, die genausogut schießen können, vielleicht sogar noch besser. Sie haben soeben eine kleine Runde mit Curly Dunns Outfit hinter sich.«

»Dunn? Ich erinnere mich an sie. Was ist denn passiert?«

Kyme hatte geantwortet: »Ach, die paar, die dann noch übrig waren, haben den Schwanz eingeklemmt und sich aus dem Staube gemacht. Offenbar waren sie der Meinung, daß es für sie günstigere Orte gibt.«

Kyme berichtete mir, daß die beiden Männer mächtig nachdenklich den Laden verlassen hatten.

Ich habe nie viel davon gehalten, mich zur Schau zu stellen, aber wenn eine Kugel durch ein Brett eine Schießerei verhindern kann, warum soll man es dann nicht tun? Ich habe nichts gegen einen Mann, solange er sich nicht gegen mich stellt, und wenn er dies tut, dann wohl meistens aus Unwissenheit, nehme ich an.

Von nun an würden diese zwei Cowboys von der 888 nie mehr diese Ausrede haben. Sollten sie kommen, würden sie wissen, was auf sie wartete.

Orrin lehnte in der offenen Tür, als ich zurückkam.

»Na, hast du ihnen aus dem Lehrbuch vorgelesen?« fragte er mich.

»Nee«, antwortete ich. »Hab' ihnen nur die Bilder gezeigt!«

20

In dieser Nacht kampierten wir zweihundert Meter von der Stadt entfernt am La Plata. Wir hatten unsere Dekken auf dem grünen Gras in der Nähe von ein paar Cottonwoods ausgebreitet. Die Pferde waren angepflockt.

Nell Trelawney war zur Familie gegangen, die ihren Vater pflegte.

Vor Sicht aus der Stadt waren wir durch eine Wand aus Cottonwoods, Espen und Kiefern geschützt.

Nells Vater fühlte sich jetzt wieder etwas wohler und dachte daran, sich einen eigenen Besitz zuzulegen.

Wir vier schliefen beim angenehmen Geräusch des leise raschelnden Laubes und dem melodischen Plätschern des Wassers, das nur wenige Meter von uns entfernt war.

Ich weiß nicht mehr, was mich mitten in der Nacht weckte. Unser Feuer war bis auf ein paar rot glühende Reste heruntergebrannt.

Neben dem Feuer saß ein Mann.

Ich brauchte eine Minute oder so, um richtig zu mir zu kommen, aber dort drüben saß tatsächlich ein Mann mit gekreuzten Beinen still wie der Tod neben unserem Lagerfeuer! Meine Finger schlossen sich ganz automatisch um den Kolben meiner Waffe, aber der Mann schien friedlich genug zu sein. Also blieb ich ganz ruhig liegen und beobachtete ihn ein Weilchen.

Es war ein Indianer, und er war schon sehr alt. Sein Haar hing in zwei geflochtenen Zöpfen herab, und selbst auf diese Entfernung hin konnte ich erkennen, daß es bereits stark ergraut war. Indianer haben ihre Lebensart, und wir die unsere, aber an meinem Lagerfeuer ist ein Gast stets willkommen. Ich warf also meine Decke zurück, streifte die Mokassins über, die ich nachts stets griffbereit bei mir liegen hatte, und ging zum Feuer hinüber.

Der Indianer blickte nicht auf und sagte auch nichts. Seine Hände waren alt und braun und runzelig. Dicke Adern traten unter der Haut hervor. Er hatte ein Messer bei sich, und eine Winchester lag neben ihm.

Ich warf ein paar trockene Zweige aufs Feuer und schob den Kaffeepott darüber. Dann holte ich ein paar Biskuits, die wir vor wenigen Stunden im Laden gekauft hatten. Der Indianer hatte seinen eigenen Kaffeebecher bei sich. Ich füllte ihn und schenkte mir selbst ein.

Der Wind fachte das Feuer ein wenig an, und ich warf noch etwas Brennmaterial auf. Der Wind aus diesem Cañon konnte gelegentlich recht kühl sein.

Das Gesicht des Indianers blieb unbewegt. Seine Augen waren alt, aber ihr Blick war scharf und offen, als er mich endlich ansah.

»Ich bin Tell Sackett«, sagte ich. »Bist du Powder-Face?«

»Suchst du nach deinem Papa?«

Das Wort hörte sich seltsam an aus seinem Munde.

»Das ist schon zwanzig Jahre her«, sagte ich. »Ich glaube, daß er tot ist.«

Er kostete den Kaffee. »Gut!« sagte er. »Gut!«

»Ich möchte wissen, was mit ihm passiert ist«, sagte ich. »Und wo er begraben ist, wenn ich das erfahren könnte.«

»Er war ein guter Mann. Zweimal. Ich kannte ihn zweimal. Das erste Mal haben wir selbst auf ihn geschossen.«

»Habt ihr ihn getötet?«

Er sah auf.

»Nein! Er war ein guter Mann ... gut! Das erstemal ... vor langer Zeit ... kannte ich ihn nicht. Er kannte mich nicht. Wir schossen. Wir haben ihn nicht getroffen. Aber ich dachte, daß er tot war. Ich habe gewartet. Sehr lange. Dann wollte ich seinen Skalp holen. Er war weg. Als ich zurückkam, war mein Pferd weg. An der Stelle war ein Tomahawk angebunden. Daneben lag ein Stück roter Stoff. Komischer Mann. Wir schießen. Treffen nicht. Weg ist der Mann. Dann mein Pferd ... einfach weg. Aber wenn er mein Pferd nehmen kann, dann gehört's ihm. Wenn ich's zurückholen kann, dann gehört's mir wieder. Er hat's genommen. Der Tomahawk ist gut. Scharfe Schneide. Stoff ist auch gut. Für Squaw. Vielleicht braucht er Pferd. Sieben Sonnen. Dann scheint Sonne bei Tagesanbruch auf mein Pferd. Dicht neben meinem Kopf angebunden. Wie? Ich weiß nicht. Warum ist Pferd ganz ruhig? Ich weiß nicht. Ist es Zauber? Vielleicht.«

»Mein Vater hat das Pferd zurückgebracht?«

»So ist es. Viele Sonnen. Eines Tages, als Bewohner unseres Dorfes sehr hungrig, sehe ich einen Elch. Ich schleiche heran. Ich will Pfeil abschnellen. Da springt anderer Elch aus Gebüsch auf. Beide rennen. Ich schieße daneben. Plötzlich fällt ein Schuß. Elch bricht zusammen. Ich warte. Niemand kommt. Ich gehe zum Elch. Dann steht er auf, dieser Mann, der dein Vater ist. Winkt mir mit einer Hand zu, dreht sich um und geht davon. Er hat uns Fleisch gegeben. Hat eine gute Sache getan. Mein Stamm braucht nicht mehr zu hungern. Am Abend erzähle ich am Lagerfeuer von diesem Mann. Wir wundern uns über ihn. Wer hat ihn geschickt? Was macht er hier? Seine Spuren sind in der

Nähe unseres Dorfes. Manchmal glaube ich, er beobachtet uns. Wir sind nicht viele Krieger. Und es gibt zu viele junge Leute. Und Frauen. Ich muß immer jagen. Aber der Bogen schießt nicht weit. Die Jagd ist schwer. Eines Morgens komme ich aus meinem Wigwam. Ein Gewehr liegt auf einer Haut. Daneben Pulver und Blei. Nur er konnte es hingelegt haben. Nur er konnte unser Dorf betreten und ungesehen wieder verlassen haben. Aber dann haben wir ihn nicht mehr gesehen.«

»Nicht mehr?«

»Viele Monde. Schnee kommt und geht. Mehr als zweimal. Drei? Vier? Wir wissen es nicht. Nach langer Zeit sind wir im Dorf hinter dem Beaver Mountain. Eines Nachts bellen die Hunde. Wir sehen nichts. Am Morgen finden wir eine Elchkeule. Hängt an einem Baum. Unser Freund ist zurück. Wir verdanken ihm viel. Wenn die Jagd schlecht war, konnten wir mit dem Gewehr, das er uns zurückgelassen hat, unsere Wigwams mit Fleisch versorgen. Diesmal brauchen wir das Fleisch nicht, das er hingehängt hat. Er weiß es. Er hat es nur zurückgelassen, um uns zu sagen, daß er wieder da ist. Dann haben wir ihn oft gesehen. Aber was wir sehen, gefällt uns nicht. Einmal hat er uns durch Zeichen aufgefordert, nicht in seine Nähe zu kommen. Er hat das Zeichen für schlimmes Herz gemacht.«

Langsam tranken wir unseren Kaffee. Der alte Indianer war sehr müde.

»Jetzt haben wir junge Krieger. Sie wissen von dem weißen Mann, der uns Fleisch gegeben hat. Sie sind wie kleines Wild ... sehr neugierig. Sie beobachten. Sie kommen ins Dorf zurück und erzählen, was sie gesehen haben.«

Der Flammenschein spielte auf dem alten, braunen, runzeligen Gesicht. Der alte Mann nahm seinen Kaffeebecher in beide Hände und trank ihn leer. Ich füllte den Becher noch einmal nach.

Dieser Mann hatte meinen Vater gekannt.

Dieser Mann hatte Pa auf seinem letzten Trail beobachtet; hatte gewußt, wie er dachte, zumindest über einige Dinge. Der weiße Mann aus den Bergen kämpft oft gegen Indianer, aber es gibt ein gewisses Verständnis zwischen ihnen ... nur selten Haß. Sie kämpfen, wie starke Männer kämpfen ... aus Liebe am Kampf ... weil Kämpfen ein Teil des Lebens ist, das sie führen.

Der Indianer führt ein Leben, das Mut erfordert; das Kraft, Ausdauer und Wille zum Überleben verlangt. Die weißen Männer, die zuerst zu den Bergen gekommen waren, besaßen solche Qualitäten, sonst wären sie überhaupt nicht gekommen oder hätten nicht durchgehalten.

Die meisten weißen Männer der Berge waren irgendwie mit den Indianern verbunden, mit dem einen oder anderen Stamm; alle hatten Respekt vor dem roten Mann. Einige fanden das einzige Leben, das sie liebten, bei den Indianern. Mein Vater war ein Mann zweier Welten. Er fühlte sich stets zu Hause, ob nun zwischen Wilden oder zivilisierten Menschen.

»Ich muß wissen, wo mein Vater gestorben ist. Ich möchte gern wissen, wie er gestorben ist, aber es würde auch schon genügen, zu erfahren, wo er gestorben ist. Meine Mutter wird alt. Sie macht sich Sorgen, daß seine Gebeine irgendwo dem Wind ausgesetzt sind und von Coyoten benagt werden. Sie müssen begraben werden, wie es bei uns Sitte ist.«

Er saß sehr lange stumm da.

»Ich weiß nicht, wo er gestorben ist. Ich weiß nur, daß er fortgegangen ist. Er ist in die Berge gegangen und nicht mehr zurückgekommen. Ich kann dir den Weg zeigen, den er genommen hat.«

»Ist er allein gegangen?«

»Allein ... aber andere sind ihm gefolgt.«

In der Nähe lag ein Knorren. Ich warf ihn aufs Feuer, denn die Nacht war kalt. Wind brachte das Laub zum Rascheln und fachte die Flammen an. Ich sammelte

Stöcke, zerbrach sie mit den Händen und schuf noch etwas mehr Wärme für den alten Mann. Dann füllte ich seinen Becher mit Kaffee, setzte mich wieder neben dem Feuer hin und wartete darauf, was der alte Indianer noch sagen würde.

»Hoch oben in den Bergen gibt es einen Pfad«, fuhr der alte Mann schließlich fort. »Manche nennen ihn den Ute-Pfad, aber er war schon da, lange bevor die Utes in diese Berge kamen. Ich weiß nicht, wohin dieser Trail führt. Das weiß niemand. Aber es gibt scharfe, kalte Winde und plötzliche schreckliche Stürme. Es gibt Tage mit blauem Himmel, aber diese Tage sind dort oben hoch in den Bergen nur sehr selten.«

»Kennst du diesen Pfad?«

»Er liegt dort oben.« Er zeigte zu den Bergen hinüber. »Ich weiß, wo er ist. Aber ich weiß nicht, wohin er führt. Ich bin ein alter Mann. Ich habe nicht mehr die Kraft, einem solchen Trail zu folgen. Und als ich noch ein junger Mann war, hatte ich Angst.«

»Wenn mein Vater dorthin gegangen ist, dann muß ich auch dorthin.«

»Er ist gestorben.«

»Wir werden sehen.« Wieder warf ich etwas Holz aufs Feuer. »Halte dich warm, Alter. Es ist Holz genug da. Ich werde mich jetzt wieder schlafen legen. Morgen werde ich den Weg gehen, den du mir zeigen wirst.«

»Ich werde mit dir gehen.«

»Nein, ich werde allein gehen. Ruhe dich hier aus, Alter. Meine Vettern haben deinem Stamm einen Platz gegeben. Bleibe bei ihnen. Führe sie.«

»Ich glaube, daß bald keine Indianer mehr über dieses Land gehen werden. Das denke ich, wenn ich ins Feuer sehe.«

»Einige werden es tun«, sagte ich. »Andere nicht. Die Zivilisation ist für manche Menschen eine tödliche Falle, für andere eine Gelegenheit zum Ruhm. Die Berge verändern sich mit den Jahren, also müssen sich auch die

Indianer ändern. Die alte Lebensart ist beendet und vorbei ... für meinen Vater genauso wie für euch ... für jeden Mann der Wildnis, mag er nun ein Indianer oder ein Weißer sein.« Ich fügte hinzu: »Ich denke, es wird wiederkommen. Alle Dinge ändern sich. Aber wenn der Indianer leben will, muß er sich der Lebensart des weißen Mannes anpassen. Es gibt zu viele weiße Männer, und sie werden sich dieses Land nicht mehr streitig machen lassen.«

Powder-Face zuckte die Schultern.

»Ich weiß«, sagte er schlicht. »Wir haben sie getötet und getötet und getötet, und sie sind immer noch gekommen. Es waren nicht die Pferde-Soldaten, die uns geschlagen haben. Es war nicht der Tod der Büffel. Es waren auch nicht die Rinder des weißen Mannes. Es war das Volk. Es waren die Familien. Den Rest konnten wir besiegen, aber das Volk, die Leute kamen immer weiter. Sie bauten ihre Unterkünfte, wo kein Indianer leben konnte. Sie brachten Kinder und Frauen. Sie brachten das Messer, das den Boden aufschneidet. Sie bauten ihre Unterkünfte aus Baumstämmen, aus Erdstücken, aus Brettern, aus allem, was sie finden konnten. Wir haben sie ausgebrannt. Wir haben sie getötet. Wir haben ihre Pferde davongetrieben. Und wir sind fortgeritten. Als wir zurückkamen, waren andere wie aus dem Boden gewachsen da ... und andere ... und wieder andere ... und noch andere. Sie waren zu viele für uns. Wir töteten sie, aber auch unsere jungen Männer starben. Wir hatten nicht mehr genug junge Männer als Väter unserer Kinder. Deshalb mußten wir aufhören, noch weiter zu kämpfen.«

»Denke daran, Alter ... der weiße Mann respektiert Erfolg. Für die Armen, für die Schwachen, für die Untüchtigen empfindet er Mitleid oder Verachtung. Ganz gleich, welche Hautfarbe man hat, egal, woher man kommt, der weiße Mann wird nur respektieren, wenn man das, was man tut, auch wirklich gut verrichtet.«

»Du magst recht haben. Ich bin ein alter Mann und schon sehr verwirrt. Ich kann den Trail nicht mehr so deutlich sehen.«

»Du hast dein Volk zu meinen Vettern gebracht. Ihr arbeitet jetzt für ihn, also seid ihr nun auch unser Volk. Ihr kamt zu ihnen, als ihr gebraucht wurdet, und ihr werdet immer eine Heimat haben, wo sie sind.«

Das Feuer war ziemlich heruntergebrannt. Die Flammen flackerten noch einmal kurz auf und erloschen. Zurück blieb nur noch schwach rot glimmende Glut. Der Wind raschelte wieder im Laub.

Powder-Face saß stumm da.

Ich kehrte zu meinen Decken zurück.

Nativity Pettigrew hatte uns glauben machen wollen, daß er direkt vom Berg heruntergekommen war; die anderen waren ihm gefolgt. Aber so hatte sich das nicht abgespielt. Irgend jemand, vielleicht sogar mehrere, waren Pa gefolgt. Jemand war zurückgekommen und hatte entdeckt, daß Pierres Leichnam verschwunden war; von Pa war keine Spur mehr zu sehen gewesen. Also war man gefolgt, hatte Pierres Grab gefunden und dann gewußt, daß Pa noch am Leben gewesen war.

Pa hätte nach New Orleans zurückgekehrt sein und Philip erzählt haben können, was dort oben in den Bergen geschehen war. Oder er hätte zurückgekommen sein können, um noch mehr Gold zu holen. Die Spuren von Pas Pferden verrieten deutlich genug, daß sie schwere Last getragen hatten. Bei dieser Last hatte es sich nur um Gold handeln können.

Pa hatte dieses Land gekannt, und er hatte Powder-Face gekannt. Er hatte gewußt, daß er bei dem alten Indianer bleiben konnte, bis er sich ausgeruht hatte und wieder stark genug gewesen war. Er hatte das Gold irgendwo in der Nähe verstecken können, und Powder-Face hätte es nicht angerührt. Also war er nach Westen gekommen, und andere waren ihm gefolgt.

Ich lag da, schaute zu den Wolken hinauf und überlegte. Ich würde meinen Appaloosa nehmen, dazu das scheckige Packpferd und genügend Proviant für zwei Wochen. Dann würde ich in den Bergen bleiben, bis ich gefunden hatte, wonach ich suchte ... oder bis mir die Verpflegung ausgehen würde.

Es begann wieder zu regnen. Ich zog mir die Zeltplane über den Kopf und ließ den Regen einfach daraufplätschern. Er hörte sich gut an, dieser Regen.

Tyrel würde bald von New Mexico kommen und Ma mitbringen. Sie würden Rinder mitbringen und sich irgendwo am Fuße der Berge Land nehmen. Wir waren Gebirgsleute und wollten in der Nähe der hohen Berge leben.

Außer Tyrel und mir würden noch Flagan und Galloway dasein; vielleicht würde Orrin sich als Anwalt in Animas City oder sogar in Shalako niederlassen, wenngleich es dort für einen Anwalt mächtig wenig zu tun geben würde. Aber man muß den Leuten eben Zeit lassen. Man kann nicht zwei Leute zusammenbringen, ohne daß sie sich früher oder später vor Gericht streiten.

Hoch oben auf diesen kalten, grauen Felsen der Gipfel, wo die letzten Schneeflächen schmolzen, würden starke, stürmische Winde wehen und über die Hochplateaus hinwegfegen. Die Tannen würden tief nach einer Seite gebeugt werden. Der Sturm würde den eisigen Regen in jede Felsspalte peitschen.

Wie könnte ich dort oben überhaupt etwas finden? Falls Pa gestorben war, was konnte da jetzt noch von ihm übrig sein? Ein paar verstreute Gebeine, vielleicht seine Stiefelabsätze, ein Teil seines Gurtes mit dem Holster, angenagt von Wölfen oder anderem Ungeziefer.

Es würde eine einsame Gegend zum Sterben gewesen sein, aber vielleicht eine Stelle, wie Pa sie sich gewünscht hatte, denn er war kein Mann gewesen, der im Bett bleiben wollte. Er war stets aufgestanden, um irgend etwas zu tun, und wenn man irgend etwas tun wollte, welch besseren Weg gab es dann, als im Hochland über einen Trail zu reiten und eine Waffe bei sich zu haben?

Der plätschernde Regen ließ mich wieder an Powder-Face denken. Ich hob den Kopf, um hinzuschauen, aber der alte Mann war fort, verschwunden in die Nacht und in den Regen, als wäre er niemals hiergewesen.

Ich dachte noch eine Weile an den alten Indianer und überlegte, wie oft er oder seinesgleichen wohl so dagesessen und in die Flammen gestarrt hatte, umgeben von Wind und Regen.

Der Mensch hat Feinde; das lag in der Natur der Dinge. Aber sein eigentlicher Kampf bestand darin, mit dieser Welt da draußen zu leben ... mit Kälte, Regen und Wind, mit Hitze, Dürre und von der Sonne ausgetrockneten Tümpeln, in denen es einmal Wasser gegeben hatte.

Hunger, Durst und Kälte ... die ersten und zweifellos auch letzten Feinde des Menschen.

21
———————

Dieser Appaloosa und ich waren zu einem gewissen Verständnis gekommen. An einem kühlen Morgen trieb er gern den Frost aus seinem Körper. Deshalb wußte ich, daß ich mit seiner Bockigkeit rechnen mußte, wenn ich frühmorgens einen Fuß in den Steigbügel steckte.

Natürlich veschwendete ich keine Zeit, in den Sattel zu kommen. Wenn ich einen Fuß in den Steigbügel steckte und das andere Bein sofort über den Pferderükken schwang, aber wirklich sehr schnell, dann würde ich bereits im Sattel sitzen, bevor der Appaloosa sich aufbäumen konnte.

Und natürlich bestieg ich den Appaloosa stets nur ein Stück vom Lager entfernt, um zu verhindern, daß der hindurchpreschte und damit das ganze Frühstück ruinierte. So etwas kann nämlich einen Mann bei jedweder Mannschaft höchst unbeliebt machen.

An diesem Morgen trieb es der Appaloosa wieder einmal besonders toll. Er fühlte sich offenbar sehr wohl, und da es mir nicht schadete, einfach auf seinem Rükken zu sitzen, ließ ich ihm den Willen. Sollte er sich ruhig ein bißchen austoben. Die ganze Zeit ruhig im Sattel zu sitzen, das kann einen Mann allmählich ziemlich träge machen. Wenn einem Pferd also danach zumute ist, sich bockig anzustellen, so war ich der Meinung, es ihn tun zu lassen. Damit treibt man ihm am besten alle Mucken aus.

Als mein Appaloosa sich gehörig ausgetobt und Hunger bekommen hatte, brachte ich ihn zum Feuer zurück und glitt aus dem Sattel.

Judas hatte ein Frühstück zubereitet, und es schmeckte wie immer, wenn er kochte, ausgezeichnet. Damit verdarb er mir allerdings meine eigenen Kochkünste, und ich würde ja bald ganz allein da draußen sein und für mich selber kochen müssen.

Ich erzählte den anderen von Powder-Face und seinem nächtlichen Besuch, dann entwickelte ich meinen Plan.

»Soll ich wirklich nicht mitkommen?« fragte Orrin.

»Ich würde auch gern mit Ihnen reiten, Sir«, sagte Judas. »Vielleicht kann ich irgendwie behilflich sein.«

Der Tinker sagte nichts. Wenn ich es gewollt hätte, wäre er zweifellos sofort damit einverstanden gewesen, mich zu begleiten. Das wußte er, und das wußte auch ich.

»Ich würde mich darüber freuen«, sagte ich zu Judas. »Ein bißchen Gesellschaft und vor allem deine Kochkünste könnte ich gut gebrauchen, aber ein Mann lauscht besser, wenn er allein ist, und dann hört er auch besser.«

Nach dem Frühstück trödelte ich noch so lange wie

möglich mit meinem Kaffee herum, bevor ich zu meinen Pferden ging.

»Reite wachsam, Tell«, riet mir Orrin. »Vergiß nicht, daß du es hier nicht mit einer Western-Outfit zu tun hast, sondern mit einer mörderischen Bande.«

Ich stieg in den Sattel.

Ap hatte seine Bockigkeit bei unserer kleinen Morgenübung ausgetobt und machte jetzt keinerlei Sperenzchen. Außerdem wußte er, daß ich jetzt nicht in der Stimmung war, auf seine Faxen einzugehen.

»Ich werde zunächst mal ein bißchen herumreiten«, sagte ich. »Aber ich möchte auf dem gleichen Weg in die Berge gelangen, wie Pa es getan hat. Wenn ich die Gegend sehe, wie er sie gesehen hat, kann ich mich vielleicht in seine Gedanken versetzen. Als er sich damals auf diesen Trail gemacht hat, muß es schon weit im Juni gewesen sein. Wir wissen, daß es damals nur wenig geschneit hat. Der meiste Schnee war bereits geschmolzen. Auf Schnee konnte er nur noch in tiefen, schattigen Senken gestoßen sein. Pa könnte diesen Trail benutzt haben, von dem Powder-Face gesprochen hat.«

»Ich habe mit einem der jungen Krieger gesprochen«, sagte Orrin. »Manche nennen den Weg den Ghost Trail. Angeblich wurde er von einem früheren Stamm angelegt.«

Ich nahm die Zügel auf.

»Na, du kennst mich ja, Orrin«, sagte ich. »Ich werde wachsam in die Berge reiten und die Dinge auf mich zukommen lassen.«

Als ich in Shalako über das, was man wohl als Straße bezeichnen könnte, geritten kam, stand Nell Trelawney vor einem neuen Haus. Ich hielt an und zog den Hut.

»Howdy, Ma'am«, sagte ich. »Ich habe einen kleinen Spazierritt gemacht.« Ich fügte hinzu: »Und ich habe noch einen langen Ritt vor mir.«

Nell sah mich an, sehr ernst, aber auch beinahe zärtlich. Das beunruhigte mich ein wenig. Aber dann dachte ich, daß es wohl nur daher kam, weil wir uns eine Weile gekannt hatten. Zärtliche Gedanken dürfte sie kaum für mich gehegt haben. Ich hatte mich daran gewöhnt, daß Frauen zwar mit mir sprachen, aber dann an mir vorbei auf stattliche Burschen zugingen, die ihnen wohl eleganter und attraktiver vorkamen. Das konnte ich den Frauen auch keineswegs verdenken. Ich bin eben nur ein großer, gewöhnlicher Kerl, der zwar allerhand von Pferden, Waffen und Rindern verstand, aber das waren nun mal keine Vorzüge, die mich beim weiblichen Geschlecht begehrenswert machen könnten.

»Seien Sie vorsichtig, Tell Sackett!« sagte Nell. »Mir wär's lieber, wenn Sie nicht gehen würden.«

»Irgendwo dort oben liegt mein toter Pa, vielleicht nicht einmal begraben«, sagte ich. »Ma kommt in die Jahre und macht sich immer größere Sorgen. Ich will versuchen, seine sterblichen Überreste zu finden, damit Ma in Frieden sterben kann.«

Ihre Augen waren sehr groß und ernst.

»Das ist eine feine Sache«, sagte sie. »Aber es wird Ihrer Ma kaum guttun, wenn in Kürze auch Ihre Gebeine irgendwo dort oben auf diesem dämlichen Berg herumliegen! Ich wünschte, ich könnte jetzt mal mit Ihrer Ma reden! Ich würde ihr schon sagen, was Sie da macht!«

»Es war doch gar nicht ihre Idee«, sagte ich. »Wir sind ganz von selbst darauf gekommen.« Ich fügte hinzu: »Ist doch nur 'ne Kleinigkeit, die wir noch für sie tun können.«

Sie hob eine Hand und strich flüchtig über meinen Ärmel.

»Tell ...? Dann reiten Sie wenigstens sehr vorsichtig, ja? Und wenn Sie zurückkommen ... werden Sie mich dann besuchen?«

»Ganz bestimmt«, sagte ich. »Ich werde vorbeireiten und laut ›Hallo!‹ zum Haus hinüberrufen.«

»Sie werden absteigen und hereinkommen!« flammte sie mich an.

»Ob ich das riskieren kann? Wenn ich mich recht erinnere, so hatte Old Jack Ben doch stets 'ne Ladung Steinsalz bei der Hand, wenn sich irgendein Junge mal bei euch blicken ließ.«

Jetzt schoß ihr das Blut ins Gesicht.

»Aber auf Sie hat er doch noch nie geschossen, oder?« fragte sie herausfordernd. Dann fügte sie hinzu: »So wie Sie da jetzt im Sattel sitzen, sehen Sie nicht so aus, als hätten Sie sich schon viel Salz eingefangen! Wenn Pa jemals auf Sie geschossen hätte, dann würden Sie jetzt nicht im Sattel sitzen können, sondern müßten in den Steigbügeln stehen!«

»Ich hab' mich ja auch nie in eurer Nähe blicken lassen«, erwiderte ich trocken. »Hätte ja doch nicht viel Zweck gehabt, dachte ich immer.« Jetzt stieg mir selbst die Röte ins Gesicht. »Hab' mich nie sonderlich gut darauf verstanden, mich um ein Mädchen zu bemühen, Nell Trelawney. Ja, wenn man so was mit dem Lasso einfangen könnte, dann würde ich vielleicht ...«

»Ach, gehen Sie doch zum Teufel, Tell Sackett!« rief sie, trat zurück und sah mich – wie ich glaubte – verdrossen an. Aber als ich mich dann noch einmal umdrehte, sah ich, wie sie mir nachwinkte. Ich habe mich nie sonderlich gut darauf verstanden, im Gesicht einer Frau zu lesen oder ihre Art zu begreifen. Wahrscheinlich verhielt ich mich ihnen gegenüber zu sanft und zurückhaltend, vermute ich. Manchmal ist es besser, draufgängerisch vorzugehen.

Jedenfalls dachte ich jetzt, daß ich Nell Trelawney vielleicht doch einmal besuchen sollte, wenn ich aus den Bergen zurückkommen würde.

Der von mir gewünschte Trail war am besten zu finden, wenn man von Animas City aus begann. Aber ich dachte, daß es keinen Sinn hatte, jedermann darauf aufmerksam zu machen, was ich vorhatte. Statt also vom

Junction Creek aus aufzubrechen, ging ich den Lightner Creek hinauf und fand über Wildpfade meinen Weg zu der Stelle, wo Ruby Gulch in Junction überging.

Es war eine mächtig schöne Gegend. Wald und Berg und hier und da ein Wasserrinnsal, manchmal sogar recht große Ströme.

Ich ritt den Hang hinauf zu einer Stelle des Berges, von wo ich eine gute Aussicht auf das Land hatte. Dort an dieser Stelle war das Gelände ziemlich offen. Dahinter gab es ein paar vereinzelte Espen und dann ein dichtes Gehölz.

Direkt hinter dieser Stelle gab es eine alte Tanne, die vom Sturm entwurzelt worden war. Wo die Wurzeln aus dem Boden gerissen worden waren, gab es eine Art Höhle, wo bereits Gras zu wachsen begonnen hatte. In diesem Gras, wo keine Bäume wuchsen, pflockte ich mein Pferd an, zäumte es ab und sammelte anschließend Holz für ein Feuer. Ich suchte mir absolut dürres Holz aus, das fast ohne Rauch verbrannte. Nachdem ich gegessen hatte, setzte ich mich an eine Stelle zwischen zwei Bäumen, deren Äste sehr tief hingen und mir Schatten spendeten.

Über eine Stunde lang saß ich dort und lauschte auf die Geräusche des Abends. Der gegenüberliegende Berg wurde noch von der Sonne beschienen, aber nur noch ziemlich weit oben in der Nähe der Kuppe. Unten im Cañon war es sehr still; angenehme Kühle drang herauf.

Irgendwo stellte eine Eule ihre Frage an die Nacht. Das Espenlaub hing vollkommen reglos an den Zweigen. Dies bekommt man nur sehr selten zu sehen, denn meistens bewegt sich Espenlaub.

Es war eine mächtig schöne Sache, so dazusitzen und das Gefühl der anbrechenden Nacht zu genießen, eine Art Stille, wie man sie nirgendwo außerhalb weit abgelegener Wildnis erleben kann. Hier gab es keine Eitelkeit, keine Gier, nur diese eigenartige Art von Ruhe. Da

194

überkam mich der Gedanke, daß Pa vielleicht so hatte gehen wollen ... hinaus auf irgendein Felsband, wo die ganze Welt vor ihm abgefallen war ... eine Waffe in der Hand ... oder ein Messer ... die Liebe der Welt in seinem Inneren ... hinausgehen wie ein alter Wolf, der zähnefletschend seinen Feinden gegenübertrat.

Ich hatte noch nie sonderlich darüber nachgedacht, wo meine Gebeine eines Tages ruhen würden, wenn der liebe Gott mir die Seele genommen hatte. Ich hatte das Gefühl, daß ich vielleicht am liebsten hoch oben in den Bergen die Welt verlassen möchte, um meinen Geist den Winden preiszugeben.

Tod beschäftigte meine Gedanken nur sehr wenig, denn wo ein Mann ist, da gibt es keinen Tod, und wenn der Tod da ist, dann ist ein Mann gestorben ... oder das Bild von ihm. Manchmal denke ich, daß ein Mann viele Leben geht, so wie er viele Trails zurücklegt. Ich erinnere mich an einen Mann in einem Rinder-Camp; er hatte uns von einer alten Schlacht vorgelesen, die die Griechen vor langer Zeit ausgefochten hatten. Plötzlich war mir der Schweiß ausgebrochen; ich konnte nur noch mühsam atmen und hatte das Gefühl, als würde mir ein Messer im Leib umgedreht werden.

Da hatte mich der Mann angesehen und sein Buch sinken lassen.

»Ich wußte nicht, daß ich so gut lesen kann, Sackett«, hatte er gesagt.

»Sie lesen mächtig gut«, hatte ich geantwortet. »Mir ist zumute, als wäre ich direkt dabei.«

»Vielleicht waren Sie es ja auch, Sackett, vielleicht waren Sie es wirklich, Sackett.«

Nun, davon wußte ich jedenfalls nichts, aber die Schatten krochen den Cañon herunter, und die Bäume verloren sich darin. Sie schienen sich zusammenzudrängen, bis sie wie eine einzige Dunkelheit aussahen.

Und dann hörte ich in der Dunkelheit plötzlich das schwache Klirren von Metall auf Gestein.

Ich war also doch nicht ganz allein hier oben. Irgend etwas, irgend jemand war da draußen.

Ich spürte den kalten Kolben meiner Waffe in der Hand. Ich zog meinen Revolver nicht, sondern saß nur regungslos da und lauschte. Es gab keinen weiteren Laut, und so schlich ich schließlich leise wie eine Katze zu meinem Lagerplatz zurück.

Mein Feuer war bis auf glimmende Glut heruntergebrannt.

Ich brachte meine Pferde etwas näher heran und pflockte sie links und rechts von mir an. Dann legte ich mich schlafen. Nichts, weder Mensch noch Tier, würde sich mir nähern können, ohne daß ich von meinen Pferden gewarnt werden würde. Außerdem hatte ich sowieso stets nur einen sehr leichten Schlaf.

Einmal wurde ich in der Nacht von einem schwachen Geräusch geweckt. Ich lag eine Zeitlang ganz still da. Dann sah ich, wie eine große Eule lautlos durch irgendeinen Kanal der Nacht schwebte, nicht von Lust getragen, sondern von Instinkt getrieben. War es vielleicht deswegen, weil dieser Vogel es genau wie ich liebte, seine samtweichen Pfade zwischen den dunklen Säulen der Tannen zu ziehen?

Ich bin eins mit diesen Geschöpfen der Nacht und der hohen Berge. Wie sie liebe ich die Kühle, die Nähe der Sterne, diese plötzlichen Felsvorsprünge, unter denen sich unglaubliche Tiefe erstreckte.

Manchmal glaube ich, daß auch ich – genau wie diese Geschöpfe – kein Zeitgefühl habe; daß ich nichts von vergehenden Jahren weiß, sondern nur das Wechseln der Jahreszeiten kenne, ohne sie zu zählen.

Und dann war ich wieder eingeschlafen und erwachte erst im schwachen Morgengrauen.

Nachdem ich mich aus den Decken gewickelt hatte, schaute ich nach meinem Feuer, das vollkommen heruntergebrannt und erloschen war. Kein Feuer heute früh; kein Rauchgeruch, falls man ihn nicht schon gestern abend wahrgenommen hatte. Zuerst Hut auf, wie es jeder Cowboy tat; dann Stiefel anziehen und mit geschickter, geübter Bewegung den Waffengurt umschnallen. Mit den Füßen auf den Boden stampfen, um die Stiefel richtig anzupassen. Satteln. Möglichst geräuschlos aufladen. Das Feuer zerstreuen. Es gab keinerlei Glut mehr, sondern nur noch graue Asche.

Ich verbrachte ein paar Minuten damit, den Boden, wo ich Stiefelabdrücke hinterlassen hatte, glattzustreichen und zertrampeltes Gras aufzurichten. Ein guter Fährtenleser würde natürlich wissen, daß es hier einen Lagerplatz gegeben hatte, aber es würde Zeit kosten, um herauszufinden, wer oder wie viele hiergewesen waren.

Dann in den Sattel und zwischen den Bäumen nach Norden reiten.

Wo Hefferman Gulch und Junction Creek zusammentrafen, gab es eine Biegung im Junction-Cañon, die mich von einer Beobachtung von flußabwärts schützte. Ich nutzte diesen Vorteil aus, um meinen Weg über Junction und den Trail am Hefferman Gulch zu finden.

Ich sah es beinahe sofort. Ein tiefer Einschnitt in eine Espe; eine Kerbe, die von einer Axt herrührte. Keine helle Stelle. Pa hatte das helle Weiß eines frischen Einschnitts nie gemocht. »Wenn du meinem Trail folgen willst, mein Junge, dann mußt du sehr scharf hinschauen!« hatte er mir immer wieder eingeschärft.

Es war seine Kerbe, und um ganz sicher sein zu können, gab es fünfzehn Meter weiter noch eine.

»Okay, Ap«, sagte ich. »Das ist der Trail. Das ist der Weg, nach dem wir gesucht haben.«

Ap spitzte die Ohren, als wäre er sehr an meiner Information interessiert.

Wir setzten unseren Weg fort. Gelegentlich schaute ich zurück. Soweit ich erkennen konnte, gab es nichts zu sehen. Doch was könnte unter diesen Bäumen verborgen liegen?

Auf diesem Trail gab es noch eine Kerbe, und ich hätte sie beinahe übersehen. Der Baum war groß und alt; eine Rottanne, und sie lag halb umgekippt am Wegrand. Bei einem flüchtigen Blick konnte ich diese Kerbe gerade noch wahrnehmen. Danach gab es keine Bäume mehr.

Der Trail zeigte keinerlei Spuren kürzlicher Benutzung. Felsbrocken waren vom Berghang heruntergepoltert, aber es gab keine größeren Erdrutsche.

Der Appaloosa suchte sich behutsam einen Weg über Steingeröll, und der Schecke folgte.

Der Trail wurde allmählich steiler. Weit oben konnte ich den äußeren Rand vom Cumberland Basin sehen. Etwas näher ragte der Snowstorm Peak auf, mehr als zwölftausend Fuß hoch. Vor mir und zu meiner Linken war der Cumberland Mountain, beinahe so hoch wie der andere Gipfel. Beide Berge waren kahl und kalt und erstreckten sich bis zu tausend Fuß über die Waldgrenze. An den Hängen gab es noch vereinzelte Schneestellen oder langgezogene Schneestriche, die in Rissen oder Spalten lagen.

Ich stellte den Kragen meiner Jacke hoch und beugte die Schultern gegen den scharfen, kalten Wind. Der Trail war sehr schmal, und sollte der Huf eines Pferdes ausgleiten, würde das Tier ein paar hundert Fuß in die Tiefe stürzen. Hier und da gab es vereiste Stellen ... dunkles, altes Eis und Altschnee.

An manchen Stellen stieß ich mit dem Knie an die innere Felswand. Ein Stück weiter fiel der Berg sehr steil ab bis zu einer langen Geröllhalde, die schließlich an der Baumgrenze endete. Die schlanken, kräftigen Bäume schienen verwegen der drohenden Gefahr der Vernichtung von oben trotzen zu wollen.

Ich schaute zurück und nahm eine Bewegung wahr. Weit unterhalb von mir kam ein Reiter zwischen den Bäumen hervor, dann noch ein zweiter und schließlich sogar ein dritter.

Weder die Reiter noch ihre Pferde kamen mir irgendwie bekannt vor. Mit meinem Feldstecher hätte ich sie erkennen können, doch was hätte das für einen Zweck gehabt? Sollten sie mich einholen, würden sie sich schon zu erkennen geben, und dann würden sie die Chance bekommen, sich auch mit mir bekannt zu machen.

Mir scheint, daß viele Leute unnötige Zeit damit verbringen, Brücken zu überqueren, bevor sie dort angelangt sind. Ihre Gedanken beschäftigen sich mit vielerlei Möglichkeiten, bis sie nicht mehr klar denken können.

Diese Leute dort unten folgten mir bestimmt, und für mich stand genauso fest, daß sie nicht zu meinen Leuten gehörten. Wenn sie mich einholten, würde es wahrscheinlich Ärger geben, aber ich bin nicht scharf darauf, ihn von mir aus herauszufordern. Ich suchte lediglich nach Spuren von Pa.

Weit zu meiner Rechten gab es eine wirre Masse ferner Gipfel und Wälder. Hier und da schimmerten nackte Felsen hindurch. Dort gab es auch Bergwiesen. Alles in allem war es eine prächtige Gegend. Der Himmel über mir schimmerte unglaublich blau und war von diesen weißen Lämmerwölkchen bezogen, die immer über den La Platas und San Juans zu schweben scheinen.

Ob mir nun Ärger bevorstand oder nicht ... es war ein großartiges Land, das Land eines Mannes.

Der Trail machte eine Biegung; danach verlor ich das tiefergelegene Gelände aus den Augen.

Neben dem Trail gab es einen sehr schönen blauen Flecken, als wäre ein Stück dieses blauen Himmels heruntergeschwebt, um sich auf diesem Fels und Kies neben dem Trail auszuruhen. Es handelte sich um Vergißmeinnicht. Unten am Steilhang, wohin ein gestürzter Mann oder ein gestolpertes Pferd sieben- oder achthundert Fuß weit rollen würde, konnte ich hier und da strahlend goldene Lilien sehen.

Die letzten paar Meter waren sehr mühsam und beschwerlich, aber Ap war ein Gebirgspferd, und der Schecke schien zufrieden zu sein, überallhin zu folgen, wohin Ap gehen würde.

Als wir schließlich an den Rand gelangten, gab es eine schier unglaubliche Aussicht. Weit unterhalb von uns befand sich ein riesiges Becken, dessen eine Seite offen war und in den La Plata Cañon führte. Zu meiner Linken gab es eine weitere ungeheure Senke. Vor mir konnte ich diesen fadendünnen, hohen, uralten Trail sehen, der sich über das Gelände schlängelte; ein schmaler Faden durch hohes, grünes Gras, das mit Wildblumen unbeschreiblicher Schönheit durchwachsen war.

Rundherum gab es riesige Berge. Ich befand mich zwölftausend Fuß über dem Meeresspiegel. Weit voraus im Norden konnte ich den großen Schaft vom Lizard Head sehen und einen Blick auf den Engineer Mountain erhaschen. Im Osten waren Needles, White Dome, Storm King und was der Rio Grande Pyramid sein könnte. Eine solche Aussicht verleiht einem Betrachter das Gefühl von Großartigkeit, für deren Beschreibung es einfach keine Worte gibt.

Old Ap schien an diesem hohen Ort ebenfalls glücklich zu sein, aber er schnaubte ein wenig, als ich ihn auf den dünnen Pfad dirigierte, der durch Kies und vom Frost zersplitterte Felsen ins Innere vom Cirque führte.

Es war beinahe so, als ginge man hinab ins Innere eines riesigen Kraters, nur gab es hier auf dem Grunde keine glühende Lava, sondern eine Wiese.

Der Mann hatte bereits seit Tagesanbruch unter der Rottanne gelegen. Er hatte ein Sharps-Gewehr bei sich, eine der besten und weittragendsten Waffen, die es damals überhaupt gab. Er hatte vollkommen freies Blick- und Schußfeld auf den schmalen Pfad, der auf den Grund des kreisförmigen Talkessels führte. Als er Tell

Sackett dort auftauchen sah, grinste er zufrieden vor sich hin. So leicht dürfte er noch niemals hundert Dollar verdient haben, jedenfalls ganz bestimmt nicht beim Rindertreiben!

Er war ein ausgezeichneter Scharfschütze und konnte ganz besonders gut mit einem Gewehr umgehen. Zunächst ließ er jedoch Sackett noch etwas näher herankommen, bis die Entfernung etwa vierhundert Meter betrug. Auf diese Entfernung hatte er schon Elche erlegt, und mit einem Sharps-Gewehr konnte man sogar auf tausend Meter Entfernung noch ein Ziel treffen. Der Mann richtete den Gewehrlauf auf eine Stelle, wo der geschlängelte Pfad ein kurzes Stück geradeaus führte. Dann wartete er. Noch dreißig, fünfundzwanzig, zwanzig Meter ...

Der Mann zielte nun sehr sorgfältig auf eine Stelle zwischen Schulter und Brust, dann hielt er den Atem an und krümmte den Zeigefinger um den Abzug.

Die besten Pläne von Mäusen und Menschen scheinen oft nur Spielzeuge des Schicksals zu sein.

Der Scharfschütze hatte wirklich alles in Betracht gezogen, was nur irgend möglich war ... Entfernung, Zeitpunkt und auch den Umstand, daß sich der Reiter mindestens fünfzig Meter höher als er selbst befand. Er war ein guter Schütze und hatte wirklich an alles gedacht. Er hatte den Reiter genau im Visier gehabt, und deshalb hätte William Tell Sackett eigentlich Sekundenbruchteile nach diesem Schuß jetzt blutüberströmt und tot drüben auf dem Pfad liegen sollen.

Wenn es doch nicht der Fall war, so war nur der Pfad selbst daran schuld ... und das konnte der Mann unter der Rottanne nicht wissen und deshalb auch nicht vorausberechnen.

Es lag noch gar nicht so lange zurück, da hatte sich die Natur an diesem Spiel beteiligt und nach einer kleinen Steinlawine eine flache Vertiefung im Pfad geschaffen.

Und genau in dem Augenblick, als der Schütze den

Finger um den Abzug krümmen wollte, trat das Pferd in diese Vertiefung und knickte mit den Vorderbeinen ein. Dieser halbe Sturz löste natürlich auch ein Schwanken des Reiters im Sattel aus, und das alles zusammen genügte. Die für die Brust des Mannes bestimmte Kugel streifte nur sein Ohr.

Das Brennen an meinem Ohr, der Mündungsblitz dort drüben sowie das Echo des Schusses ließen mich jäh daran denken, was Pa uns gelehrt hatte ... nämlich niemals eine Zielscheibe aus sich selbst zu machen!

Nun waren es aber noch gut hundertfünfzig Meter bis zum unteren Ende des Pfades, und auf dem nackten Felsen würde ich auffallen wie eine Whiskynase bei einem Abstinenzler-Picknick. Ich dachte erst gar nicht lange nach, denn dazu war sowieso keine Zeit. Ich warf mich einfach aus dem Sattel und riß dabei meine Winchester aus dem Sattelschuh. Im nächsten Augenblick schlug ich hart mit der Schulter auf, wie ich es auch geplant hatte, und wälzte mich sofort ein paarmal um meine eigene Achse. So landete ich schließlich unten am Hang. Das Gewehr hielt ich immer noch in den Händen. Eiskalte Wut stieg in mir auf. Niemand brauchte mir zu sagen, daß dieser Heckenschütze dort drüben postiert worden war, um mir aufzulauern. Das war ein Killer auf Skalpjagd, und ich habe nun mal grundsätzlich was dagegen, von Fremden auf mich schießen zu lassen. Es gehörte sich doch wohl so, daß ein Mann sich wenigstens vorstellte.

Als ich am unteren Ende des Hangs angekommen war, hörte ich das Echo eines zweiten Schusses in meinen Ohren dröhnen. Aber dieser Schuß – er hatte sich nach einem Sharps-Büffelgewehr angehört, das sehr schnell nachgeladen worden war – verfehlte sein Ziel vollkommen. Aber das beste in solchen Situationen war immer noch, sich schleunigst aus der Schußlinie zu bringen. Also wälzte ich mich weiter im Gras herum, erreichte eine tiefer gelegene Stelle, kroch auf Händen und Knien weiter, das Gewehr auf meine Unterarme gelegt, und brachte so schnell wie möglich ein gutes Stück Entfernung von der Stelle, wo ich abgestürzt war, hinter mich.

Die Chancen standen neun zu eins, daß der Schütze jetzt glaubte, mich mit diesem ersten Schuß getroffen zu haben, denn ich war ja augenblicklich aus dem Sattel gekippt. Weiter war damit zu rechnen, daß er jetzt mal ein bißchen warten würde. Erst wenn ich nicht mehr aufstehen oder mich sonstwie nicht mehr rühren sollte, würde er wahrscheinlich nach der Leiche suchen ... und ich war verdammt entschlossen, daß er auch eine finden sollte, nämlich seine eigene!

Mein Pferd, der reinrassige Appaloosa, war nur einen Moment stehengeblieben. Das war ein verdammt vernünftiges Pferd, und deshalb wußte es wohl, daß es dort oben auf dem kahlen Felspfad nichts weiter zu suchen hatte. Also trottete es nun gemächlich bis auf den Grund des Talkessels hinab. Der Schecke blieb direkt hinter ihm, mit dem Führseil immer noch am Sattelknauf festgebunden. Da ich diese Pferde noch dringend brauchen würde, behielt ich sie im Auge. Die beiden Tiere begannen bald darauf ganz ruhig auf einer Wiese zu grasen.

Ich kroch noch etwa fünfzig Meter weiter und ging erst mal hinter einem kleinen Erdwall in Deckung. Mein Ohr blutete und brannte wie verrückt. Das ärgerte mich obendrein. Dieser Mann dort drüben hatte noch eine ganz schöne Rechnung zu begleichen!

Ich kroch bis zum hinteren Ende des Erdhügels und achtete dabei sorgfältig darauf, den Gewehrlauf stets so zu halten, daß er nicht im Sonnenlicht blitzen konnte. Dann erst riskierte ich einen Blick zu diesen Rottannen hinüber, von wo aus die Schüsse gefallen waren.

Nichts.

Minuten verstrichen.

Und dann entdeckte ich etwas, das mir den Schweiß aus allen Poren trieb.

Diese Leute, die den Trail hinter dem Berg heraufkamen, würden von der Kuppe aus ins Talbecken hinabsehen können. Während mein Freund mit dem Sharps-Gewehr mich nicht sehen konnte, zumindest hoffte ich es, mußte ich für diese Leute dort oben ein klar erkennbares Ziel abgeben! Dann würde man mich von beiden Seiten in die Zange nehmen, und ich würde sehr bald mausetot sein!

Auf mich war schon hin und wieder geschossen worden, und ich hatte mir hier und da auch ein Stück heißes Blei eingefangen, aber es hatte mir nie sonderlich gefallen. Eine Kugel im Brustkorb ist nämlich ziemlich unangenehm, und Blei liegt verdammt schwer im Magen.

Das Dumme war nur, daß ich kaum noch die Möglichkeit hatte, jetzt irgendwohin zu gehen. Von jetzt an war ich auf offenem Gelände, denn schließlich konnte ich mich ja nicht in den Boden verkriechen. Nirgendwo konnte ich mehr als zwei, drei Zoll Deckung sehen, und ich würde mehr brauchen, verdammt viel mehr.

Eins wußte ich. Wenn diese Leute dort oben auf der Kuppe auftauchen und ein Gewehr auf mich richten sollten, würden sie feststellen müssen, sich an einem reichlich unbehaglichen Ort aufzuhalten. Denn ich würde zu schießen anfangen, und ihre Pferde würden auf dem einen oder anderen Weg von dieser Kuppe herunterkommen, wahrscheinlich im Galopp und reichlich aufgescheucht.

Plötzlich hörte ich ein schwaches Geräusch und drehte mich sehr langsam und vorsichtig um.

Ein Mann, das Gewehr schußbereit in den Händen, stand nun vor diesen Rottannen. Er verhielt sich absolut still und regungslos, während er angestrengt zu lauschen schien.

Ich schob meinen Gewehrlauf nach vorn und wartete.

Der Mann dort oben machte zwei Schritte vorwärts

und blieb erneut stehen. Wieder lauschte er und machte dann noch einen Schritt nach vorn. Von der Stelle aus, wo ich nach dem ersten Schuß vom Pferd gefallen war, wäre dieser Mann nicht leicht zu sehen gewesen, da er sich gegen den dunklen Hintergrund der Rottannen kaum abgezeichnet hätte. Aber von meiner jetzigen Position aus konnte ich ihn sehr deutlich sehen.

Jetzt entdeckte mich offensichtlich einer der dort oben angekommenen Reiter. Während er sofort sein Gewehr an die Schulter riß und feuerte, schoß ich gleichzeitig auf den Mann vor den Rottannen. Dann sprang ich auf und hetzte mit langen Sprüngen davon. Natürlich konnte ich kaum hoffen, den Mann dort oben richtig getroffen zu haben, aber die Kugel hatte ihn herumgeschleudert, so daß sein Schuß, den er nun auf mich abfeuerte, ebenfalls danebenging. Ich warf mich zwischen Gras und Geröll auf den Boden, wälzte mich ein paarmal herum, sprang wieder auf und hetzte nun dem Wald zu.

Unterwegs drehte ich mich einmal kurz um und feuerte auf die Bande dort oben, dreimal hintereinander, so schnell ich die Winchester nur durchladen konnte. Mein Ziel befand sich gut zweihundert Meter höher, und auch die Entfernung war beachtlich, aber meine Kugeln richteten doch, wie ich es erwartet hatte, höllische Verwirrung an.

Ein Pferd sprang mit einem Riesensatz auf den Hang, landete auf allen vieren, brach in die Knie, warf seinen Reiter ab und schlidderte bis auf den Grund des Talkessels hinab.

Ein anderes Pferd galoppierte über diesen schmalen Felspfad nach unten. Der Reiter hielt sich verzweifelt mit beiden Händen fest. Als das Pferd am Ende des Pfades ziemlich abrupt anhielt, wurde der Reiter in hohem Bogen über den Kopf des Pferdes hinweg aus dem Sattel geschleudert. Der Mann schlug sehr hart auf, kam wieder vom Boden hoch und stürzte erneut.

Die beiden anderen, die ich noch dort oben gesehen hatte, waren inzwischen nach der anderen Seite hin verschwunden.

Ich setzte meinen Weg fort. Irgendwo in diesem Gehölz war dieser Killer, der mir vor wenigen Minuten beinahe den Kopf abgeschossen hätte.

Falls ich ihm eine Kugel verpaßt hatte, könnte ich von großem Glück sagen. Aber vielleicht hatte ich ihn oder sein Gewehr auch nur gestreift, so daß mein Geschoß irgendwo in der Nähe eingeschlagen war. Diese Ungewißheit kann einen Mann ganz schön nervös machen.

Ich rannte am Hang entlang und hielt mich hinter Bäumen in Deckung. Nach Möglichkeit lief ich bergab, weil das am leichtesten war. Dann bewegte ich mich langsamer und arbeitete mich auf die Stelle zu, wo mein Appaloosa weidete.

Auf dem Gelände gab es Senken und Rinnen, hier und da Bäume und Büsche, aber in der Hauptsache nur Gras und Blumen. Der Rand des kreisrunden Talkessels war direkt dort drüben. Also schlug ich diesen Weg ein. Ich schlängelte mich wie ein Indianer durchs hohe Gras; wenn es nötig war, kroch ich, wenn es möglich war, rannte ich.

Aber in dieser Höhenlage kann ein Mann, selbst wenn er wie ich daran gewöhnt ist, nicht viel rennen.

Schließlich hockte ich mich zwischen drei alte, dickstämmige Rottannen und wartete. Ich mußte wieder ein bißchen zu Atem kommen. Inzwischen sah ich mich nach meinen Gegnern um.

Meine Pferde grasten etwa hundert Meter entfernt. Eins von den anderen Pferden stand in etwa gleicher Entfernung mit gespreizten Beinen da. Der Sattel war dem Tier auf den Bauch gerutscht.

Da ich mir ein paar Minuten Zeit gönnen mußte, lud ich meine Winchester nach.

Mindestens zwei von der Gegenseite hatten den Grund des runden Talkessels erreicht. Einer von ihnen dürfte kaum noch zu irgendwelcher Aktion fähig sein. Dafür war sein Sturz zu hart gewesen. Aber der andere mußte noch irgendwo vor mir sein; genau wie der Mann, der aus seinem Versteck zwischen den Rottannen auf mich geschossen hatte.

Langsam verging die Zeit. Die Schatten im Tal wurden dunkler. Der obere Rand schimmerte golden, und die Wolken zeigten eine rosige Färbung. Irgendwo drüben im Tal rief jemand; es hörte sich an wie eine Frauenstimme. Aber das konnte wohl nicht sein.

Nachdem ich noch einmal einen prüfenden Blick zu meinen Pferden hinübergeworfen hatte, beschloß ich den Versuch zu wagen, sie zu erreichen. Tief geduckt machte ich mich durchs hohe Gras und die Wildblumen auf den Weg. Einige der Blumen reichten mir bis zu den Hüften.

Ich hatte keine Ahnung, wer dort draußen auf mich lauerte. Andre Baston oder Hippo Swan? Wahrscheinlich. Aber sie hatten uns schon einmal eine Bande von Killern auf den Hals gehetzt, und sicher würden sie keinen Moment zögern, es noch einmal zu tun.

Killer waren zu dieser Zeit billig zu haben. Das Risiko, unter Mordanklage zu kommen, war äußerst gering. Viele Männer zogen nach Westen; viele kehrten niemals zurück. Nach ihrem Verbleib wurden nur wenige Fragen gestellt.

Ich brauchte einige Zeit, bevor ich meine Pferde erreichte, obwohl sie doch gar nicht so weit entfernt waren. Ich hielt mich so gut wie möglich außer Sicht.

Hören konnte ich nichts.

Und dann, gerade als die einsetzende Dunkelheit über den Rand des Talkessels kroch, sah ich einen Reiter, der dort oben fast eine Minute lang regungslos im Sattel saß und sich dann an den Abstieg über den schmalen Felspfad machte. Ich konnte ihn nur als großen, dunklen Flecken beobachten.

Als ich noch näher herankam, spitzte der Appaloosa

die Ohren und machte einen zögernden Schritt auf mich zu. Das Pferd war wohl neugierig, warum ich mich in dieser tief geduckten Haltung durch das Gras näherte.

»Sachte, alter Junge!« flüsterte ich. »Schön ruhig!«

Das Pferd stand sofort ganz still, während ich nach den Zügeln langte. Ich zog das Tier etwas näher zu mir heran und richtete mich vorsichtig auf.

Und da hörte ich plötzlich dicht neben mir eine Stimme.

Die Stimme einer Frau!

Vor Schock rieselte mir ein eiskalter Schauer über den Rücken.

»Ich glaube, ich bin verletzt! Können Sie mir helfen?«

22

Es war Fanny Baston.

Sie hatte eine Stimme, die einmalig unter tausend war ... leise, sanft, einladend. Sogar in der Dunkelheit konnte ich erkennen, daß sie Blut im Gesicht hatte. Jacke und Bluse waren zerrissen, ein Bein schien verletzt zu sein.

»Ihre Freunde sind ja ganz in der Nähe«, sagte ich, weil ich nichts mit ihr zu tun haben wollte. Überhaupt nichts. Sie war verletzt. Na, schön. Aber sie hatte ja einen Bruder und Onkel in Rufweite, vielleicht sogar noch andere.

»Ich glaube, ich bin ...« Sie ließ sich einfach gehen, sackte zu Boden und wurde ohnmächtig.

Ich fluchte. Jawohl, Sir, ich fluchte! Was ich jetzt am allerwenigsten gebrauchen konnte, war eine verletzte Frau auf dem Halse zu haben! Und schon gar nicht diese hier! Sie schien mich nicht erkannt zu haben. Vielleicht war sie doch mit dem Kopf zu hart aufgeschlagen. Nur ... was sollte ich denn jetzt mit ihr anfangen?

Nach ihrem Bruder oder Onkel konnte ich nicht rufen. Man würde doch sofort auf mich schießen. Aber wenn ich sie hier zurückließe, könnte sie sterben. Ich hatte doch keine Ahnung, wie schwer sie verletzt sein mochte. So sah ich keine andere Möglichkeit, als sie mitzunehmen. Ich nahm sie auf und hob sie in den Sattel. Mit einer Hand hielt ich sie fest, dann ging ich los.

Nach ein paar Minuten blieb der Appaloosa plötzlich stehen.

Ich wollte ihn weiterzerren, aber er weigerte sich, auch nur noch einen Schritt zu tun.

Ich ließ Fanny Baston über den Sattelknauf gelegt, ging vorwärts ... und wäre beinahe von dieser Welt gestürzt. Mit einem Fuß war ich bereits über den Rand hinweg. Ein Glück, daß ich die Zügel nicht losgelassen hatte, Ich warf mich zurück und stieß dabei einen kleinen Stein los. Es schien mir unendlich lange zu dauern, bis ich ihn schließlich unten aufschlagen hörte. Ich machte schleunigst kehrt und ging wieder aufs Gras und zwischen die Bäume zurück.

Ich brauchte jetzt irgendein Versteck. Es hatte keinen Zweck, in der Dunkelheit am Rande einer Steinklippe herumzuwandern. Aber ich fand ein gutes Versteck. An einer Stelle blieb mein Pferd wieder einmal stehen, aber diesmal konnte ich Bäume vor mir sehen. Ich ließ einen Stein fallen. Er fiel nicht tief und schlug weich auf. Vorsichtig arbeitete ich mich weiter am Rande der Klippe entlang, bis ich eine Stelle fand, wo es leicht bergab ging. Hier machte ich mich an den Abstieg. Jetzt befand ich mich etwa zwei Meter tiefer als vorher, und ich spürte dichtes Gras unter den Füßen.

Ich hatte Fannys Hände am Sattelhorn festgebunden, und nun führte ich die Pferde unter die Bäume. Nach einer Weile kniete ich mich auf den Boden und riskierte es, ein Zündholz anzureißen. Um mich herum sah ich ein paar große Rottannen, deren Stämme fast dreißig

Zentimeter Durchmesser hatten. Ich fand mich auf ebenem, grasigem Boden.

Ich band Fannys Hände los und schob das Mädchen vom Pferd.

Fanny war immer noch bewußtlos. Oder sie schien es zu sein. Falls sie mir nur etwas vormachte, so tat sie es jedenfalls auf verdammt gerissene Art.

Ich legte das Mädchen aufs Gras, schirrte meine Pferde ab und pflockte sie an.

Als ich zu den Bäumen zurückkam, blieb ich einen Moment stehen, um mich mit der Umgebung vertraut zu machen. Um mich herum war Dunkelheit. Durchs Geäst der Tannen war der Sternenhimmel zu sehen.

Wir schienen uns in einer Art Nische zu befinden. Ich war absolut sicher, daß sich am Rande diese Steilklippe befand, wo ich beinahe in die Tiefe gestürzt wäre ... zweifellos der äußerste Rand des Berges selbst.

Hier unten unter der Tanne durfte ich wohl damit rechnen, daß ein Feuer nicht gesehen werden würde. Im Dunkeln konnte ich jedenfalls nichts für das verletzte Mädchen tun. Außerdem war ich hungrig und wollte Kaffee trinken.

Ich brach ein paar dürre Zweige von den Tannen und suchte tastend nach trockenem Brennmaterial. Als ich genug beisammen hatte, zündete ich ein kleines Feuer an.

Fanny Baston war wirklich bewußtlos. Ihr Gesicht war totenblaß. Sie hatte eine tiefe Platzwunde am Kopf. Ein Arm war zerschrammt und wies starke Hautabschürfungen auf. Ihr Bein war zwar nicht gebrochen, aber stark angeschwollen. Ich machte Wasser heiß, bereitete Kaffee zu und wusch dem Mädchen das Blut aus dem Gesicht, so gut es eben gehen wollte. Ich badete auch ihren Arm ein wenig und entfernte Gras und Sand von den zerschrammten Stellen.

Ich nahm die Schnur von meinem Sechsschüsser. Falls ich eine Waffe brauchte, würde ich sie sehr schnell benötigen. Die Winchester behielt ich bei der

Hand, aber auf der anderen Seite des Feuers, also außer Reichweite des Mädchens.

Als der Kaffee fertig war, ging der Atem der bewußtlosen Frau schon wesentlich ruhiger; sie schien in natürlichen Schlaf versunken zu sein.

Fanny Baston war eine sehr schöne Frau, das ließ sich nicht bestreiten. Aber hier war ich nun, und zwar so müde, daß ich mich kaum noch auf den Beinen halten konnte, aber ich wagte nicht, mich schlafen zu legen, denn ich hatte Angst, daß sie während der Nacht aufwachen und mir ein Messer in den Leib rammen könnte.

Und sie hatte eine Klinge. Sie war unter ihrem Kleid ans Bein gebunden; ein hübsches, kleines Messer, kaum breiter als ihr kleiner Finger, aber zweischneidig und sehr spitz. Ich hatte es gesehen, als ich ihr Bein behandelt hatte, aber ich hatte es gelassen, wo es war.

Nach einer kleinen Weile ging ich in die Dunkelheit hinaus und wieder nach oben. Von hier oben aus war mein Lagerplatz nicht zu sehen, und das kleine Feuer, das ich angezündet hatte, war gut verborgen. Ich lauschte eine Weile, dann kehrte ich nach unten zurück.

Fanny Baston hatte sich nicht gerührt. Jedenfalls nicht so, daß es mir aufgefallen wäre.

Ich nahm meine Decken und zog mich damit zwischen die Bäume zurück. Drei Rottannen wuchsen dicht nebeneinander; die drei Stämme sahen beinahe wie aus einer Wurzel entsprossen aus. Zwischen ihnen legte ich mich hin, die Winchester griffbereit, meinen Sechsschüsser zwischen den Beinen. So wickelte ich mich in eine Decke.

Die Bäume bildeten ein V, und ich legte zwei kleine Zweige über die breite Stelle. Um mich zu erreichen, würde man mit einem Fuß dorthin treten müssen, und dies würde ich bestimmt hören. Außerdem waren da ja noch die Pferde, die mich vor der Annäherung eines Menschen warnen würden.

Ich schlief eine Weile, wurde halbmunter, schlief wieder ein und döste manchmal nur so vor mich hin. Dann war ich einige Zeit wach. Ich verließ meine Liegestatt und warf noch etwas Holz aufs Feuer. Anschließend warf ich einen prüfenden Blick auf Fanny Baston, deckte sie besser zu und kehrte in meine Ecke zurück.

Noch vor Tagesanbruch wachte ich auf. Ich saß eine Weile da, dachte an Pa und über diesen Ort hier nach. Ich überlegte, was wohl aus Pa geworden sein mochte.

Wo auch immer es mit ihm zu Ende gegangen sein sollte, es konnte nicht weit von hier entfernt gewesen sein, es sei denn, daß er diesen Ghost Trail aus dem Lande genommen hatte. Wie ich Pa kannte, hätte er genau das getan haben können. Ich wünschte mir, jetzt Old Powder-Face bei mir zu haben. Das war ein ungemein gewiefter Indianer, und er könnte für einen Mann, der nach einem zwanzig Jahre zurückliegenden Trail suchte, eine große Hilfe sein.

Als der Himmel sich grau zu färben begann, verließ ich meinen Winkel und reckte mich ausgiebig, um die Steife aus meinen Gliedmaßen zu vertreiben. Ich war immer noch müde, aber ich wußte, daß heute der Tag war, an dem ich es tun mußte.

Zunächst schlenderte ich zum Rand hinüber. Die Klippe fiel etwa tausend Fuß tief ab. An der Stelle, wo ich beinahe abgestürzt wäre, gab es nur eine glatte Steilwand. In der Ferne konnte ich eine rote Klippe sehen, die sich gegen grünen Hintergrund abzeichnete. Noch weiter dahinter erstreckten sich die schier endlosen Berge wie Meereswellen bis zum Horizont.

Es gab keinen leichten Weg in diese ungeheure Senke, aber an einer etwas entfernten Stelle zeichnete sich ein schmaler Wildpfad ab, der wahrscheinlich von einem Elch stammte. Er könnte in den Talkessel führen.

Ich machte mich auf den Weg zurück zum Lager.

Niemand brauchte mir zu sagen, daß es hier zur endgültigen Abrechnung kommen würde. Jetzt. Noch an diesem Tage.

Andre Baston war mir von New Orleans aus gefolgt; er hatte Hippo Swan bei sich. Die beiden wußten, was vor zwanzig Jahren hier geschehen war. Daß Fanny Baston sie begleitet hatte, war ein Maßstab für die Dringlichkeit des Unterfangens.

Die meiste Zeit hatten sie ein bequemes, behagliches Leben geführt, bis sie feststellen mußten, daß Geld nun mal nicht ewig reicht. Jetzt sahen sie sich der Gefahr gegenüber, nicht nur ihr Gesicht, ihren Ruf und ihren Lebensstil, an den sie gewöhnt waren, zu verlieren, sondern möglicherweise gezwungen zu sein, den Rest ihres Lebens in Armut zu verbringen und – was für sie wohl am schlimmsten sein dürfte – vielleicht sogar arbeiten zu müssen.

Für sie hing jetzt alles davon ab, was heute hier geschehen würde. Sie mußten nicht nur verhindern, daß die damaligen Geschehnisse bekannt wurden, sondern mußten vor allem – wenn irgend möglich – versuchen, den Schatz zu finden oder wenigstens einen Teil davon.

Als es Tag wurde, konnte ich sehen, daß ich mich auf einer Art Felsband befand, das wie eine Stufe unterhalb des oberen Randes aussah. Die Breite variierte; an der breitesten Stelle vielleicht hundert Fuß, hier und da aber wesentlich schmäler, nur etwa dreißig Fuß. Es gab grasbewachsene Stellen und auch vereinzelte Bäume; es verlief bogenförmig, bis es am Ende in einen großen, kahlen Berghang überging.

Es war ein Ort, den niemand hier vermuten würde, solange man nicht darauf stieß. Etwas Besseres hätte ich gar nicht finden können.

Von hier aus konnte man fast alles überblicken. Ich konnte keinerlei Bewegung dort drüben entdecken, wo Fanny Baston lag.

Ich ging zu meinen Pferden und brachte sie etwas weiter fort. Es gab gutes Gras, und die Pferde fühlten sich wohl; das hatten sie auch verdient.

Aber da ich ein Mann war, der keiner Zukunft vertraute, die ich mir nicht selbst gebaut hatte, schleppte ich meinen Sattel hinüber und legte ihn dem Appaloosa auf. Dann raffte ich das meiste meiner Ausrüstung zusammen und verstaute es hinter einem Felsblock in der Nähe des Schecken.

Direkt über dem Felsband befand sich eine hohe Felskuppe. Von hier aus hatte man gute Aussicht nach allen Seiten. Ich konnte von diesem Felsband aus dort hinaufkriechen und den gesamten Talkessel überschauen.

Zuerst ging ich jedoch zum Lager zurück.

Fanny Baston saß auf dem Boden und hatte die Arme um die angezogenen Knie geschlungen. Sie blickte aus großen Augen verständnislos zu mir auf.

»Wo sind wir denn hier?« fragte sie.

»Auf einem Berg«, sagte ich. Da ich nicht so recht wußte, was ich von ihr halten sollte, war ich lieber wachsam. Mit der rechten Hand hielt ich die Winchester schußbereit, um gegen unangemeldeten Besuch gewappnet zu sein. »Sie sind von einem Pferd gestürzt.«

Sie sah mich fragend an.

»Kümmern Sie sich um mich? Ich meine ... warum sind wir hier?«

Sie schien ehrlich erstaunt zu sein, aber ich hatte Lust, mich auf Spiele einzulassen. Ich wußte, daß die endgültige Abrechnung unmittelbar bevorstand. Sie würde hier und heute erfolgen.

»Man ist mir gefolgt, um mich zu töten«, sagte ich schroff. »Sie und Ihr Onkel und all die anderen.«

»Warum sollten wir Sie denn töten wollen?« fragte sie und schaute verblüfft drein. »Ich kann mir beim besten Willen nicht vorstellen, daß ich den Wunsch hegen könnte, Sie zu töten ... oder auch nur zu verletzen. Sie sind ... Sie sind doch so ... so nett.« Mit jungmädchenhafter Stimme fuhr sie fort: »Und Sie sind so groß und sehen so stark aus.«

Fanny Baston stand auf.

»Sind Sie stark? Könnten Sie mich halten?«

Sie machte einen Schritt auf mich zu. Ihr Kleid war zerrissen, und ihre Schulter über dem zerschrammten Arm war nackt.

»Ihr Bruder und Ihr Onkel sind direkt dort drüben«, sagte ich. »Und wenn Sie in diese Richtung gehen, werden Sie sie auch finden. Oder man wird Sie finden.«

»Aber ... aber ich *will* doch gar nicht gehen! Ich möchte viel lieber bei Ihnen bleiben!«

»Sie müssen doch härter auf den Kopf gefallen sein, als ich gedacht habe«, sagte ich. »Sie sind zwar eine verdammt gut aussehende Frau, aber *ich* würde Sie nicht mal mit 'ner Heugabel berühren, Ma'am! Ich glaube nämlich nicht, daß Sie auch nur einen einzigen ehrlichen Knochen im Leibe haben!«

Sie lächelte.

»Aber ich mag Sie wirklich!«

Sie kam noch näher heran.

»Tell ... bitte! Lassen Sie uns das alles doch einfach wieder vergessen! Nehmen wir die Pferde, und dann gehen wir den Weg zurück, den wir gekommen sind. Wir könnten doch irgendwohin gehen. Vielleicht nach Kalifornien? Oder sonstwohin!«

»Ja, Ma'am, das könnten wir wohl, aber ...«

Plötzlich sprang sie mich an und langte mit beiden Händen nach meinem Gewehr. Sie hielt es mit einer Hand fest, mit der anderen packte sie mein Handgelenk.

»*Jetzt, Paul! Jetzt!*«

Erschrocken schleuderte ich sie von mir, so daß sie ins Gras fiel.

Sie schrie laut auf.

Ich verlor das Gleichgewicht und landete auf einem Knie.

Und dort stand Paul und hielt ein Gewehr in den Händen.

Noch während ich hinsah, zuckte ein Mündungsblitz aus dem Lauf.

23

Paul war kein solcher Killer wie sein Onkel. Er schoß zu überhastet und außerdem auf ein bewegliches Ziel. So ging seine Kugel daneben, meine dagegen nicht. Aber es war nur ganz knapp. Die für seinen Körper bestimmte Kugel traf das Gewehrschloß, schrammte über Pauls Handrücken, riß eine Schramme in seine Wange und fetzte das Ohrläppchen ab.

Paul schrie gellend auf, ließ das Gewehr fallen und rannte Hals über Kopf davon.

Fanny, die vor Wut heiser aufheulte, kam auf die Beine und rannte auf das Gewehr zu.

Ich stieß sie beiseite und schleuderte sie erneut ins Gras. Dann hob ich das Gewehr auf und warf es weit weg. Es schlug am Rande des Grasstreifens kurz auf, rutschte darüber hinweg und verschwand außer Sicht.

Jemand schrie: »Sie haben ihn gefunden! Kommt!«

Ich machte kehrt und rannte zwischen den Bäumen hindurch zu meinen Pferden.

Ein Schuß krachte.

Die Kugel fetzte Zweige und Rinde dicht über meinem Kopf von einem Baum.

Ich duckte mich schleunigst hinter einen dicken Stamm und rang keuchend nach Atem. Ich hielt den Sechsschüsser bereits in der Hand, konnte aber kein Ziel finden.

Dann hörte ich Fanny schreien. Ihre Stimme klang heiser und wütend.

»Paul hatte ihn! Hat auf ihn geschossen, ihn aber verfehlt! Und dann ist er wie ein Präriehase davongerannt!«

Sie hatte leicht reden. Paul hatte wahrscheinlich noch nie in seinem Leben Pulverdampf gerochen. Wie so viele andere war er zwar bereit, zu verletzen oder zu töten, aber er wollte dabei nicht selbst verletzt oder gar getötet werden.

Viele Männer vermeiden den Kampf nicht aus Feigheit, sondern aus Angst vor der Feigheit. Sie befürchtens, nicht den notwendigen Mut aufzubringen, wenn die Stunde der Wahrheit gekommen ist.

Paul hatte nicht den notwendigen Nerv besessen; er war verletzt worden. Vielleicht nicht schlimm und auf gar keinen Fall lebensbedrohlich, aber er hatte sein eigenes Blut fließen sehen, und das ist für manchen Mann ein großer Schock.

»Das ist doch gar kein Problem«, hörte ich Andre sagen; seine Stimme klang ganz ruhig. »Überhaupt kein Problem. Ich weiß doch, wo er ist. Es gibt für ihn keinen Ausweg mehr. Es hat ja schon einmal geklappt, und es wird bestimmt wieder klappen.«

Schon einmal?

Ich blickte mich um.

Hier?

War Pa hier gestorben?

Ich sah zu den Pferden hinüber.

Oder dort?

Ich hatte keinerlei Gebeine, kein Grab gefunden. Wilde Tiere könnten zwar die Knochen verstreut haben, aber es war auch möglich, daß man den Leichnam über den Rand in den Talkessel hinabgeworfen hatte.

Hier ... hatte Pa hier sein Ende gefunden? Und sollte ich ihm folgen? Hatte man mir das gleiche Schicksal zugedacht?

Nun, die Situation war wohl jetzt doch etwas anders, sagte ich mir. Ich hatte eine gute Winchester, ausreichend Munition und genügend Vorräte. Eine Belagerung würde ich ziemlich lange aushalten können. Es sei denn, daß es noch einen anderen, mir bisher unbekannten Faktor geben sollte.

Vor einiger Zeit hatte Judas gesagt, daß Andre Baston zehn Männer bei sich hatte. Das könnte übertrieben sein, aber mehrere gab es bestimmt. Ich konnte ihre Stimmen hören.

Nach einem Moment war mir alles klar. Zunächst einmal zog ich mich zu meinen Pferden zurück. Hier war die Sackgasse besonders eng, und das Gelände fiel sehr steil zum Grunde des Talkessels ab. Selbst wenn es ein Mann schaffen sollte, bis dort hinab zu gelangen, so würde er ein offenes Ziel für einen Schuß vom oberen Rand abgeben, bis er die Bäume erreichen könnte. Und Andre würde gewiß nicht so danebenschießen, wie Paul es getan hatte.

Es sah aus, als könnte es am Rand entlang einen Weg geben, einen sehr schmalen Weg, der von einem Mann oder auch von einem Pferd benutzt werden könnte, aber es gab keine Spuren oder sonstigen Anzeichen für irgendwelche Benutzung. Außerdem bestand das Risiko, daß am anderen Ende ein Mann mit einem Gewehr warten und ein ganz bestimmtes Ziel im Auge haben würde. Wenn sich dieses Ziel über einen nur drei Fuß breiten Pfad näherte, bestand kaum Aussicht auf einen Fehlschuß.

Hier oben waren ein paar Steine aufgeschichtet worden; andere waren von einer höheren Barrikade herabgefallen. Ferner gab es einen umgestürzten Baum, dessen trockene Zweige die Nadeln noch nicht verloren hatten.

Als ich die Pferde erreicht hatte, öffnete ich eine Munitionsschachtel und füllte meine Jackentaschen mit Patronen. Meine '73 Winchester war voll geladen. Jetzt war ich bereit, wie es ein Mann nur sein konnte.

Direkt hinter dieser kahlen Kuppe, die über mir aufragte, war der Talkessel; von der unteren Seite der Talsohle führte ein Trail den La Plata Cañon hinab nach Shalako.

In Shalako gab es mindestens drei Sacketts und ein paar Freunde, aber diese Gegend war sechs bis sieben Meilen von hier entfernt, vielleicht sogar noch weiter;

da könnten sie genausogut in China sein. Von ihnen konnte ich hier jedenfalls keinerlei Hilfe erwarten.

Mit dem, was hier geschah, mußte ich fertig werden. Ich ganz allein.

Eben war mir ein Gedanke gekommen, der mich beunruhigte. Er war mir durch den Kopf gegangen, während ich über andere Dinge nachgedacht hatte. Irgend etwas nagte plötzlich an mir. Was könnte das bloß gewesen sein?

In meiner gegenwärtigen Situation gab es einen ganz bestimmten Faktor ...

Von meinem Versteck aus hatte ich gutes Schußfeld. Es gab ein paar Gräben und Senken, einige umgestürzte Baumstämme, die zum Teil schon vollkommen verrottet waren.

Ich brachte meine Pferde an einen möglichst sicheren Ort, setzte mich hin und beschäftigte mich intensiv mit meiner Situation. Über meine Schulter hinweg konnte ich diese beinahe kahle Flanke der Bodenwelle sehen; dorthin führte der Ghost Trail. Wenn ich dorthin gelangen könnte ...

Niemand kam. Offensichtlich war man überzeugt, mich definitiv zu haben; sie wollten mich ein bißchen schmoren lassen.

Ich nahm Rauchgeruch wahr. Die andere Seite bereitete sich offenbar Frühstück zu.

Hm, warum sollte ich es nicht ebenfalls tun? Ich sammelte ein bißchen trockenes Holz, machte Feuer und stellte Kaffeewasser auf. Die ganze Zeit über hielt ich jedoch aufmerksam Ausschau nach den Männern, die so erbarmungslos Jagd auf mich machten.

Falls dies hier der Ort war, wo man Pa in die Enge getrieben hatte, wo waren dann seine Gebeine? Und was war aus seiner Ausrüstung geworden? Und aus seinem Gold?

Pa war ein kluger Mann gewesen; er hatte bestimmt nicht den Wunsch gehabt, daß die anderen von seinem

Tod profitieren sollten. Falls es sich hier abgespielt hatte, würde Pa bestimmt sehr gewissenhaft beim Verstecken bestimmter Dinge vorgegangen sein.

Doch wie war es passiert? Zugegeben, Pa hatte nur einen Vorderlader bei sich gehabt, und so schnell er auch gewesen sein mochte, lange hatte er seinen Verfolgern bestimmt nicht standhalten können. Aber er hatte auch eine Pistole gehabt; zumindest hätte er eine bei sich gehabt haben sollen.

Was mich störte und beunruhigte, war die Tatsache, daß Baston und die anderen so sicher waren, mich zu haben. Wenn ich mir jetzt vorstellen könnte, was man vorhatte ...

Plötzlich überrieselte mich ein eiskalter Schauer. Ich wußte plötzlich, warum die Gegenseite so sicher war, mich in der Falle zu haben.

Man hatte oben auf der Felszacke einen Mann postiert, der mich erschießen könnte, falls ich mich bei einem Angriff ablenken oder gar dazu verleiten lassen würde, mich blicken zu lassen. Eigentlich war diese Felszacke ein richtiger Gipfel, der höher als alles andere in dieser Gegend aufragte. Ich schaute hinauf und konnte sehen, wo ein Mann dort oben in fast jeden Winkel feuern konnte, falls der Schütze bereit war, sich ein wenig zu exponieren ... in *beinahe* jeden Winkel.

Nun, über diese Brücke würde ich eben zu gehen haben, wenn der entsprechende Zeitpunkt gekommen sein würde, beruhigte ich mich sofort wieder.

Zunächst verzehrte ich mit gutem Appetit den gebratenen Speck. Er duftete verlockend, und mir gefiel auch der Geruch des Feuers. Was würde ich wohl am meisten vermissen, wenn ich hier getötet werden würde, überlegte ich. Den Anblick dieser Wolken, die sich da drüben über den Bergen zusammenballten? Den Geruch von Holzfeuer, Kaffee und gebratenem Speck? Das Gefühl, ein gutes Pferd unter mir zu spüren? Oder den Sonnenschein, der durchs Espenlaub schimmerte?

Für mich gab es nicht viel zu erinnern. Ich war an keinem der größeren Orte gewesen. Ich war niemals zwischen berühmten Leuten herumgewandert. Ich hatte niemals sehr gepflegt gegessen. Von Theater und anderen Schauspielen hatte ich nie viel gesehen. Ich hatte an vielen Lagerfeuern gesessen und so oft unter Sternen geschlafen, daß ich all ihre Standorte und Formationen kannte, nachdem ich wieder und immer wieder zu ihnen hinaufgeschaut hatte.

Hier und da hatte es ein paar gute Pferde gegeben. Ich war über lange Trails und weite Wüsten gezogen.

Diese Erinnerungen hatte ich, und ich denke, daß man viel davon haben kann, wenn man gründlich darüber nachdenkt.

Aber Pa war mir einen Schritt voraus gewesen, als er sich hier niedergelassen hatte, um seinen letzten Kampf zu führen. Er hatte zu Hause eine Frau und ein paar heranwachsende Jungen gehabt; Jungen, die seinen Namen fortpflanzen und sein Leben für ihn weiterführen würden. Ich aber hatte weder Sohn noch Tochter. Sollte ich hier mein Ende finden, würde niemand um mich trauern. Meine Brüder, ja. Aber wenn ein Mann aus dem Leben scheidet, sollte er eine Frau haben, die um ihn weint. Aber ich würde als letzter gehen wollen. Ich würde wissen wollen, daß meine Frau versorgt war, bevor ich sie für immer verlassen müßte. Vielleicht ist es für einen Mann leichter als für eine Frau, allein zu sein. Nun, von solchen Dingen verstand ich nicht viel.

Die Leute dort drüben wurden geschäftig. Stimmen klangen näher. Ich vermutete, daß es sich um Vorbereitungen zum Kampf handelte. So dürfte wohl den alten Trojanern zumute gewesen sein, als sie ihre Rüstung für den letzten Kampf angelegt hatten. Als die Griechen herankamen, und man gewußt hatte, daß man es nicht schaffen würde.

Aber ich gedachte es zu schaffen. Kein Mann sollte den letzten, langen Weg antreten, ohne irgend etwas hinter sich zurückzulassen, aber was ich zu hinterlassen hatte, würde verschwinden, wenn sich der Staub legte.

Ein Mann kann Dinge aus Stein meißeln; er kann schöne Worte schreiben. Oder er kann sonst etwas tun, um sich das Andenken in den Herzen der Leute zu sichern. Ich hatte nichts dergleichen getan; noch nicht.

Und vielleicht würde ich es auch niemals tun können.

Der Wind legte sich. Das Laub hing still an den Zweigen. Um mich herum war die Kühle der Berge. Diese Gegend hier mußte sich in etwa zwölftausend Fuß Höhe befinden. Vielleicht nicht ganz so hoch, denn es gab Bäume um mich herum. Aber sie hörten nach etwa fünfzig Metern auf, und allzu viele gab es ohnehin nicht.

Doch dann glaubte ich schließlich zu bemerken, daß sich dort oben auf dieser Felszacke etwas bewegte. Am liebsten hätte ich dem Burschen sofort eins auf den Pelz gebrannt, um ihm zu verstehen zu geben, daß es kein reines Vergnügen für ihn werden würde.

Und dann kamen sie. Weiter unten entstand Bewegung. Ich verzehrte das letzte Stück Speck und füllte meinen Kaffeebecher nach.

Eine Kugel klatschte gegen den Felsen über meinem Kopf. Steinsplitter fielen in meinen Kaffeebecher. Ich fluchte. Also, das hätten sie nicht tun sollen! Ein Mann kann viel ertragen, aber alles hat seine Grenzen. Ich hielt nun mal sehr viel von gutem Kaffee.

Wenn ich mich dicht bei den Felsen aufhielt, würde niemand einen guten, treffsicheren Schuß auf mich abfeuern können. Deshalb blieb ich einfach dort sitzen. Ich wartete. Wenn der Zeitpunkt für einen Schußwechsel gekommen sein würde, gedachte ich meinen Teil dazu beizutragen. Im Moment hatte es wenig Sinn, den Leuten dort unten den Spaß zu verderben. Es fielen zwei weitere Schüsse, die jedoch keinerlei Schaden anrichteten.

Ich trank noch einen Schluck Kaffee und schaute zu

den Berggipfeln hinüber. Einige von ihnen waren fünfzig, sechzig Meilen entfernt.

Gern hätte ich den Berg namens Sleeping Ute gesehen, aber dieser Berg war dort hinter dem Rand da drüben verborgen.

Als ich mich jedoch vorbeugte, um nach der Kaffeekanne zu langen, feuerte der unverschämte Kerl dort oben auf dem Felsen direkt in mein Lagerfeuer! Ich hatte einen Moment alle Hände voll zu tun, den Funkenregen von meinen Sachen abzuklopfen. Wenn der Bursche dort oben so weitermachte, würde er noch zu einem mächtigen Ärgernis werden.

Es fielen noch mehrere Schüsse, aber ich trank erst mal in aller Seelenruhe meinen Kaffee aus, bevor ich nach der Winchester langte.

Bei einem Kampf mit Leuten, die das Kämpfen nicht gewöhnt sind, sollte man ihnen Zeit lassen. Das feuert sie an; sie bringen nicht die Geduld auf, erst einmal abzuwarten. Ich dagegen hatte es ganz und gar nicht eilig. Schließlich wollte ich ja nirgendwohin.

Die Gegenseite feuerte wild drauflos und verspritzte heißes Blei in alle Richtungen.

Ich aber lehnte mich einfach in meinem Winkel zurück, genoß meinen Kaffee und ließ den Leuten da unten ihren Willen.

Sicher wollten sie mich dazu verleiten, ins Freie zu kommen, um zurückschießen zu können. Dann würde mir der Kerl da oben auf dem Felsen einfach das Lebenslicht auspusten. Ich dachte gar nicht daran, ihnen diesen Gefallen zu tun.

Schließlich wurde ich das Spiel aber doch leid.

Die Pferde befanden sich in der besten Lage. Sie hatten keinen Kampf angefangen. Ich hatte sie an einen Ort gebracht, wo sie von Kugeln nicht erreicht werden konnten. Sie waren klug genug, dort zu bleiben und sich damit zu begnügen, sich gegenseitig die Fliegen zu vertreiben.

Nach einer Weile entschied ich, daß der Kerl da oben eifrig genug geworden sein dürfte, um sich leichtsinnig eine Blöße zu geben. Ich nahm mein Gewehr, tuschte etwas herum, damit ich nach oben schauen konnte, ohne allzuviel von mir preiszugeben. Prompt entdeckte ich auch einen Gewehrlauf. Dann zeichnete sich etwas gegen den Himmel ab. Vielleicht eine Schulter in einem blauen Hemd. Der Farbtupfer verschwand. Ich wartete einfach weiter. Sicher würde der Mann da oben noch einmal das gleiche tun. Und ich behielt recht.

Ich brauchte nur noch abzudrücken und hörte augenblicklich einen lauten Aufschrei.

Ein Gewehr fiel scheppernd zu Boden.

Ich drehte mich sofort nach der anderen Richtung um und glaubte ein Wollhemd zu sehen. Wieder krachte meine '73 Winchester, und das Ding, auf das ich geschossen hatte, verschwand.

Danach herrschte wieder eine ganze Weile Ruhe.

Meine Schüsse hatten sie nicht gestoppt, sondern nur etwas vorsichtiger gemacht. Jetzt wußten sie, daß die Sache hier nicht so glatt und einfach verlaufen würde.

Aber ich sage aller Welt, daß ich ein mächtig einsamer Mann war, der hier oben saß und der Dinge harrte, die da kommen sollten. Nur wenige Meilen von hier entfernt hatte ich eine Familie, eine sehr rauhe Familie, die einer ganzen Armee hätte Trotz bieten können. Aber jetzt kam es mir vor, als würde ich alles ganz allein erledigen müssen.

Nun, so war das ja fast mein ganzes Leben lang gewesen; die meisten Dinge hatte ich stets selber tun müssen.

Ich schob zwei Patronen in mein Gewehr und warf einen Blick zu meinen Pferden hinüber. Sie standen da, halb eingeschlafen und offenbar völlig ungerührt vom Treiben von uns Menschen.

Ich ging zu ihnen hinab, redete ein bißchen mit ihnen und kehrte dann auf meinen Platz zurück.

Es gab keinen leichten Ausweg aus dieser Situation, aber eins wußte ich schon jetzt ... in der kommenden Nacht würde ich nicht tatenlos herumsitzen und warten. Mochte kommen, was da wollte, ich würde wie ein heiliges Donnerwetter mit krachendem Sechsschüsser dazwischenfahren! Wenn sie diesen Fisch hier an Land ziehen wollten, dann sollten sie noch merken, was sie da an der Angel hatten!

24

Es wurde ein langer Tag. Von Zeit zu Zeit fiel zwar ein Schuß, aber man machte nicht mehr den Versuch, mich frontal anzugreifen. Daß von diesem Felszacken dort oben keine weiteren Schüsse mehr fielen, machte ihnen offensichtlich zu schaffen, und noch wußten sie wohl nicht so recht, was sie tun sollten.

Niemand hat jemals durch Abwarten einen Kampf gewonnen, jedenfalls nicht unter Umständen wie hier. Meine einzige Strategie konnte nur in Angriff bestehen. Ich glaube nun mal daran. Angreifen, immer angreifen.

Man hatte mich hier oben in der Zange; bei Tag konnte ich mich nicht bewegen. Anders war es jedoch bei Nacht. Ich hatte die Absicht, hinauszugehen und ihnen dort unten gehörig einzuheizen. Zweifellos planten sie, nach Anbruch der Dunkelheit heraufzukommen und über mich herzufallen.

Während ich dalag, überprüfte ich die möglichen Routen aus meiner Sackgasse. Für einen Mann zu Fuß war es kein Problem, von hier fortzukommen. In den Satteltaschen hatte ich meine Mokassins. Bevor ich Reiter geworden war, war ich schon Waldläufer gewesen; für mich war es ganz natürlich, mich fast lautlos zu bewegen.

Als Junge hatte ich oft die Aufgabe gehabt, mich an

ein Wild heranschleichen zu müssen oder keinen Schuß anbringen zu können. Das Töten eines Wildes bedeutete für mich Essen, und oft hatte nur ich für meine Familie sorgen müssen, wenn Pa fortgewesen war und die anderen Jungen noch zu jung für die Jagd gewesen waren.

Nach allem, was Andre gesagt hatte, war Pa hierhergekommen. Wahrscheinlich war er hier auch gestorben. Und als er diesen Ort hier erreicht hatte, mußte er das Gold bei sich gehabt haben.

Was war daraus geworden? War es immer noch irgendwo in der Nähe versteckt?

Ich lehnte mich zurück und schaute mich sehr aufmerksam und sorgfältig um. Angenommen, daß ich jetzt einen gehörigen Batzen Gold zu verstecken hätte. Wo würde ich es verstecken, und zwar so, daß es niemals gefunden werden könnte? Angenommen, daß ich hier war und damit rechnete, immer noch eine Kampfchance zu haben, aber wußte, daß ich mit leichtestem Gepäck von hier verschwinden mußte? So wie ich es zu tun gedachte, wenn die Dunkelheit hereingebrochen sein würde?

Wo würde ich dann das Gold verstecken?

Es gab eine ebene Stelle mit grünem Gras, durch einen Felsvorsprung teilweise vor Gewehrfeuer geschützt. In diesem Felswall am Rande gab es eine Vertiefung, kaum groß genug, um die beiden Pferde darin zu verstecken.

Ein Baumstamm, der vor fünf oder sechs Jahren umgestürzt sein dürfte, lag in der Nähe. Der Stamm vermorschte, um seine Schuld ans Erdreich zu bezahlen, dem er entsprossen war. In der Nähe lag der umgestürzte Baumstamm, der immer noch braune Nadeln aufwies. Wahrscheinlich war er erst im vergangenen Winter umgestürzt oder abgebrochen. Diese beiden Bäume waren noch nicht hiergewesen, als Pa sich auf seinen letzten Kampf vorbereiten mußte ... falls er es getan hatte.

Ich hatte noch einen anderen Anhaltspunkt. Pa hatte alle Methoden gekannt, die von Indianern benutzt wurden, um einen Trail zu markieren. Das hatte er uns Jungen beigebracht. Eine Methode bestand darin, einen Stein auf den anderen zu legen, um eine Stelle zu kennzeichnen; als Wegweiser wurde dann ein weiterer Stein in die Nähe gelegt, um anzuzeigen, in welche Richtung der Trail weiterführte. Als wir noch Jungen gewesen waren, hatte Pa auf solche Weise oft einen Trail markiert, dem wir dann hatten folgen müssen. Er hatte ein Grasbüschel genommen, um es mit weiterem Gras zu umwickeln. Oder er hatte einen Zweig abgebrochen und in den Boden gesteckt, um zu zeigen, welchen Weg er gegangen war.

Indianer beugten oft einen gesunden Baum, um den Weg zu zeigen. Wer hin und wieder durch Wald wandert, wird sich nicht selten über einen Baum wundern, der ein Stück parallel zum Boden gewachsen ist. Dann dürfte es sich in den meisten Fällen um einen Wegweiser handeln, den Indianer vor langer Zeit benutzt hatten.

Pa hatte uns alles so gut wie irgend möglich beigebracht. Er hatte eine Stelle im tiefen Wald ausgesucht und den Boden von allen Blättern, Zweigen, Steinen und so weiter befreit. Dann hatte er den Staub glattgestrichen und etwas Fleisch, Gemüse und dergleichen in die Mitte gelegt. Diesen Platz hatten wir dann mit einem Kreis aus Zweigen und Steinen umgeben; jeden Morgen waren wir zurückgekommen, um nachzusehen, wer oder was in der Nacht dort gewesen war.

Es hatte nicht lange gedauert, da hatten wir Jungen die Spur jedes Lebewesens, ob nun Wild, Vögel oder Reptilien, deuten können, wenn eins dieser Tiere den freien Platz zur Futterstelle überquert hatte.

Pa hatte uns ständig auf irgendwelche Fährten, Bäume oder Felsformationen aufmerksam gemacht und uns gefragt, was wir davon gehalten hatten. Wir hatten ihm erklären sollen, was dort vielleicht geschehen war oder noch geschehen könnte. Es ist schon erstaunlich, wieviel ein Junge auf diese Weise lernen konnte.

Wir hatten Stellen entdeckt, wo Tiere miteinander gekämpft, sich gepaart oder den Tod gefunden hatten. Man hatte lernen können, wie Tiere sich bei Nacht bewegten, welche Lebewesen zu Futterstellen kamen und welches Futter von den einzelnen Tieren bevorzugt wurde.

Das führte so weit, daß wir Dinge sahen, ohne uns danach umzuschauen. Für uns war es ganz natürlich, zu wissen, was in den Bergen oder im Wald geschah. So wie Leute sich voneinander unterscheiden, tun es auch Bäume, sogar Bäume derselben Art.

Nach einer Weile schob ich mein Feuer wieder zusammen und bereitete mir eine kleine Mahlzeit zu. Ich kochte frischen Kaffee und ließ mir Zeit, die Situation zu studieren.

Pa war vor zwanzig Jahren an diesem Ort hier gewesen; damals dürfte alles noch etwas anders ausgesehen haben. Die älteren der umgestürzten Bäume waren damals vielleicht gerade gewachsen; mehrere andere in Sichtweite waren gewiß schon stattliche Bäume gewesen. Andere, größer und älter, könnten jetzt verschwunden sein.

Stürme, Schnee und Eis setzten Bäumen in dieser Höhenlage schwer zu. Die Bristlecone-Kiefer hält am längsten durch und überdauert alle anderen. Wo ich jetzt Unterschlupf gefunden hatte, würde den größten Teil des Jahres hoher Schnee liegen. Als Pa hiergewesen war, hatte vielleicht noch etwas Schnee gelegen. Um seine Situation richtig verstehen zu können, mußte ich mir diese Gegend so vorstellen, wie sie damals ausgesehen haben mochte, als er sie gesehen hatte.

An der Stelle, wo ich jetzt saß, hatte es damals bestimmt noch Schnee gegeben, auch an der Seite, die fast den ganzen Tag lang im Schatten lag. Vielleicht hatte Pa damals hier irgendwo seine Kerbe hinterlassen, aber der Baum könnte inzwischen weg sein. Es könnte dieser Baum gewesen sein, der da vor mir verrottete. Möglicherweise war es auch ein Baum gewesen, der in späteren Lagerfeuern verbrannt worden war. Vielleicht war er auch einfach über den Rand in die Tiefe gestürzt. Auf dem Steilhang unterhalb der Klippe lagen mehrere Stammreste verstreut herum.

Pa hatte seine Jungen respektiert; er hatte vor unserem Wissen über viele Dinge Respekt gehabt. Hätte er auch nur die geringste Chance gehabt, dann hätte er uns bestimmt irgendeinen Hinweis, einen Anhaltspunkt hinterlassen, wo das Gold versteckt war. Vielleicht sogar irgendein Zeichen, das uns verraten sollte, was aus ihm geworden war.

Hatten seine Aufzeichnungen mit dem Verlust dieses Tagebuches geendet? Oder hatte er andere Mittel und Wege für schriftliche Notizen gefunden? Auch darüber sollte ich lieber gründlich nachdenken und es in Betracht ziehen.

Jetzt hätte ich dringend Orrin hier gebraucht. Er war als Anwalt ein recht nachdenklicher Mann, der daran gewöhnt war, sich mit der Kompliziertheit des menschlichen Geistes zu befassen. Auch Tyrel wäre mir eine große Hilfe gewesen, denn er nahm nichts als selbstverständlich hin. Er war ein geradezu mißtrauischer Mann. Er mochte Leute, erwartete aber nicht viel von ihnen. Er wäre nicht einmal überrascht, wenn er von seinem besten Freund betrogen werden würde. Er hielt uns alle eben für menschlich mit allen Schwächen und überwiegend egoistisch. Allerdings traute er uns auch positive Züge zu, zum Beispiel Edelmut, Selbstaufopferung und Mut. Kurzum, für ihn waren wir Leute, Menschen.

Tyrel trug einem Mann niemals nach, was dieser getan hatte. Er traute aber auch niemandem sonderlich. Vor den meisten Menschen war er stets auf der Hut, auch wenn er sie gut leiden konnte. Aber in meiner jetzigen Situation wäre er für mich eine große Hilfe gewesen. Er besaß Verstand und konnte logisch denken, ohne sich von Gefühlen beeinflussen zu lassen.

Eins war jedoch eine Hilfe. Wir Sacketts waren ein guter Stamm. Ich meine, unsere Familie entsprach einem bestimmten Typ. So wie das Morgan-Pferd. Pa hatte oft gesagt, daß er hin und wieder eine Menge Sacketts gekannt hatte; zwar unterschieden sie sich in Größe und Körperbau, aber die meisten ähnelten in gewisser Hinsicht den Indianern und waren jederzeit zum Kämpfen bereit. Sogar diese Clinch Mountain Sacketts, die ein Haufen von Viehdieben und Schnapsbrennern waren, würden bei jeder endgültigen Auseinandersetzung ihren Mann stehen, niemals ein gegebenes Wort brechen oder einen Freund enttäuschen und im Stich lassen. Sie könnten ihm sein Pferd stehlen, wenn es sich um ein gutes Tier handelte und eine günstige Gelegenheit gegeben war, aber sie würden sich auch vor seinen verwundeten Körper stellen und Rothäute abwehren. Um ihm zur Flucht zu verhelfen, würden sie ihm sogar ein eigenes Pferd, sogar ihr einziges Pferd überlassen.

Nehmen wir zum Beispiel Logan und Nolan. Sie waren Clinch Mountain Sacketts, und ihr Pa war gemeiner als eine Klapperschlange, aber sie ließen niemals einen Freund in Not im Stich. Übrigens auch sonst niemanden.

Nolan war einmal im Panhandle Country gewesen; dort hatte er sich gegen Comanchen verschanzt, die auf ihn geschossen hatten. Einer von ihnen hatte Nolan heißes Blei verpassen können. Doch als dieser Indianer sich umgedreht hatte, um zu einem anderen etwas zu sagen, hatte Nolan ihm beide Ohren abgeschossen und den letzten Indianer verwundet. Nolan war zu ihm hingegangen, hatte ihm mit einem Fußtritt die Waffe aus der Hand gestoßen und dann dagestanden und den Indianer angeschaut.

Dieser Comanche hatte Nolan haßerfüllt angefunkelt,

als hätte er ihn zum Schießen herausfordern wollen; dann hatte er sogar versucht, Nolan anzuspucken.

Nolan hatte gelacht, diesen Injun bei den Haaren gepackt und ihn zum Pferd geschleift. Dann hatte er diesen Indianer aufs Pferd geladen und festgebunden. Anschließend war Nolan zu seinem eigenen Pferd gegangen, hatte es bestiegen und war direkt ins Comanchen-Dorf geritten. Mitten zwischen den Wigwams hatte er angehalten.

Die Comanchen waren Kämpfer. Mutigere Männer haben niemals gelebt. Sie hatten Nolans Skalp haben wollen, aber jetzt kamen sie heraus, versammelten sich um Nolan und wollten sehen, was er vorhatte.

Nolan hatte inmitten der Indianer auf seinem Mustang gesessen und ihnen berichtet, was für ein mutiger Mann dieser Krieger war; wie er bis zu seiner Verwundung gekämpft hatte. Als seine Waffe leergeschossen war, hatte er Nolan verwünscht und dann sogar noch versucht, mit bloßen Händen mit ihm zu kämpfen.

»Ich habe ihn nicht getötet. Er ist ein tapferer Mann. Ihr solltet stolz sein, einen solchen Krieger zu haben. Ich habe ihn zu euch zurückgebracht, damit er sich von seinen Wunden erholen kann. Vielleicht kann er dann eines Tages wieder kämpfen.«

Und dann hatte er das Führseil einfach aus der Hand gleiten lassen und war aus diesem Dorf fortgeritten. Er hatte sein Pferd im Schritt gehen lassen und kein einziges Mal zurückgeschaut.

Jeder dieser Comanchen hätte Nolan erschießen können. Das hatte er auch gewußt. Aber Indianer haben persönlichen Mut schon immer respektiert. Nolan hatte ihnen einen der ihren zurückgegeben und versprochen, wieder mit ihm zu kämpfen, wenn der Krieger wieder bei Kräften sein würde.

Deshalb hatte man Nolan davonreiten lassen, und in den Comanchen-Dörfern erzählt man sich bis auf den heutigen Tag diese Geschichte, und der Indianer, den

Nolan zurückgebracht hatte, erzählte sie am besten. An sich hatte ich jetzt gar keine Zeit, über die Vergangenheit nachzudenken. Mir blieb nur noch mächtig wenig Zeit, und ich wollte doch unbedingt herausfinden, was mit Pa geschehen war.

Der Himmel bewölkte sich. In diesen Bergen gibt es fast jeden Nachmittag kurze Gewitterschauer, und jetzt ballten sich dunkle Wolken zusammen. Ich vermute, daß mir dies durchaus recht war. Meiner Ansicht nach waren diese Leute dort unten noch niemals so hoch in den Bergen gewesen, und deshalb dürfte ihnen jetzt ein beträchtlicher Schock bevorstehen.

Es kann sehr kräftig regnen, und man muß bedenken, daß man sich in dieser Höhe zwischen Wolken befindet. Direkt mittendrin. Blitze zucken vom Himmel. Aber auch ohne Blitze reicht die Elektrizität in der Luft aus, einem Mann die Haare zu Berge stehen zu lassen wie einem verängstigten Hund.

Mir war nicht gerade danach zumute, mit einem Gewehr in den Händen hier oben auf diesem Berg herumzurennen, aber wie es den Anschein hatte, würde ich es tun müssen.

Die dunklen Wolken ballten sich immer tiefer zusammen, und bald darauf begann es auch schon zu regnen. Ich sprang von dem Baumstamm, auf dem ich gesessen hatte, auf und hetzte zu einem Baum. Ich ging um den Baum herum, hielt mein Gewehr in einer Hand, kletterte über Felsbrocken, schaute mich rasch um und rannte dann so schnell wie möglich zu dieser Kuppe.

Wenn die andere Seite jetzt schleunigst Deckung suchte, könnte ich es vielleicht schaffen. Ich lief zur Kuppe hinauf und wußte, daß innerhalb weniger Minuten hier alles glatt und schlüpfrig sein würde wie Eis. Als ich gerade oben angekommen war, richtete sich ein Mann mit einem Gewehr in den Händen auf. Aber er hatte wohl keine Ahnung, daß sich jemand derartig in seiner Nähe befinden könnte. Offenbar wollte er ebenfalls irgendwo Schutz vor diesem strömenden Regen suchen. Vielleicht wollte er sich vorher noch einmal kurz umsehen, und dann sah er mich wie ein Gespenst aus dem prasselnden Regen auftauchen.

Keiner von uns beiden hatte Zeit zum Überlegen. Der Lauf meiner Winchester in der rechten Hand zeigte zum Trail, und als sich der Mann vor mir aufrichtete, stieß ich einfach mit dem Gewehrlauf zu. Die Waffe hing auf Armeslänge von meiner Seite. Als dieser Mann vom Boden hochkam, schwenkte ich die Winchester nach vorn und legte allerhand Schwung in diesen Stoß.

Die Mündung traf den Mann direkt unter der Nase. Er wurde von diesem wuchtigen Stoß zurückgeschleudert und stieß dabei einen Schrei aus, wie ich ihn noch nie zuvor in meinem Leben gehört hatte. Ich mußte ihm also verdammt weh getan haben.

Er stürzte Hals über Kopf diesen Steilhang hinab und rollte nach unten. Sein Gesicht war blutüberströmt. Erst am Fuß des Hanges blieb er liegen.

Ich stand da und blickte zu ihm hinab.

Die Kuppe war so etwas wie eine Pyramide, die für ihre Höhe zu schmal war; sie war von Gras überwuchert und mit Geröll übersät.

Die dunkle Wolke zog vorüber.

Der Mann dort unten konnte mich jetzt hier oben sehen, und zwar mit dem Gewehr in der Hand. Er rechnete jetzt wohl damit, daß ich ihn töten würde.

Einen Moment lang dachte ich sogar daran, doch dann sagte ich zu ihm: »Verschwinde lieber schleunigst von diesem Berg, mein Junge! Allmählich fange ich nämlich an, mich über deine Leute da unten zu ärgern!«

Er sah mich immer noch an, während er sich zurückzog. Mühsam kroch er durchs Gras und wurde vom Regen durchweicht.

Ich blickte mich um und sah, daß niemand in Sicht war. Da machte ich kehrt und ging zu meinem Versteck auf der Kuppe zurück.

Als ich meine Pferde erreicht hatte, zog ich die Pflöcke aus dem Boden und wickelte die Stricke zusammen. Ich verstaute sie und langte nach den Zügeln. Als ich einen Fuß in den Steigbügel stecken wollte, begriff ich, wie naß meine Füße in diesen Mokassins werden würden.

Also zog ich meinen Regenumhang zu, hockte mich auf einen Stein und wollte meine Stiefel anziehen.

Da fiel mein Blick plötzlich auf diese Felsspalte.

Es war keine besondere Stelle, sondern nur eine Gesteinsschicht, von der eine Schicht herabgefallen oder herausgezogen war, so daß eine Lücke entstanden war, die nicht breiter als zwei Zoll war. Sie war aber tiefer, als es auf den ersten Blick hin den Anschein hatte.

Und es war irgend etwas da drin.

Ich tastete mit den Fingern darin herum, bis ich plötzlich spürte, wie meine Fingerspitzen an einen Gegenstand stießen. Ich holte ihn heraus. Es war ein Tagebuch und sah beinahe aus wie das erste, nur befand es sich natürlich in viel schlechterem Zustand.

Als ich diese Felswand hinaufgeklettert war, war ich wohl auf das Felsstück getreten, das dort hineingeschoben worden war, um Nässe und Tiere fernzuhalten.

Ich wußte sofort, daß auch dieses Tagebuch von Pa geschrieben worden war.

Ich nahm es in die linke Hand und wollte es gerade in meine Jackentasche stecken, als eine Stimme sagte: »Das werde ich lieber an mich nehmen!«

Es war Andre Baston, und er hielt ein Gewehr direkt auf mich gerichtet.

25

Es gibt Zeiten, da kann sich ein Mann noch irgendwie aus einer Klemme herausreden, aber damit brauchte ich nicht zu rechnen.

Andre Baston war ein Killer, und er hielt bereits eine Kanone auf mich gerichtet. Ich habe Männer gekannt, die hätten mich jetzt einfach über den Haufen geknallt und mir dieses Buch abgenommen. Aber Baston war nicht nur ein Killer, er war auch grausam. Ihm machte es Spaß, andere Leute wissen zu lassen, daß er sie gleich töten würde.

Außerdem war er an diese Duelle gewöhnt. Es gab eine Herausforderung. Sekundanten trafen sich. Ein Duell wurde arrangiert. Zwei Männer schritten auf den Rasenplatz hinaus, was immer das sein mochte, und nach einer ganz bestimmten Anzahl von Schritten drehten sie sich um und schossen höchst höflich aufeinander.

Ich war da ganz anders aufgewachsen. Man zieht und schießt. Keine Fisematenten. Kein eleganter Schnickschnack.

Niemand brauchte mir zu sagen, was Andre Baston jetzt vorhatte. Ich hatte das gleiche mit ihm vor, nur wollte ich nicht viel Federlesens machen.

Er hatte gesagt: »Das werde ich lieber an mich nehmen!« Und er hielt eine Waffe auf mich gerichtet.

Nun, ein Mann, der nicht auf sich schießen lassen will, sollte lieber erst gar keine Waffe tragen. Als ich meine Hand auf diese Waffe legte, wußte ich, daß auf mich geschossen werden würde, aber ich hatte auch im Sinn, zurückzuschießen.

Also rechnete ich: Gut, er wird auf mich schießen. Aber falls er mich tötet, werde ich ihn mitnehmen. Tötet er mich dagegen nicht, werde ich ihn garantiert erwischen.

Damit hatte er wohl nicht gerechnet. Das sprach zwar zu meinen Gunsten, aber es war nicht genug.

Meine Hand zuckte zur Waffe. Ich brachte den Revolver glatt und schnell hoch. Gleichzeitig war ich aber auch auf den Einschlag einer Kugel gefaßt.

Mein 44er krachte.

Einen Sekundenbruchteil früher zuckte der Mündungsblitz aus Andre Bastons Waffe.

Ich stand einfach da und zog mit dem Daumen den Hammer zurück. *Ganz gleich, wie oft er noch schießen wird, du mußt ihn töten!* sagte ich mir. Ich ließ meinen Sechsschüsser krachen.

Andre Baston stellte sich plötzlich auf die Zehenspitzen.

Wieder feuerte ich.

Seine Waffe schoß ins Gras zu seinen Füßen, dann kippte er zur Seite und brach vor mir zusammen.

»Du ...!« keuchte er, und seine Augen funkelten häßlich vor Haß. »Du bist ja nicht mal ein *Gentleman!*«

»Nein, Sir«, sagte ich höflich. »Aber ich bin ein verdammt guter Schütze.«

Andre Baston aus New Orleans starb am Rande des Cumberland Basin. Der Regen fiel in seine weit aufgerissen, blicklosen Augen und rann an seinem glattrasierten Gesicht hinab.

»So, Pa«, sagte ich. »Falls es dieser hier gewesen ist, dann hat er jetzt seine Rechnung beglichen. Du kannst nun in Frieden ruhen ... ganz gleich, wo du liegen magst.«

Mit einer Handbewegung schwappte ich das Wasser von meinem Sattel, bestieg den Appaloosa und ritt in den Talkessel hinab. Der Schecke folgte wie immer ganz von selbst.

Wir verließen einfach dieses Gelände und umrundeten ein Tannendickicht. Ich schaute noch einmal zu dieser Kuppe zurück, die jetzt halb in den Wolken verborgen war.

Während ich davonritt, fiel mir ein, daß Andre Baston mich verfehlt hatte. Dabei war ich doch so absolut sicher gewesen, daß auf mich geschossen werden würde. Ich war bereit gewesen, heißes Blei einzufangen und es zurückzuschicken. Aber Andre hatte danebengeschossen. Vielleicht hatte er zu überhastet reagiert, als er gesehen

hatte, wie meine Hand nach dem Revolverkolben ge-
zuckt war. Vielleicht hatte ihn in allerletzter Sekunde
doch Panik überkommen, wie es vielen Männer geht,
wenn sie wissen, daß gleich auf sie geschossen werden
wird; es war nun mal ein höchst unbehagliches Gefühl.

Aber wie gesagt, wer nach einer Waffe greift, muß
damit rechnen, daß auch gegen ihn eine Waffe gebraucht wird.

Sie hatten so eine Art Lager auf dem Hang aufgeschlagen; ein recht armseliger Unterschlupf, würde ich
sagen.

Ich ritt direkt auf sie zu. Auf zwei Männer, die ich
nicht kannte; und auf Paul, der aussah, als hätte ihn der
Wind gegen einen Zaun geschleudert. Und natürlich
war auch Fanny da, sehr erschrocken, mich zu sehen.
Ihre Gesichtszüge ließen nichts mehr von Sanftmut erkennen, und ihr Mund war zu einem schmalen Strich
sehr hart zusammengepreßt.

»Holen Sie lieber Ihren Onkel«, sagte ich. »Er liegt da
oben im Regen.«

Sie glaubten mir nicht.

Aber ich hatte die Mündung meines Gewehres genau
auf sie gerichtet, also blieben sie ganz still stehen.

»Ich an Ihrer Stelle würde schleunigst versuchen,
wieder in die Bourbon Street oder deren nähere Umgebung zurückzukehren«, schlug ich vor. »Und dort angekommen, würde ich ein paar Kerzen am Altar Ihres
Onkels Philip anzünden. Hier ist für Sie jedenfalls
nichts mehr zu holen.«

Der Weg war schlammig und wurde hier und da vom
Regen überspült. Das war einer dieser Tage, an denen
es überhaupt nicht aufhörte, zu regnen. Da es sich um
einen nur sehr schmalen Pfad handelte, war an Eile gar
nicht zu denken. Ich wollte nur wieder nach unten
kommen und nach Shalako zurückkehren, wo ich mir
ein paar kräftige Steaks einzuverleiben gedachte und sie

mit starkem, schwarzem Kaffee hinabspülen wollte. An einem solchen Tag saß ich lieber drin an einem Feuer und beobachtete durchs Fenster den Regen.

Wenn ich mich ab und zu unter einem Baum ducken mußte, fielen ein paar Tropfen, und zwar stets die kältesten, auf meinen Nacken herunter.

Neben dem Trail, manchmal ganz in der Nähe, manchmal unterhalb von mir in einer Schlucht, war der La Plata. Wasserfälle längs des Trails speisten den Strom. An manchen Stellen war der Trail ausgewaschen.

Außer Utes oder gelegentlichen Jägern und Goldsuchern benutzte niemand diesen Weg.

Doch ganz plötzlich sah ich etwas. Am Rande des Pfades entdeckte ich eine frisch zertrampelte Stelle. Meine Hand langte sofort nach dem Sechsschüsser unter dem Regenumhang.

Hier war vor wenigen Minuten jemand vom schmalen Pfad abgebogen und schnell zwischen die Bäume am Wegesrand gegangen. Das nasse Gras zeigte deutliche Stiefelspuren.

Rasch trieb ich mein Pferd um die nächste Wegbiegung, dann blickte ich mich aufmerksam um. Ich konnte aber nichts sehen. Der Mann hatte mich wohl kommen hören und war schleunigst zwischen den Bäumen in Deckung gegangen.

Wer könnte sich an einem solchen Tag hier oben herumtreiben? Kein Indianer. Die Abdrücke stammten nicht von Mokassins, sondern von Stiefeln, die noch ziemlich neu sein dürften.

Nichts geschah.

Ich ritt weiter und ließ den Appaloosa eine Weile traben. Erst als ich mich in sicherer Entfernung glaubte, begann ich mich nach weiteren Spuren umzusehen. Gelegentlich entdeckte ich auch welche, aber sie waren so formlos, daß sie sich nicht identifizieren ließen. Ohne Zweifel waren es jedoch Spuren einer Person, die nicht gesehen werden wollte. Wo immer es möglich gewesen war, hatte er den Pfad verlassen. Doch es gab Stellen, wo der Weg direkt an einem Abgrund entlangführte, so daß man den Pfad nicht vermeiden konnte. Der Mann hatte einen guten Schritt gehabt, und es mußte sich um einen ziemlich schweren Mann handeln. Es könnte aber auch ein kleinerer Mann mit einer größeren Last auf dem Rücken gewesen sein. Wären die Abdrücke nicht so verwischt gewesen, hätte ich vielleicht feststellen können, ob der Mann selbst so schwer war oder nur einen schweren Packen getragen hatte. Natürlich wäre auch beides möglich gewesen.

Das beunruhigte mich. Wer war dieser Mann? Und warum war er ausgerechnet heute, an einem solchen Tag, hier auf diesen Berg heraufgekommen?

Nun, falls er ein Freund der Bastons sein sollte, so machte es nichts weiter aus. Sollte er dagegen ihr Feind sein, würden sie vielleicht gegenseitig aufeinander schießen.

Ich wollte weiter nichts als eine warme Mahlzeit, eine gute Nachtruhe und Gelegenheit, meine Artillerie wieder einmal ablegen zu können.

Wenn es um Gold ging, so konnte dies einem Mann ganz schön zusetzen. Ich habe es ein- oder zweimal gesehen. Ich glaube, uns Sacketts bedeutet es weniger als den meisten; bei uns geht es in der Hauptsache um Land. Wir lieben es, Land zu besitzen, große Stücke von Gebirgsland; darauf kommt es uns vor allem an.

Dennoch ... Pa hatte hart für dieses Gold gearbeitet. Er hatte es gefunden und vom Berg geschafft. Jetzt war es irgendwo da drüben versteckt. Davon war ich absolut überzeugt. Aber wo? Darüber kann ein Mann sich schon den Kopf zerbrechen.

Als ich endlich in Shalako eintraf, war die Sonne wieder durchgebrochen und ließ das regennasse Laub an den Bäumen glitzern.

Orrin kam aus dem Laden und stand wartend da. Er warf mir einen langen, abschätzenden Blick zu.

»Alles in Ordnung mit dir?« fragte er schließlich.

»Ich hab's überlebt.«

Ich stieg ab, hielt mich mit beiden Händen am Sattel fest, wandte Orrin das Gesicht zu und sagte: »Ich hab' Andre dort oben zurückgelassen. Ich glaube, genau an der Stelle, wo man Pa damals in die Enge getrieben hatte.«

»Und die anderen?«

»Sind immer noch dort oben. Paul und Fanny sowie zwei andere Männer.«

»Laß deine Pferde stehen«, sagte Orrin. »Ich soll dir von Judas ausrichten, daß er sich darum kümmern wird. Komm rein und iß erst mal was.«

Judas Priest kam aus dem Laden und sagte mir, daß er sich um die Pferde kümmern würde. Er ging mit Ap und dem Schecken davon.

Ich ging mit Orrin in den Saloon.

»Ich hab' einen Mann in die Stadt kommen sehen«, sagte Orrin. »Hatte das Gesicht ziemlich böse zugerichtet und konnte kaum sprechen. Oder er wollte es nicht. Ist über die Straße getorkelt und hat dauernd etwas vor sich hin gebrabbelt.«

»Ist mit dem Gesicht gegen 'ne Gewehrmündung gelaufen, denke ich. Hast du sonst noch jemanden hier in der Stadt beobachtet, Orrin? Ist irgend jemand in den Cañon hinaufgegangen?«

»Nicht bei Tageslicht. Da haben wir ständig aufgepaßt. Ich meine, wir haben die Straße dauernd beobachtet.«

Ich berichtete ihm von den Fußspuren oben auf dem Pfad.

Aber Orrin schüttelte nur den Kopf und wußte genausowenig eine Erklärung dafür wie ich selbst.

»Jemand ist Pa dorthin gefolgt. Jemand hat ihn dort oben in die Enge getrieben. Vielleicht ist Pa verletzt worden. Pa hat uns Jungen so viel beigebracht, und wir alle haben dementsprechend gelebt. Ich wollte einfach den Weg gehen, den er wahrscheinlich auch genommen hatte. Er hatte hier und da Kerben hinterlassen, diese sehr tiefen Einschnitte, die du ja auch kennst.«

Ich nahm das andere Tagebuch aus meiner Tasche und sagte: »Das hier habe ich auch noch gefunden.«

Orrin langte danach.

»Ich überlege, was Pa wohl gedacht haben mag«, sagte Orrin. »Warum hat er auf diese letzte Reise Tagebücher mitgenommen und sie auch geführt? Was meinst du? Ob er eine Vorahnung hatte, Tell?«

Daran hatte ich auch schon gedacht.

»Entweder das ... oder irgend etwas ist für ihn schiefgegangen. Du weißt ja, daß es seine Gewohnheit war, sich niemals zu beklagen. Deshalb haben wir stets angenommen und es für selbstverständlich gehalten, daß er der stärkste Mann in unserer Umgebung war. Vielleicht hat er sich doch einmal erbärmlich gefühlt und wollte uns das nur nicht wissen lassen.«

Ich hatte diese Worte kaum ausgesprochen, da wußte ich, daß ich damit den Nagel auf den Kopf getroffen hatte. Dieser Trip war Pas letzte Chance gewesen, etwas für seine Familie zu tun. Er hatte stets für uns gesorgt, aber plötzlich könnte er das Gefühl gehabt haben, dazu nicht mehr imstande zu sein. Da hatte er angefangen, sich Sorgen zu machen.

Keiner von uns beiden, weder Orrin noch ich, verspürten im Moment jedoch große Lust, dieses Buch einmal aufzuschlagen und darin zu lesen. Es würde die letzten Worte von unserem Pa enthalten, und während der letzten Zeit hatten wir uns ihm wieder sehr nahe verbunden gefühlt. Nach der Lektüre dieses Tagebuches würde es für die Geschichte nichts mehr geben; das spürten wir wohl beide. Der Rest der Geschichte würde darin bestehen, was mit Pa geschehen war, nachdem er zu schreiben aufgehört hatte.

Berglund brachte uns etwas zu essen, heiße Suppe und Brot. Ich machte mich heißhungrig über diese warme Mahlzeit her.

Das Buch lag dort auf dem Tisch, und ab und zu sah ich vom Essen auf und warf einen Blick darauf.

Aber so müde ich auch war, meine Gedanken beschäftigten sich immer wieder mit diesem Bergpfad, und ich wollte noch einmal dorthin zurück. Ich konnte einfach das Gefühl nicht loswerden, daß es dort oben doch noch etwas gab, was ich nicht gefunden hatte.

»Wo ist denn Nell Trelawney?« fragte ich plötzlich. »Ich habe sie ja überhaupt noch nicht gesehen.«

»Wirst du schon noch«, sagte Orrin und lachte leise. »Sie hat uns jeden Tag mächtig zugesetzt, doch endlich in diesen Cañon zu gehen und dich zu suchen. Sie war fest überzeugt, daß du Ärger gehabt hättest.« Er grinste mich an. »Und ich habe ihr gesagt, daß du schon seit deiner Geburt nichts weiter als Ärger hattest.«

»Haben sich noch mehr von diesen Drei-Acht-Leuten hier blicken lassen?« fragte ich.

»Boley McCaire, dieser junger Bursche, dem's so mächtig im Zeigefinger gejuckt hat. Er kam in die Stadt geritten, hat sich jetzt aber irgendwo unten am Fluß eingenistet. Ich hab' so 'ne Ahnung, als hätte Baston mit ihm irgendeine Abmachung getroffen.«

Irgend etwas beunruhigte mich im Unterbewußtsein, und es handelte sich dabei nicht nur um diese Spuren dort oben auf dem Pfad. Ich lasse nun mal nicht gern etwas in der Schwebe. Niemand würde doch ohne zwingenden Grund bei diesem strömenden Regen diesen Bergpfad hinaufwandern. Die Leute hier in Shalako hatten niemanden vorbeikommen sehen, und die Straße führte doch dort drüben entlang. Jemand mußte sich also die Mühe gemacht haben, sich nicht blicken zu lassen.

Wer? Und warum? Und was machte er jetzt?

Judas kam herein, dann folgte auch noch der Tinker,

der sich so ans Fenster setzte, daß er die Straße und den Pfad zu den Bergen beobachten konnte.

»Judas ...?« fragte ich plötzlich. »Hast du die Bastons lange gekannt?«

Er zögerte und schien nachzudenken.

»Fünfzig Jahre«, sagte er schließlich. »Möglicherweise sogar noch länger.«

»Was meinst du? Könnte Andre damals Pierre gefolgt sein, um ihn zu erstechen?«

Wieder dachte Judas einen Moment nach.

»Natürlich. Aber ich glaube dennoch nicht, daß er's getan hat. Das war ein anderer.«

»Wer?«

Judas zuckte die Schultern, dann sagte er: »Andre hätte nicht gewagt, Pierre am Leben zu lassen, nachdem er ihn angegriffen hatte. Allein der Gedanke wäre für Andre schon schrecklich gewesen. Hätte Andre auch nur geahnt, daß Pierre noch gelebt hatte, nachdem Andre auf ihn geschossen hatte, dann hätte Andre ihn getötet. Oder er wäre geflohen ... nach Afrika oder Südamerika.«

»Warum das denn, in Gottes Namen?«

»Andre hatte Angst. Er war ein mutiger Mann, wenngleich ein Mörder, aber er hat einen einzigen Mann gefürchtet. Er hatte Angst vor Philip.«

»*Angst* ... vor ihm?«

Judas sah erst mich und dann die anderen an.

»Ja. Sehen Sie, Philip war der schlimmste von ihnen ... bei weitem der schlimmste.«

26

Wir sahen ihn an und überlegten, ob er nur Spaß machte, aber er war sehr ernst.

»Sehen Sie, ich kannte ihn, und er war immer gut zu

uns. Ich meine, zu seinen Sklaven. Aber wir hatten keine andere Wahl, als ihm zu gehorchen, und da wir klug waren, gehorchten wir ihm auch. Er mochte Pierre Bontemps. Er amüsierte sich auch über ihn. Pierre war ein Romantiker, ein Abenteurer. Beide Männer waren einmal Freibeuter gewesen. Von Pierre war dies bekannt, nicht aber von Philip. Er umgab sich stets mit Ruhe, Würde und Zurückhaltung. Mich mochte er, weil ich etwas Bildung hatte ... und weil er wußte, daß ich nicht darüber redete, was ich wußte oder gesehen hatte. Er war kein gehässiger Mann, kein Hasser. Er war ganz einfach ein Mann ohne Skrupel. Für andere, die er weniger achtete als sich selbst, empfand er Verachtung. Er tat nichts, um sich zur Schau zu stellen oder zu exponieren. Wie gesagt, er tat alles auf ruhige, würdevolle Art.«

Wir hörten sehr aufmerksam zu. Was Judas Priest da sagte, war für uns neu und sehr interessant.

»Er räumte alle beiseite, die ihm im Wege standen«, fuhr Judas fort. Er wandte sich an mich. »Hätten Sie Andre nicht getötet, hätte Philip es selbst getan oder von anderen tun lassen, denn Andre war berüchtigt geworden. Jeder von uns sieht sich so, wie er zu sein glaubt. Philip Baston sah sich als einen Prinzen alter Schule. Er hatte Machiavelli gelesen und die Karrieren von Orsini, Sforza und Sigismondo Malatesta studiert. Auf seine kleine Art hat er dann entsprechend gelebt. Die Bastons hatten Geld und von Zeit zu Zeit auch Macht, aber nicht genug, um damit zufrieden zu sein. Philip hat kurze Zeit auf einem französischen Schiff auf See gedient, dann war er Pirat geworden.«

Wir lauschten gespannt.

»Lafitte war berüchtigt. Baston war gerissener. Er schlich sich in New Orleans ein und kaufte Besitz, immer in kleinen Teilen, um keine Aufmerksamkeit zu wecken und auf sich zu lenken. Er kaufte Land in anderen Teilen von Louisiana. Als es schließlich nicht mehr sicher genug war, als Pirat weiterzumachen, kam er einfach an Land, bezog das alte Baston-Heim und tat fortan so, als wäre er niemals fortgewesen. Ein paar Jahre lang begriff niemand, daß er enorm reich war. Er strebte danach, Gouverneur zu werden. Er lebte in großem Stile, und wer ihm irgendwie in die Quere kam, wurde einfach beseitigt. Anfangs hat er Andres Duelle mit Wohlwollen hingenommen. Sie hatten einen gewissen Stil, und es war gut, von anderen gefürchtet zu werden. Doch dann kam die Zeit, da wurde bekannt, daß Andre *tötete*. Er gab sich nicht mehr damit zufrieden, ein Duell zu gewinnen. Das wurde mit Abscheu betrachtet, und ich glaube, daß Philip aus diesem Grunde beabsichtigte, Andre irgendwie loszuwerden.«

»Aber du hast gesagt, daß Andre Angst vor Philip hatte. Ist Philip denn ein solcher Kämpfer?«

»Er ist ein hervorragender Degenfechter und Scharfschütze. Aber Philip hätte es wahrscheinlich nicht selbst getan, es sei denn, daß er dazu gezwungen worden wäre. Er hätte es ganz anders arrangiert.«

Das alles war zwar sehr interessant, aber für uns bedeutete es jetzt nicht mehr viel. Philip Baston war in New Orleans.

Was mich viel mehr interessierte, war die Identität dieses unbekannten Mannes, der seine Fußabdrücke dort oben auf dem Trail hinterlassen hatte.

Falls er ein Pferd gehabt hatte, wo könnte er es dann zurückgelassen haben?

Orrin stand schließlich vom Tisch auf.

»Du solltest dich am besten jetzt ein bißchen ausruhen«, sagte er zu mir. »Ich werde mal hinüberreiten und mit Flagan sprechen.«

Der Schwede hatte ein Hinterzimmer mit Reservebett. Ich setzte den Hut ab, zog die Stiefel aus, schnallte den Waffengurt ab und streckte mich seufzend auf diesem Bett aus. Ich konnte mich kaum daran erinnern, jemals so müde gewesen zu sein.

Ich war ziemlich lange unterwegs gewesen, und ein

Mann ermüdet schneller, wenn seine Nerven ständig angespannt sind. Wenn man jagt und gejagt wird, ist jede Faser des Seins angespannt und bereit.

Ich spürte, wie sich die Verkrampfung meiner Muskeln allmählich löste. Dann mußte ich wohl eingeschlafen sein. Ich wurde einmal kurz wach und beobachtete schlaftrunken die Espen hinter dem Fenster. Die Entfernung bis zum Wald betrug etwa fünfzehn Meter. Der Vorhang vor dem Fenster bewegte sich leicht in einem schwachen Luftzug. Ich beobachtete alles ein Weilchen, dann versank ich wieder in festen, gesunden Schlaf.

Unter den Espen wartete der Mann. Er hatte ein Schrotgewehr in den Händen und wußte genau, was er tun wollte.

Im Zimmer stand ein Stuhl in der Nähe der gegenüberliegenden Wand. Über der Stuhllehne hing ein Waffengurt.

Der Mann hörte, wie die Stiefel auf den Holzfußboden polterten. Er glaubte das Knarren der Bettstelle zu hören, als der Mann sich hinlegte.

Jetzt nur noch ein paar Minuten, nur noch wenige Minuten.

Der große, so gut aussehende Bruder war auf seinem Pferd fortgeritten. Der Neger war im Stall und beschäftigte sich mit dem Sattelzeug. Der Tinker war zum La Plata gegangen. Swede Berglund arbeitete in seinem Garten. William Tell Sackett war also jetzt ganz allein dort und würde bald fest eingeschlafen sein.

Der Jäger hatte viel Geduld. Er hatte den jungen Sackett mit einem anderen Tagebuch in der Hand gesehen, aber dieses Tagebuch hatte damals nicht bei dem Toten gewesen sein können. Der Mann unter den Espen hatte damals, vor zwanzig Jahren, die Sachen des Toten sehr gründlich untersucht.

War es vielleicht bei diesem Gold gewesen? Nein,

denn Gold war ja heute nicht von diesem Berg heruntergebracht worden.

Aber in diesem Buch dürfte bestimmt zu lesen sein, wo der alte Sackett damals das Gold versteckt hatte. Alle waren ja so sicher gewesen, Sackett und auch Pierre getötet zu haben. Nun, Pierre war jetzt tot, das stand fest; und das gleiche traf auch auf Sackett zu.

Das Dumme war nur, daß dieser Sackett noch einmal zurückgegangen war, nachdem alle anderen wieder abgezogen waren, und er hatte dieses Gold gefunden. Nicht alles Gold, das im Berg lag, aber doch einen beachtlichen Teil davon.

Dieser William Tell Sackett beunruhigte den Mann unter den Espen. Der junge Sackett war ein ausgezeichneter Fährtenleser, und er verstand genauso viel von Spuren wie ein Apache. Solange er am Leben war, gab es keine Sicherheit.

Sackett hatte Andre getötet. Der Mann unter den Espen hatte es zwar nicht selbst gesehen, aber er hatte gehört, wie sich das Mädchen und die anderen darüber unterhalten hatten. Das dürfte für Sackett ein schweres Stück Arbeit gewesen sein, denn Andre Baston war ein sehr gefährlicher Mann gewesen. Er hatte sehr gut verstanden, mit einer Waffe umzugehen, und er war auch jederzeit bereit gewesen, sie zu benutzen.

Um so besser. Ohne Andre waren die anderen doch gar nichts mehr. Paul war ein Schwächling. Dieses Mädchen war zwar mordlustig genug, aber es war eben doch nur eine Frau. Außerdem war sie viel zu impulsiv.

Der Mann unter den Espen hockte zwischen dichtem Gebüsch und wartete. Es gab hohes Gras, Wildblumen und Eichengestrüpp. So war er gut versteckt. Er würde Sackett reichlich Zeit lassen, einzuschlafen, richtig zu schlafen, tief und fest.

Das Schrotgewehr hatte zwei Läufe, und für alle Fälle hatte er ja immer noch seinen langläufigen Sechsschüsser bei sich und ein Gewehr bei seinem Pferd.

Während der Mann wartete, studierte er das Gelände. Er wußte genau, wo jeder Fuß bei jedem Schritt den Boden berühren würde; wo er zwischen die Bäume gehen würde, wo er sich nach Betreten des Waldes umdrehen würde. Er hatte sich zwei alternative Routen ausgesucht. Er war eben ein sehr vorsichtiger Mann, der an alles dachte.

Zehn bis fünfzehn Sekunden bis zum Fenster, hineinbeugen und den Schuß abfeuern. Dann würde er aber nicht schleunigst und direkt wegrennen, sondern an der Wand des Saloons entlanglaufen, den Abort umrunden und geduckt am Corral entlang ins Eichengestrüpp eindringen.

Auf der anderen Seite dieses Gestrüpps führte ein Trail zur Flußniederung hinab, wo sein Pferd wartete. Der Mann würde nach Süden reiten, weg vom Cañon in eine Gegend, wo es mehr Platz gab, um sich zu verlieren.

Er wartete noch ein Weilchen länger, dann kam er auf die Beine, blickte rasch noch einmal nach rechts und nach links, trat aus dem Gebüsch heraus und ging schnell zum Fenster hinüber. Auch hier schaute er sich noch einmal nach allen Seiten um, aber niemand war zu sehen. Er hob das Schrotgewehr und wollte den Lauf gerade durchs offene Fenster schieben, als plötzlich von links her eine Stimme sagte: »Suchen Sie was, Mister?«

Es war dieses Trelawney-Mädchen, das ein Gewehr in den Händen hielt. Der Lauf war zwar noch nicht auf den Mann gerichtet, aber das könnte in Sekundenbruchteilen geschehen.

Er zögerte und hielt den Kopf gesenkt. Dann machte er abrupt kehrt, murmelte eine Verwünschung vor sich hin und ging schnell auf die Außentoilette zu.

»Mister ...? Mister!!«

Geduckt huschte der Mann um das kleine Häuschen herum und rannte am Corral entlang zum Wald hinüber. Nur noch zehn Sekunden länger! Er fluchte bitter vor sich hin. Noch zehn Sekunden länger, und er hätte William Tell Sackett ins Jenseits befördert gehabt! Dann könnte er jetzt schon zu seinem Pferd unterwegs sein, um sich schleunigst aus dem Staube zu machen.

Nell ging zum Fenster und blickte hinein. Sie warf dem geflohenen Mann, von dem sowieso nichts mehr zu sehen war, nicht mehr als einen flüchtigen Blick nach, dann ging sie ums Haus herum nach vorn.

Der Tinker stand vor dem Laden.

Nell erklärte ihm rasch, was sie soeben hinter dem Haus beobachtet hatte.

Der Tinker blickte zum Wald hinter dem Corral hinüber.

»Er ist fort. Sie haben ihn verscheucht.«

»Aber wer war das?« fragte Nell. »Ich habe diesen Mann noch nie zuvor gesehen!«

Der Tinker zuckte die Schultern.

»Es wird nicht mehr geschehen.«

Er ging um das Gebäude herum, blickte noch einmal zum Wald hinüber und setzte sich hin.

»Ich werde hierbleiben, bis er aufwacht. Sie brauchen sich jetzt keine Sorgen mehr zu machen.«

Das Morgenlicht fiel durchs Fenster, bevor ich die Augen aufschlug. Eine Weile lag ich ganz still da, um richtig wach zu werden. Ich hatte den gesündesten Schlaf seit langer Zeit gehabt. Schließlich schwang ich die Beine aus dem Bett und langte nach meinen Stiefeln.

Irgend etwas rührte sich draußen unter dem Fenster.

Dann hörte ich den Tinker sagen: »Tell? Kommen Sie lieber mal raus! Schauen Sie sich hier draußen mal um!«

Als ich draußen neben dem Tinker stand, zeigte er mir die Fußspuren. Es waren nur Teile von zwei Fußabdrücken; der Rest war auf Gras, das keine Spuren hinterließ, so daß man keine Rückschlüsse auf die Größe der Spuren ziehen konnte.

Es waren die gleichen Spuren, die ich oben auf dem Bergpfad entdeckt hatte.

»Er wollte Sie erledigen, Tell. Dort drüben unter den Espen hat er gelauert. Er mußte länger als eine Stunde oder so gewartet haben.«

Im weichen Boden neben der Außentoilette fanden wir weitere Fußabdrücke, etwas verwischter als die anderen, weil der Mann hier gerannt war. Wir fanden die Stelle, wo er sein Pferd angebunden hatte.

Ich studierte die Spuren und wußte irgendwie, daß ich sie schon einmal gesehen haben mußte. Ich konnte mich aber beim besten Willen nicht daran erinnern, wo das gewesen sein könnte.

Für einen guten Fährtenleser ist eine Spur so etwas wie eine persönliche Handschrift, genauso leicht zu identifizieren wie eine Unterschrift. Aber an diese Spur konnte ich mich deshalb nicht erinnern, weil sie niemandem gehörte, den ich jemals verfolgt hatte. Es war ganz einfach eine Spur, die ich bei irgendeiner Gelegenheit beiläufig gesehen hatte, ohne ihr viel Beachtung zu schenken, so daß sie sich meinem Gedächtnis auch nicht eingeprägt hatte. Aber eins wußte ich jetzt mit Sicherheit. Sollte ich diese Spur noch einmal sehen, würde ich mich bestimmt daran erinnern!

Orrin kam von der Ranch zurück.

»Gute Gegend«, sagte er. »Und ich glaube, ich habe auch schon einen geeigneten Platz für uns gefunden.«

Als ich ihm berichtete, was hier inzwischen geschehen war, blickte er grimmig drein.

»Ich hätte doch lieber sofort zurückkommen sollen. Ich wußte es ja!«

»An diesem Mädchen kommt so leicht nichts vorbei«, stellte der Tinker fest. »Sie hatte den Mann genau im Visier.«

Wir frühstückten und beobachteten, wie sich die Wolken um den Gipfel des Baldy Mountain veränderten.

»Ich werde noch einmal dort hinaufgehen«, sagte ich. »Eher habe ich doch keine Ruhe. Ich muß finden, was von ihm übriggeblieben ist.«

»Du kannst doch gar nichts mehr finden«, sagte Berglund. »Coyoten oder Bären haben die Gebeine längst verschleppt. Oder die Geier. Was nicht gerade aus Stein ist, kann sich dort oben nicht lange halten.«

»Der Beweis dafür kommt gerade dort drüben den Pfad herunter«, sagte der Tinker.

Vier Pferde, vier Reiter. Alle klatschnaß und sichtlich mitgenommen. Fanny Baston befand sich darunter. Auch Paul war dabei. Er hatte eine Hand bandagiert. Dazu diese beiden Männer, die man wohl sonstwo aufgelesen hatte.

Wir gingen hinaus und beobachteten, wie sie vorbeiritten.

Aber sie blickten weder nach links noch nach rechts, sondern ritten einfach geradeaus durch die Ortschaft. Sie hatten nichts weiter bei sich, aber sie hielten auch nicht vor dem Laden an, um sich irgendwelche Vorräte zu kaufen.

»Sie ist wirklich eine sehr schöne Frau«, sagte Orrin. »Du hättest sie damals an jenem Abend sehen sollen, an dem ich sie kennenlernte.«

»Selbst die Berge wollen nichts von schlechten Menschen wissen«, sagte ich trocken.

Wir gingen wieder hinein und tranken Kaffee, während Judas Priest unsere Pferde sattelte. Er kam über die Straße, ein stattlicher Neger in sauberer, schwarzer Jakke.

»Ich möchte gern mit Ihnen reiten, Sir«, sagte er zu mir.

»Warum nicht? Du bist ein Mann, den ich gern bei mir haben würde. Aber sei auf Kampf vorbereitet, denn dazu könnte es leicht kommen.«

Wir beluden erneut den Schecken, denn wir würden mindestens eine Nacht fortbleiben.

Als wir aus der Stadt zum Bergpfad ritten, kamen uns vom anderen Ende des Ortes zwei Reiter entgegen. Es waren Nell Trelawney und Old Jack Ben.

»Also, hören Sie mal!« sagte ich zu dem Alten und zügelte mein Pferd. »Das wird ein verdammt langer und harter Ritt! Sie sind doch krank gewesen!«

»Aber jetzt bin ich nicht mehr krank«, erwiderte er sichtlich verärgert. »Und was einen langen, harten Ritt betrifft ... Junge, ich bin schon durch rauhes Land geritten, als du noch nicht mal mit ausgestreckter Hand einen Steigbügel erreichen konntest. Reite nur los, Junge, und achte überhaupt nicht weiter auf uns.«

»Da ist wohl jeder Widerspruch zwecklos«, meinte Orrin. »Er war ja schon immer ein dickschädeliger, unvernünftiger, alter Kerl.«

Die beiden Trelawneys blieben auch tatsächlich stets dicht hinter uns und folgten uns den beschwerlichen Weg den Berg hinauf. Wir hielten unsere Gewehre ständig schußbereit, aber es gab keinerlei Ärger.

Wir saßen lässig und bequem im Sattel. Der Wind wehte uns kühl und angenehm ins Gesicht. Der Pfad schlängelte sich vor und zurück. Das Wildwasser vom La Plata rauschte über Felsgestein oder strömte langsamer dahin, wenn der Cañon sich verbreiterte.

Es war bereits später Nachmittag, als wir den Talkessel endlich erreichten. Das Gras war herrlich grün, und überall blühten Wildblumen in unbeschreiblicher Farbenpracht.

Andres Leiche war verschwunden.

Ich zeigte den anderen, wo ich das Tagebuch gefunden hatte. Wir hatten es mitgebracht und wollten es an Ort und Stelle lesen.

Als wir unten angekommen waren, ging es bereits auf Sonnenuntergang zu. Wir sattelten unsere Pferde ab und pflockten sie an. Als das Lagerfeuer brannte und der Kaffee fertig war, holte ich das Tagebuch heraus.

27

Judas kümmerte sich um das Abendessen. Der Tinker
saß ein wenig von uns entfernt im Dunkeln, um besser
auf die Geräusche der Nacht lauschen zu können.

Ich schlug das Buch auf und hielt es in den Flammenschein, um lesen zu können. Die erste Seite war
oben ziemlich verschmiert.

*... Wind sehr scharf. Kann kaum schreiben. Bin ziemlich
fertig. Wurde von einem Mann verfolgt. Hat mir eine Kugel
verpaßt, als ich den Haltepflock herausziehen wollte. Tief
unten in die linke Seite. Tut höllisch weh. Habe viel Blut
verloren. Was am schlimmsten ist, er hat sich so versteckt,
daß ich nicht auf ihn schießen kann. Habe kein Feuer.*

*Später: Habe zweimal geschossen. Daneben. Konnte nur auf
Geräusch schießen. Wollte ihn ein bißchen vorsichtiger machen. Gold versteckt. Muß dieses Buch auch noch verstek-
ken. Das andere wurde mir gestohlen. Wenn meine Jungen
mich suchen kommen, werden sie es finden. Früher oder
später. Sollte es ein anderer finden, wird er wohl die Jungs
verständigen und mit ihnen teilen. Hoffe es. Ich erwarte
nicht, daß ein Mann Gold findet und alles aufgibt.*

*Habe den Mann dort drüben erst für Andre gehalten. Ist er
aber nicht. So gut ist Andre nicht im Wald. Sieht eher nach
einem Indianer aus.*

*Später: Habe seit zwei Tagen nichts mehr gegessen. Wasser-
flasche leer. Habe Tau vom Gras abgeleckt. Konnte ein bißchen Regenwasser im Kaffeetopf auffangen. Wunden in
schlechtem Zustand.*

*Später: Schreibe nur noch ab und zu. Jungen werden dieses
Gold finden. Werden sich schon daran erinnern, wenn es
soweit ist. Dieser Orrin, er sollte sich vor allem daran erinnern. Wollte ja immer die Sahne von allen Dingen. Nicht
weiter als bis vom Haus zum alten Brunnen. Ma könnte es
finden. Wie oft hat sie diesen Jungen deswegen ausge-*

schimpft! Weil er immer die Sahne vom Topf schlecken woll-
te!
Er kommt. Bin nun schon fünf Tage hier. Vorräte aufge-
braucht. Kein Kaffee mehr. Kein Wasser. Nur noch Tau
und Regen. Wer dort draußen ist, wird kein Risiko einge-
hen. Hat komischen Gang. Höre ihn. Hat mir noch eine
Kugel verpaßt. Jungs, ich werde es nicht schaffen. Seid gute
Jungs. Seid gut. Und kümmert euch um ...
Muß das hier schnell noch verstecken.

Er war wie ein alter Bär in die Enge getrieben worden,
schwer verwundet und zum Sterben verurteilt, aber
seine letzten Gedanken hatten uns gegolten. Sicher
wäre er mit allem fertig geworden, wenn er sich hätte
bewegen können, aber er war schwer verletzt. Da war
zunächst diese Kugel in die Seite. Das mußte schlimmer
gewesen sein, als er gesagt hat. Und kein Wasser. Er
dürfte etwas Regenwasser im Kaffeetopf aufgefangen
haben, aber viel war das bestimmt nicht gewesen. Mit
diesem verletzten Hüftknochen war er in seiner Bewe-
gungsfreiheit sehr stark eingeschränkt worden.

Als ich mit dem Vorlesen fertig war, saßen wir alle da
und dachten an Pa. Wir erinnerten uns daran, wie er
gegangen war; an die Lektionen, die er uns beigebracht
hatte; an seinen Humor und an seinen geschickten Umgang mit Werkzeugen.

»Dieses Gold muß irgendwo hier in der Nähe sein«,
sagte Jack Ben. »Und er hat uns Hinweise hinterlassen.
›Nicht weiter als vom Haus bis zum alten Brunnen.‹ Das
muß doch was zu bedeuten haben. Ich erinnere mich
noch sehr gut an diesen alten Brunnen. Hatte immer
sehr gutes Wasser. Kaltes, frisches Wasser. War nur zu
weit weg vom Haus, vor allem im Winter. Da hat euer
Großvater einen anderen Brunnen gegraben, mehr in
der Nähe vom Hause.«

»Es geht nicht ums Gold, Jack Ben, sondern um Pa.
Wir wollen finden, was von ihm noch übrig ist.«

»Wißt ihr, was ich glaube?« sagte der Tinker plötzlich. Er wandte uns den Kopf zu, so daß seine goldenen Ohrringe im Feuerschein blitzten. »Ich glaube, derselbe Mann, der euren Pa getötet hat, ist jetzt hinter Ihnen her! Ich glaube, daß er jetzt irgendwo dort draußen ist.«

Wir saßen ganz still und dachten darüber nach. Es könnte sein. Aber ... wer?

»Ein Higgins«, sagte Jack Ben. Er erinnerte sich an die alte Fehde in Tennessee. »Es muß ein Higgins sein, dem Sie keine Beachtung geschenkt haben. Er hat Ihren Pa erledigt, und jetzt ist er hinter den restlichen Sacketts her.«

Das könnte sein. Aber etwas beunruhigte mich. Ich konnte den Finger nicht drauflegen, aber etwas an dieser ganzen Situation beunruhigte mich über alle Maßen.

Nell saß mir gegenüber und beobachtete mich.

Das hinderte mich am klaren Nachdenken. Es war schwer, sich auf sachliche Dinge zu konzentrieren, wenn sie dort drüben saß und mich ständig anschaute. Jedesmal, wenn sie tief Luft holte, brach mir der Schweiß auf der Stirn aus.

»Gehen Sie in Gedanken zurück«, schlug Judas vor. »Überprüfen Sie jeden Schritt. Möglicherweise stoßen Sie dabei auf eine Sache, die nicht ins Bild paßt. Vieleicht kann sie alles erklären.«

»Könnte die McCaire-Mannschaft sein«, sagte Orrin. »Charley McCaire hat's nicht gerade allzu freundlich hingenommen, diese Pferde wieder zu verlieren ... selbst wenn er selbst sie nicht gestohlen haben sollte.«

»Glaubst du, daß er's nicht getan hat?«

»Ich bezweifle es zumindest. Ich glaube eher, daß es jemand aus seiner Mannschaft war. Aber als er die Pferde erst mal hatte, wollte er sie nicht mehr hergeben. Oder es sollte nicht geglaubt werden, daß einer aus einer Mannschaft ein Pferdedieb war. Wäre Tyrel nicht gerade im richtigen Moment eingetroffen, hätten wir uns wohl unseren Weg freischießen müssen.«

»Nein, ich glaube nicht, daß es irgendeiner von ihnen ist«, sagte ich. »Dieser Mann hat so etwas Merwürdiges an sich ...«

»Was ist eigentlich aus Swan geworden?« fragte Judas plötzlich.

Ich zuckte die Schultern. Darüber hatte ich mich auch schon gewundert. Wir hatten zwar nichts mehr von ihm gesehen, aber er war bestimmt noch in dieser Gegend. Bei Paul und Fanny war er jedenfalls nicht gewesen, als sie abgezogen waren ... falls sie das wirklich getan hatten.

Ich trank meinen Kaffee aus, schüttete den Grund ins Feuer und spülte meinen Becher aus.

Wir würden das Gold finden. Davon war ich felsenfest überzeugt. Aber an sich war ich noch nie ein geldhungriger Mann gewesen. Wir waren aufgebrochen, um unseren Pa zu suchen. Oder zu finden, was von ihm noch übrig war. Wir hatten einen sehr langen Weg zurückgelegt. Wir mußten unbedingt herausbekommen, was sich damals in den letzten Stunden und Minuten abgespielt hatte.

Ich legte meinen Becher weg und ging in die Dunkelheit in der Nähe der Bäume. Dort blieb ich einen Moment stehen, dann arbeitete ich mich zu der Stelle hinüber, wo der Tinker saß.

Als ich mich ihm näherte, sagte er: »Tell? Da draußen ist jemand!«

Er hatte so leise geflüstert, daß es nur für meine Ohren bestimmt war. Ich hockte mich neben ihm hin.

»Nichts Bestimmtes«, fuhr der Tinker sehr leise fort. »Hat sich nur irgendwas bewegt ... dabei aber kaum ein Geräusch verursacht.«

Ich sah, daß er sein Messer schon wieder in der Hand hielt. Der Tinker war immer ein ungemein vorsichtiger Mann.

»Ich werde mich mal ein bißchen da draußen umsehen«, flüsterte ich.

»Nein!« Der Tinker legte mir eine Hand auf den Arm. »Ich werde gehen!«

»Das hier ist mein Job, Tinker. Sagen Sie den anderen Bescheid, daß ich dort draußen bin. Und seid vorsichtig. Man kann nie wissen, was er vorhat.«

Es war sehr dunkel. Zwischen den aufgerissenen Wolken schimmerten nur ganz vereinzelt Sterne.

Ich machte gar nicht erst den Versuch, mich im Gebüsch zu halten, sondern ging einfach durchs kniehohe Gras mit den üppig blühenden Wildblumen. Als ich etwa dreißig Meter vom Lager entfernt war, blieb ich stehen, um zu lauschen.

Was machte der unbekannte Mann jetzt? Würde er versuchen, zum Schuß zu kommen? Oder lauschte auch er nur in die Nacht?

Tiefgeduckt huschte ich zwischen einzelnen Rottannen weiter. Als ich wieder einmal anhielt, sagte plötzlich eine Stimme leise: »Habt ihr das Gold gefunden?«

Mir rieselte ein eisiger Schauer über den Rücken.

»Nein«, sagte ich nach kurzem Zögern.

»Es gehört mir! Mir ganz allein! Ihr werdet es nicht finden!«

Diese Stimme! Da war doch etwas ... irgendein Klang ...

»Wir können es finden«, sagte ich ruhig. »Nur wir und niemand sonst. Mein Vater hat eine Nachricht hinterlassen, die nur wir verstehen können.«

Jetzt herrschte eine ganze Weile Schweigen.

»Das glaube ich nicht. Was könnte das denn sein?«

»Es hat etwas mit unserem Zuhause in Tennessee zu tun.«

Was war das für ein Mann, der sich so ruhig mit mir hier draußen in der Dunkelheit unterhielt? Und wo war er? Die ungefähre Richtung war zwar klar, aber wenn ich riskierte, ihn aufs Geratewohl anzuspringen, und wenn ich ihn dabei verfehlte, dann war ich im nächsten Moment ein sehr toter Mann.

»Es ist *mein* Gold.« Er sprach immer noch sehr leise und ruhig. »Geht wieder fort, dann werde ich euch nicht töten.«

»Für dich ist das Töten vorbei«, sagte ich genauso ruhig. »Wenn hier überhaupt jemand tötet, dann werden wir das sein.«

Er sagte nichts dazu.

Ich überlegte, ob er wieder gegangen sein könnte. Ich lauschte. Dieser Mann war wie ein Gespenst im dunklen Wald. Ich war gut, aber dieser Mann war noch besser; das glaubte ich in diesem Moment wirklich.

»Du hast meinen Vater getötet«, sagte ich.

»Er war ein guter Mann. Ich wollte es nicht tun, aber er hatte mein Gold.«

»Es ist nicht dein Gold. Die Franzosen haben es aus der Erde geholt. Sie haben es wieder vergraben. Den Anspruch darauf haben sie zusammen mit Louisiana verkauft. Das Gold gehört jetzt niemandem.«

»Ihr werdet es nicht bekommen! Ich werde euch alle töten!«

Nachdem ich wieder einen Moment angestrengt gelauscht hatte, sagte ich: »Wo ist der Leichnam meines Vaters?«

Ich mußte unbedingt versuchen, ihn noch ein bißchen länger am Reden zu halten. Vollkommen geräuschlos änderte ich meine Position etwas.

»Hinter eurem Lager. Ich habe ihn in einer Felsspalte begraben ... dicht am Rande ... in der Nähe von Baumwurzeln.«

Da ... ein ganz schwacher Laut!

Ich bewegte mich blitzschnell, prallte mit einem Körper zusammen und sah ein Messer aufblitzen.

Er wollte mit dem rechten Arm zustoßen.

Ich wich jäh zurück und warf mich dabei gleichzeitig nach rechts.

Sein Messer zischte an mir vorbei.

Ich kam auf den Hintern hoch und stieß gemein mit

beiden Beinen zu. Mein Tritt erwischte ihn an der Seite und riß ihn um.

Ich kam wie eine Katze auf die Beine, und jetzt hielt auch ich mein Messer in der Hand. Wie einen dunklen Schatten sah ich ihn vom Boden hochkommen, spürte sein Messer an meinem Ärmel, dann war ich an seiner rechten Seite und riß mein Messer von unten nach oben.

Sein Ellbogen fing mein Handgelenk ab, und ich hätte beinahe mein Messer verloren. Er wandte sich jäh ab, drehte sich herum und warf sich mit seinem vollen Körpergewicht auf mich.

Der Angriff schleuderte mich zurück.

Der Mann war schwer und bullenstark.

Aber ich erwischte mit dem linken Unterarm noch sein Kinn und riß ihn mit mir zurück.

Er landete unmittelbar über mir auf dem Rücken, dann kamen wir gleichzeitig keuchend wieder hoch.

Er schlich nun im Kreis um mich herum. Es war so dunkel, daß ich ihn kaum sehen konnte. Aber ich hörte seinen Atem und konnte ab und zu sein Messer aufblitzen sehen.

Plötzlich blieb ich abrupt stehen.

Sofort warf er sich wieder auf mich.

Ich wich blitzschnell nach links aus, ließ aber mein ausgestrecktes rechtes Bein stehen, um ihn zum Stolpern zu bringen. Als seine Zehenspitzen auch prompt an meinem Bein hängenblieben, stieß ich mit meinem Messer wuchtig nach unten zu.

Ich erwischte ihn auch, aber leider zu hoch. Das Messer zerfetzte seine Jacke und mußte ihn gerade noch im Genick geritzt haben, denn ich hörte, wie er vor Schmerzen keuchte.

Doch dann war er auch schon wieder herumgewirbelt und ging von neuem auf mich los. Diesmal hatte er den Kopf hoch, und das gab mir Gelegenheit, ihm die linke Faust mitten ins Gesicht zu rammen.

Das hatte er wohl nicht erwartet. Er taumelte zurück.

Ich setzte sofort nach und stach erneut sehr hart nach unten zu.

Im allerletzten Augenblick versuchte er, meinem Stoß auszuweichen, indem er sich einfach nach hinten warf und fallen ließ. Im nächsten Moment war er verschwunden. Er war eine kleine Böschung hinabgerollt.

Zwar sprang ich sofort hinterher, aber er war weg. Von ihm war nichts mehr zu entdecken.

Keuchend blieb ich stehen und lauschte. Bis auf das leise Rauschen des Windes in den Bäumen war kein Laut zu hören. Eine Wolke verdeckte auch noch die letzten Sterne, so daß es noch dunkler wurde. Alle Sinne bis zum äußersten angespannt, stand ich da und lauschte.

Nichts ... überhaupt nichts.

Es war ein kurzer und nutzloser Kampf gewesen, danach nichts mehr.

Doch ich hätte es eigentlich wissen sollen.

Er war ein rücksichtsloser Killer, der nur tötete, wenn er absolut sicher sein konnte; er hatte es damals fertiggebracht, den schwerverwundeten, hilf- und wehrlosen Pierre Bontemps kaltblütig und brutal zu erstechen. Er hatte aus dem Hinterhalt auf meinen Vater geschossen und dann tagelang gelauert, um den tödlichen Schuß abfeuern zu können.

Er hatte wohl geglaubt, auch mich im Dunkeln töten zu können. Aber ich war darauf gefaßt gewesen. Und ich hatte ihn angekratzt. Davon war ich fest überzeugt.

Ich kehrte zum Lager zurück und sagte: »Ich glaube, ich habe ihm einen Kratzer verpaßt.« Dann erklärte ich rasch alles, was sich abgespielt hatte.

Anschließend ging ich zum Rande der Klippe hinüber, wo der Unbekannte angeblich meinen Vater begraben haben wollte. Die Stelle lag sehr dicht am Rande. Ich zögerte. Der Boden schien lose und abgebröckelt zu sein. Wahrscheinlich als Folge der Baumwurzeln, dachte ich. Es gab wirklich eine Felsspalte, und es war auch Erdreich hineingeschüttet worden.

Orrin kam mit einem brennenden Ast herüber.

Ich beugte mich noch etwas mehr vor, um besser sehen zu können. Dabei stellte ich einen Fuß auf den äußersten Rand der Spalte und beugte mich noch weiter darüber.

Plötzlich gab es einen knirschenden Laut. Der äußere Rand gab unter meinem Fuß nach, und ich spürte, wie ich stürzte. Verzweifelt warf ich mich halb herum und wollte nach irgend etwas langen. Das bröckelige Gestein gab noch mehr nach.

Eine Faust packte meine Hand.

Der brennende Ast wurde weggeschleudert.

Eine andere Hand bekam meinen Ärmel zu fassen.

Ich wurde wieder auf das Felsband hinaufgezerrt.

Einen Moment lang sagte ich gar nichts, sondern starrte nur in die schreckliche, dunkle, tiefe Leere hinter mir und lauschte auf das leise Poltern von fallenden Gesteinsbrocken.

»Danke«, brachte ich schließlich heraus.

»Es war eine Falle«, stellte Orrin trocken fest. »Es gibt eben mehr als nur einen Weg, einen Mann zu töten.«

28

Wir hatten immer noch keine Ahnung, wer der Killer war. Jedenfalls schien es jemand zu sein, der sich einbildete, einen Anspruch auf dieses Gold zu haben. Er war entschlossen, jeden davon fernzuhalten, um alles für sich selbst zu bekommen.

Bei Tageslicht nahmen wir die Stelle, wo ich beinahe abgestürzt wäre, etwas näher in Augenschein. Es gab keinerlei Beweise für die Annahme, daß sich schon vorher jemand dort zu schaffen gemacht haben könnte. Es gab aber auch keinerlei Beweis dafür, daß dort jemals ein Toter begraben worden war. Der Killer hatte diese Stelle wohl entdeckt, die Einsturzgefahr erkannt und diese Chance ausgenutzt.

Einem Waldläufer fallen solche Dinge stets auf. Er behält viele mögliche Lagerplätze im Gedächtnis, die er vielleicht niemals benutzen würde. Ihm werden Stellen auffallen, die man am besten meiden sollte; Dinge, über die man stolpern könnte, oder eine ganz allgemein schlechte Wegstelle. Nach einer gewissen Zeit prägt sich ein Mann solche Dinge ein, ohne lange darüber nachzudenken. Aber er wird dann augenblicklich erkennen, wo etwas nicht in Ordnung ist.

Judas richtete uns das Frühstück her und briet Eier mit Speck. Er hatte genügend Vorräte mitgebracht. Es kam nicht oft vor, daß wir Eier bekamen, es sei denn, daß wir uns irgendwo an einen Tisch setzen konnten. Aber Judas war ein umsichtiger Mann, der alles sorgfältig plante; deshalb hatte er auch genügend Proviant für gutes Essen mitgenommen.

Nach dem Frühstück langte ich nach meiner Winchester, vertauschte die Stiefel mit Mokassins und ging noch einmal zu diesem Platz hinaus, wo der Kampf gestern abend stattgefunden hatte.

Spuren gab es haufenweise, aber nur wenige konnten gedeutet werden. Wir hatten meistens auf Gras gekämpft und Blumen zertrampelt. Einige richteten sich bereits wieder auf.

Nach einer Weile fand ich ein Paar recht deutliche Abdrücke. Sie stammten von demselben Stiefel, der auch die Spuren auf dem Bergpfad und unter dem Fenster des Zimmers, in dem ich geschlafen hatte, hinterlassen hatte. Sehr aufmerksam sah ich mich um und suchte nach weiteren Spuren, die mir vielleicht einen Hinweis auf die Richtung geben könnten, in welche der unbekannte Mann verschwunden war.

Einen Mann auf diese Weise zu verfolgen, war genauso wie die Verfolgung eines Grizzlybären. Der Mann würde natürlich ständig den Weg, den er genommen hatte, beobachten, so daß er mich früher sehen würde als ich ihn, und das war kein angenehmer Gedanke.

Nicht daß es jemanden gegeben hätte, der um mich trauern würde, von meinen Brüdern einmal ganz abgesehen. Ange war tot. Die anderen Mädchen, die ich gekannt hatte, waren längst fort und in alle Winde zerstreut. Aber ich könnte ein bißchen um mich selbst trauern. Mir schien, daß ich noch allerhand zu erleben hatte. Also hegte ich nicht gerade den Wunsch, mich hier oben im Cumberland Basin von dieser Welt zu verabschieden.

Trotzdem setzte ich beharrlich meine Nachforschungen fort.

Der Mann hatte es offensichtlich mächtig eilig gehabt, von hier fortzukommen. Nicht etwa aus Angst. Das glaubte ich nicht. Sondern wohl nur deshalb, weil ihm diese gewisse Sicherheit fehlte, die er einfach zum Töten brauchte. Bei den ersten Schritten dürfte er noch nicht daran gedacht haben, seine Spuren zu verwischen, aber das war ihm dann bestimmt beim dritten oder vierten Schritt schon wieder eingefallen. Soweit glaubte ich meinen Mann nun doch schon zu kennen.

Ich fand auch tatsächlich noch einen ziemlich tiefen Abdruck einer Stiefelspitze. Dann folgte ich einigen geknickten Grashalmen, entdeckte den Rand eines Absatzabdruckes, stieß auf einen zertretenen Tannenzapfen und erreichte schließlich hinter einigen Rottannen freies, offenes Gelände.

Hier mußte ich erst einmal anhalten. Die Chancen standen neun zu eins, daß der Mann hier die Richtung gewechselt hatte. Also sah ich mich zunächst ein Weilchen sehr aufmerksam in der näheren Umgebung um. Nach ein paar Minuten hatte ich einen Weg in die Senke herausgearbeitet, die auf der östlichen Seite des Talkessels lag.

Der Mann war hineingegangen und von hier aus auf einem umgestürzten Baumstamm wieder zum oberen Rand zurückgekehrt.

Bei Nacht konnte er nicht gesehen haben, was er getan hatte, aber Gras und Laub hatten an zwei Stellen dieses Baumstammes grünlich verschmierte Flecken zurückgelassen. Er war auf den Stamm gestiegen, hatte dabei aber wahrscheinlich etwas Gras oder Laub an den Stiefelsohlen gehabt. So hatte er diese Spuren hinterlassen, wie man sonst Schmutzspuren auf Fußböden hinterläßt.

Während der nächsten hundert Meter oder so fand ich noch vier, fünf Stellen, die mir die vom Mann eingeschlagene Richtung verrieten. Sie führte diagonal zum Bergpfad hinüber, zu diesem Ghost Trail, dem Gespenster-Pfad, wie er von manchen Leuten bezeichnet wurde.

Ein Stein, der aus seiner ursprünglichen Lage getreten worden war, sowie zwei halb verwischte Fußspuren ließen erkennen, daß der Mann diesem Pfad gefolgt war.

Diese Gegend hier war wie geschaffen für Gewehrschüsse. Es war meistens freies Gelände, denn der Baumwuchs in dieser Höhe war nur sehr spärlich und hörte schließlich sogar ganz auf. Nur noch ganz vereinzelt stand ein verkrüppelter Baum inmitten von Gestrüpp. Noch weiter oben waren solche Bäume kaum noch von hohem Gebüsch zu unterscheiden. Danach gab es nur noch Gras und schließlich Felsen, nacktes Felsgestein. Zu beiden Seiten ragten die hohen Gipfel empor, und über allem war der blaue Himmel, nur hier und da von ein paar Wölkchen überzogen.

An sich bin ich kein Mann, der sich unnötigerweise Sorgen macht. Ich nehme die meisten Dinge ziemlich ruhig hin. Und wenn ein Mann damit rechnen muß, daß auf ihn geschossen werden könnte, dann sollte er auch ruhig sein, zumindest so ruhig, wie er nur irgend sein kann. Niemand findet wohl sonderlichen Gefallen daran, wenn auf ihn geschossen wird.

Das Dumme war nur, daß dies hier eine so ausnehmend schöne Gegend war. Da konnte es einem Mann schon schwerfallen, auch noch auf andere Dinge zu achten. Und diese Ruhe hier! Kein Laut, keine Bewegung. Allenfalls in weiter Ferne ein Adler.

Man sollte glauben, daß es auf so freiem Gelände kaum Verstecke für einen Mann gibt. Und doch sind solche Stellen vorhanden, und eine von ihnen könnte diesen unbekannten Mann verbergen.

Er hatte sich an den Pfad gehalten. Ein kluger Mann hält sich in diesen Bergen auch am besten an jeden Weg, den er nur irgend finden kann.

Ich stieß hier und da auf Spuren. Ab und zu war der Mann langsamer gegangen, und ein- oder zweimal war er sogar stehengeblieben. Vielleicht hatte er sich etwas ausruhen oder nachdenken wollen.

Er würde genau wissen, daß ich bei Tage nach Spuren von ihm suchen würde. Und wenn es sein mußte, so war ich dabei keineswegs zimperlich, wenn es ums Schießen ging. Das war niemand bei uns zu Hause in Tennessee. Viele Mädchen bei uns tragen sogar hüftlange Blusen, um darunter ein Schießeisen verstecken zu können. Und wir Sackett-Boys hatten schon Schußwaffen mit uns herumgeschleppt, als wir noch so klein gewesen waren, daß wir Pa kaum bis zum Bauch gereicht hatten.

Wenn sich ein Mann einem Gegner wie diesem Unbekannten hier gegenübersieht, dann muß er bei jedem Schritt höchst wachsam sein. Ich behielt also mein Gewehr in beiden Händen, und zwar so, daß ich ohne den geringsten Zeitverlust schießen konnte.

Der Weg führte an zwei kleinen Wassertümpeln vorbei und bog dann scharf nach rechts ab, so daß er nach

Norden führte. Vor mir erstreckte sich eine Landschaft von solcher Schönheit, wie ich sie selbst noch nie gesehen, sondern nur davon reden gehört hatte.

Leute hatten davon gesprochen. Einiges hatte ich von Cap Rountree gehört, als wir damals oben auf den Vallecitos gewesen waren. Auch andere hatten hier und da darüber geredet. Ich schaute den Magnetic Gulch hinab zum Bear Creek, und die zackigen Berge gegenüber waren Sharktooth Peak, Banded Mountain und dahinter der Gipfel vom Hesperus.

Von meinem Standort fiel das Gelände etwa sechshundert Meter bis zu den Niederungen längs des Bear Creek ab. Ich befand mich in etwa dreitausend Meter Höhe.

Bevor ich weiterging, hockte ich mich erst mal ein Weilchen hinter ein paar Felsen und ruhte mich aus.

Ein Adler strich über den Himmel zum Sharkstooth hinüber.

Aus einem tiefer gelegenen Wald traten ein paar große Elche hervor und wanderten langsam über freies Gelände.

Das fiel mir auf.

Irgend etwas mußte die Elche aufgescheucht und vertrieben haben.

Meine Vermutung schien noch bestätigt zu werden, als weitere Tiere auftauchten, die aber nun mit großen Sprüngen über die Lichtung hetzten und wieder im Wald verschwanden.

Könnte ein Bär oder Löwe gewesen sein. Diese Raubtiere werden hier oben in den Bergen sehr groß, vor allem die Grizzlys.

Bis die Weißen hier auftauchten, war der Grizzly der König in diesem Land. Aber selbst er würde auf die Dauer nicht überleben können, weil er keine Furcht kannte. Mutig und unerschrocken würde er den Kampf mit jedem Menschen aufnehmen, aber den Feuerwaffen der Weißen war er natürlich in keiner Weise gewachsen.

Es würde nur noch eine Frage der Zeit sein, bis diese Tiere ausgerottet waren, genau wie die Büffel auf den endlosen Prärien.

Der Weg führte nun an der westlichen Bergseite entlang. Ein Mann müßte schon ein ausgezeichneter Schütze sein, wenn er hier noch einen sicheren Schuß anbringen wollte. Vor allem mußte er an Bergland gewöhnt sein.

Ich stand auf und ging in den Wald direkt neben einer Schlucht. Zwischen den ersten Bäumen hockte ich mich erneut auf den Boden und lauschte gespannt.

Zu hören war nur der Wind, dieser ewige Wind, der um die Gipfel streicht, die er wohl genauso sehr wie wir liebt.

Das Gras roch gut. Ich betrachtete die graue, rissige Rinde eines alten Baumes und bröckelte hier und da ein Stückchen ab. Ich blickte den von der Sonne hell beschienenen Hang hinab und konnte nichts weiter sehen, keine Bewegung, nichts. Dann drehte ich mich um und ging langsam auf eine Gruppe von Rottannen zu, die etwas weiter unten auf dem Abhang standen.

Ich hatte plötzlich Hunger. Deshalb blieb ich stehen und steckte eine Hand in die Tasche, um ein Stück Dörrfleisch herauszuholen.

Ich lehnte mein Gewehr an einen Baumstamm, um das Fleisch besser aus der tiefen Tasche herauszerren zu können.

Und dann hörte ich plötzlich hinter mir wieder diese Stimme.

»Hab ich dich endlich, Sackett! Los, umdrehen! Jetzt wirst du sterben!«

Nun, ich rechnete keineswegs damit, daß er die Absicht gehabt haben könnte, mir ein Wiegenlied zu singen. Ich drehte mich zwar langsam um, wie er es befohlen hatte, aber meine Hand riß dabei auch schon den alten 44er aus dem Holster. Noch im Ziehen spannte ich mit dem Daumen den Hammer und krümmte beinahe gleichzeitig den Zeigefinger um den Abzug. Mit anderen Worten, ich ließ meinen Kracher für mich sprechen.

Der Mann hatte ein Gewehr.

Als ich mich umdrehte, starrte ich direkt am Lauf entlang. Da sagte ich zu mir selbst: William Tell Sackett, du wirst gleich genauso sterben, wie dein Pa gestorben ist ... einsam und zu Tode gehetzt.

Aber dieser 44er in meiner Faust war eine verdammt gute Waffe. Sie verstand sich bestens darauf, ihr Sprüchlein aufzusagen, und das tat sie jetzt auch wieder einmal prompt, ganz klar und laut und deutlich.

Ich verspürte den Luftzug einer dicht an meinem Kopf vorbeizischenden Kugel.

Der Mann hatte danebengeschossen.

Das kann dem besten von uns passieren. Aber ein Mann sollte es lieber nicht tun, wenn sein Leben davon abhängt; wenn man mit einem einzigen Schuß entweder alles zu gewinnen hat oder aber sterben muß.

Meine Kugel erwischte ihn. Sie erwischte ihn genau an der Stelle, wo das Leben pulsiert. Und das zweite Geschoß grub sich ebenfalls dort hinein, als wollte es der ersten Kugel Gesellschaft leisten.

Ich konnte wohl noch immer nicht so recht daran glauben, daß der Mann soeben sein Ziel verfehlt hatte. Vielleicht war er seiner Sache zu sicher gewesen.

Ich stand da, ein großer, langer Mann aus den Tennessee-Bergen, den rauchenden Colt in der rechten Faust.

Und ich beobachtete, wie der Mann praktisch im Stehen starb.

Er wollte wohl noch einmal schießen, aber meine erste Kugel hatte irgend etwas mit ihm angerichtet, vielleicht das Rückgrat getroffen und verletzt, denn nun öffnete er langsam beide Hände und ließ das Gewehr aus den plötzlich kraftlosen Fingern ins Gras gleiten.

»Nativity Pettigrew ...!« sagte ich. »Wo hast du Pa begraben?«

268

Seine Stimme klang heiser.

»Es gibt da einen grünen Berghang, wo ein Bach am Fuße des Banded Mountain entlangfließt ... dort wirst du ihn finden ... am Fuße eines Felsens ... ein Finger, der zum Himmel zeigt ... und wenn du ganz scharf hinsiehst, wirst du auch sein Grab finden ... und dieses Kreuz, das ich mit eigenen Händen für ihn geschnitzt habe ...«

Seine Stimme war immer leiser geworden. Längst hatten seine Beine nachgegeben, so daß er jetzt auf dem weichen, grünen Rasen lag.

»Er hatte mein Gold ... und deshalb mußte er sterben ... aber es läßt sich nicht leugnen, er hat's versucht ... und ich konnte ihn gut leiden, Junge ... aber ich habe ihn dann doch totgeschossen ... und ich habe ihn dort begraben, wo er tot zusammengebrochen ist ...«

Das Sprechen fiel ihm sichtlich immer schwerer. Sein Atem kam in kurzen, keuchenden Stößen über die Lippen.

»Er war schwer verwundet ... und restlos erschöpft ... an sich schon vollkommen geschlagen ... aber er hat's versucht, mein Junge ... er ist noch über diesen Berg gekrochen, um mich zu erledigen ... und dann war es schließlich soweit ... es hieß nur noch ... er oder ich ... und ich schleppe heute noch dieses Blei mit mir herum, das er mir damals verpaßt hat ...«

Er lag da und starb. Seine Augen waren weit aufgerissen, und wenn sie auch nichts mehr sehen konnten, so starrten sie doch blicklos zur Sonne hinauf.

Ich haßte ihn nicht. Ich konnte es nicht. Er hatte ein rauhes Spiel gespielt, und als die letzten Karten auf den Tisch gelegt werden mußten, hatte er dieses Spiel verloren.

Aber es hätte genausogut ich sein können. Ich könnte jetzt an seiner Stelle tot dort im Gras liegen ... tot oder sterbend wie er.

»Wenn wir das Gold geborgen haben, werden wir einiges davon deiner Frau geben«, sagte ich. »Sie ist eine gute Frau.«

»Bitte ... ja, bitte ...«, flüsterte er kaum hörbar.

Und dann war er tot.

Ich würde ihn genau an der Stelle, wo er gestorben war, begraben.

Als ich zum Lager zurückkam, saßen alle wartend ums Feuer herum.

Flagan war auch da; er war auf einem mausgrauen Pferd von Shalako heraufgeritten gekommen.

»Hippo Swan wirst du vergessen können, Tell«, sagte Orrin. »Er war nach Shalako gekommen, um auf dich Jagd zu machen. Aber dabei ist er auf Flagan gestoßen, und Flagan hat ihm gesagt, daß du schließlich nicht der einzige Sackett bist. Darüber sind sie in Streit geraten, und es ist zum Kampf gekommen.«

»Tut mir leid, Tell«, sagte Flagan. »Aber er war doch eigens hergekommen, weil er sich mit einem Sackett anlegen wollte, und da konnte ich ihn doch nicht unverrichteter Dinge wieder abziehen lassen, oder? Er hat ganz gut gekämpft, aber seine Haut platzte viel zu leicht.« Er fügte hinzu: »Und jetzt ist er die Straße runtergegangen und fühlt sich gar nicht mehr wohl.«

»Wir haben auch schon das Gold gefunden«, sagte Orrin. »Erinnerst du dich noch daran, was Pa gesagt hat? Daß ich immer von allem die Sahne haben wollte? Und von der Entfernung zwischen unserem Haus und dem alten Brunnen? Und wie oft Ma mich ausgeschimpft hatte? Na, da mußte ich ein bißchen nachdenken. Das Wort ›Sahne‹ hat's schließlich geschafft. Erinnerst du dich noch daran, wie wir damals diesen alten Brunnen immer dazu benutzten, die Milch darin aufzubewahren, damit sie schön kalt bleiben sollte? Als Bengel habe ich mich doch immer heimlich hingeschlichen und die Sahne von der Milch genascht. Ma hat mich ein paarmal dabei erwischt und mir stets gehörig den Kopf

gewaschen. Ja, also, was soll ich dir noch groß erzählen
... hier war's eine ganz ähnliche Stelle ... ein Loch in
den Felsen. Und etwa genauso weit entfernt wie der alte
Brunnen von unserem Haus. Pa hatte Steine ins Loch
zurückgelegt und Boden darauf geschüttet. Jedenfalls
haben wir Erdreich und Steine herausgeholt ... und da
lag dann das Gold. Mehr als genug, um uns dafür Land
und Vieh zu kaufen. Wir können uns jetzt eine genauso
große Ranch aufbauen wie Tyrel.«

Ich saß da und sagte gar nichts.

Alle blickten mich an.

Dann fragte Orrin: »He, was ist denn mit dir los?«

»Es war Nativity Pettigrew«, sagte ich. »Er war doch
nicht ganz so verkrüppelt, wie er getan hat. Pa war ihm
gefolgt, vielleicht eine Meile oder so, vielleicht auch
noch mehr. Pettigrew hatte sich an Pa herangeschlich-
ten. Es kam zu einem Schußwechsel zwischen beiden.
Pa hat ihm zwar auch noch heißes Blei verpassen können, aber Pettigrew hat Pa getötet. Nativity hat ihn drüben an einem Hang vom Banded Mountain begraben.«

»Wie freundlich von ihm«, sagte Orrin ironisch, und
ich stimmte zu.

»Wir werden das gleiche für ihn tun«, sagte ich. »Wir
werden ihn an der Stelle begraben, wo er gestorben ist.
Was hat Pa doch immer zu uns gesagt? ›Wo die Chips
hinfallen, da laßt sie auch liegen.‹ Daran werden wir
uns halten.«

Nell Trelawney stand auf.

»Wirst du jetzt endlich nach Hause gehen, Tell? Es
wird allerhöchste Zeit.«

»Ich denke schon«, antwortete ich, und wir gingen
gemeinsam zu unseren Pferden.

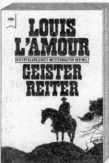